O cheiro de mel queimado

FIONA VALPY

O cheiro de mel queimado

Tradução
Úrsula Massula

Principis

Esta é uma publicação Principis, selo exclusivo da Ciranda Cultural

Traduzido do original em inglês
The Beekeeper's Promise

Texto
Fiona Valpy

Editora
Michele de Souza Barbosa

Tradução
Úrsula Massula

Preparação
Walter G. Sagardoy

Produção editorial
Ciranda Cultural

Diagramação
Linea Editora

Revisão
Maria Luisa Gan

Design de capa
Ana Dobón

Imagens
Jacob_09/shutterstock.com

Dados Internacionais de Catalogação na Publicação (CIP) de acordo com ISBD

V212c Valpy, Fiona

O cheiro de mel queimado / Fiona Valpy ; traduzido por Úrsula Massula. - Jandira, SP : Principis, 2023.
320 p. ; 15,50cm x 22,60cm. - (Fiona Valpy)

Título original: The Beekeeper's Promise.
ISBN: 978-65-5552-899-2

1. Literatura inglesa. 2. Segunda guerra. 3. Romance. 4. Nazismo. 5. Sofrimento. 6. Superação. I. Massula, Úrsula. II. Título. III.. Série.

2023-1221 CDD 820
CDU 821.111

Elaborado por Lucio Feitosa - CRB-8/8803

Índice para catálogo sistemático:
1. Literatura inglesa 820
2. Literatura inglesa 821.111

1ª edição em 2023
www.cirandacultural.com.br

Esta obra reproduz costumes e comportamentos da época em que foi escrita.

Para minha amiga Michèle, com amor.

"Vão para seus campos e jardins e aprenderão que é
prazer da abelha sugar o mel da flor, mas é também
prazer da flor oferecer seu mel à abelha.
Pois, para a abelha, a flor é uma fonte de vida.
E, para a flor, a abelha é uma mensageira do amor."

O Profeta – *Kahlil Gibran*

Uma abelha executa uma espécie de dança – com movimentos leves e rápidos – para comunicar às suas companheiras de trabalho na colmeia a distância e a direção de um novo local para forrageamento. Ela ziguezagueia, formando um oito no ar, movendo-se em um semicírculo no sentido horário, depois continuando em linha reta… e, por fim, em um novo semicírculo, agora no sentido anti-horário. No inverno, as abelhas interrompem o forrageamento e se agrupam junto à abelha rainha no centro da colmeia. Para gerar calor, desconectam seus músculos de voo de suas asas e "tremem" – rapidamente contraindo e relaxando seus músculos.

The Beekeeper's Bible – *Richard Jones e Sharon Sweeney-Lynch*

Parte 1

Eliane: 2017

Ela sabia que este seria seu último verão. Mesmo o cálido afago do sol de fim de primavera já não conseguia minimizar o cansaço que lhe acometia nos últimos tempos, como uma névoa rastejando por entre seus ossos. Mas foram tantos os verões. Quase cem. Ela olhou para o alto da colina, na direção do pequeno cemitério atrás das vinhas, onde seus entes queridos descansavam e aguardavam para um dia recebê-la.

Uma abelha operária, das primeiras a se aventurar a sair da colmeia esta manhã, espiralava no ar enquanto se orientava, sentindo o néctar das flores cultivadas no jardim. A abelha voou em volta dela, atraída pelo aroma de cera de abelha e mel que impregnava sua pele já frágil pela idade.

– Bom dia para você também – disse ela, sorrindo. – Não se preocupe. Ainda não vou abandonar você. Sei que ainda há trabalho a ser feito.

Ela colocou a cesta com os quadros que carregava ao lado de suas colmeias pintadas de branco e ajustou o véu de seu chapéu de aba larga sobre a cabeça e os ombros. Abriu então a primeira colmeia, gentilmente levantando a tampa inclinada e se aproximando para verificar os zangões, uma massa fervilhante de corpos servindo à sua rainha. Seus suprimentos de mel duraram bem durante todo o inverno, e a colônia já estava em pleno desenvolvimento. Inserindo os novos quadros em uma caixa vazia, ela então a depositou sobre a multidão de abelhas.

– Aí está mais espaço para a expansão – disse para suas abelhas. – E para o mel deste verão.

Trabalhando metodicamente, foi até cada uma das colmeias e, ao terminar, parou e alongou a coluna para abrandar a dor no corpo, resultado do esforço feito para levantar as caixas. Observou o delicado rendilhado de folhas de acácia que lançava sua sombra dançante e salpicada sobre as colmeias. A qualquer momento, elas desabrochariam. As cascatas de flores brancas formariam árvores prateadas, e as abelhas beberiam até se fartar do néctar mais delicado de todos. Seus potes de mel de acácia seriam como o próprio verão envasado: doces e dourados.

Ela sorriu. Sim, foram tantos os verões. Mas apenas um a mais seria uma verdadeira dádiva.

Abi: 2017

Estou perdida. Perdida na França, assim como a letra de uma música idiota que não consigo tirar da cabeça enquanto caminho pela estrada. Parei por um instante para enxugar o suor do meu rosto com a blusa, que também já está encharcada. A estrada se estica ao longo de um espinhaço que desce abruptamente para um lado, e tenho de admitir: poderia haver lugares muito piores para eu me perder. O horizonte se estende diante de mim, como um *patchwork* de campos verdes e dourados, interpolados aqui e ali por bosques de veludo negro. A larga fita de cetim de um rio sinuoso adorna o leito do vale lá embaixo.

Paz e tranquilidade sob o sol da França. É exatamente o que imaginei quando Pru e eu nos inscrevemos para o retiro de ioga.

– Olha só, é justamente o que você precisa, Abi – disse Pru, mostrando-me o folheto brilhante enquanto guardávamos nossos tapetes e calçávamos nossos sapatos depois da aula de quinta à noite.

"Uma semana primaveril de ioga, meditação e *mindfulness* no coração do interior da França", ela leu para mim.

Na ocasião, não contei a Pru que mal consegui sair do apartamento nos últimos dois anos, e que ir e voltar da aula de ioga era o máximo que eu havia feito em meses. Isso além das visitas ao hospital, onde os fisioterapeutas e psicólogos tentavam me ajudar a remendar os meus pedaços.

No entanto, a sugestão daquele retiro foi mesmo tentadora. Sempre amei a França. Bom, mais a ideia do lugar, na verdade. Nunca viajei muito para lá – ou para qualquer outro país, pensando bem. Mas francês era minha matéria favorita na escola. Algo no qual eu era boa e que me fazia mergulhar no maravilhoso mundo de *Maman, Papa e Marie-Claude* e suas vidas adoráveis e ordenadas descritas nos livros didáticos.

E eu sabia que precisava fazer um esforço maior para colocar minha vida de volta nos trilhos e passar a sair um pouco mais.

Poder viajar com Pru tornaria isso tão mais fácil, pensei. Ela é uma boa companhia e sempre tão organizada. Criamos laços regadas a xícaras de chai masala quando Pru entrou para a ioga, buscando ajuda para superar o divórcio. Ela tinha senso de humor e não falava superficialidades o tempo todo – o que me deixaria um tanto irritada –, então considerei que seria uma boa companheira de viagem e concordei em ir. Na mesma noite, ela nos inscreveu no retiro e reservou as passagens de avião, então voltar na minha decisão já não era mais uma opção, mesmo eu querendo desesperadamente fazer isso no minuto em que ela me ligou para confirmar os preparativos.

Isso vai me ensinar a ser espontânea, imagino, enquanto me arrasto pelo asfalto quente da estrada. Isso não costuma dar em coisa boa. E agora não tenho a menor ideia de aonde estou indo, subindo a colina, entre as vinhas – um vinhedo parecendo exatamente com o outro. No entanto, uma pequena parte de mim tem de admitir que aquela luz dourada nos floreios das exuberantes folhas verdes que brotam das madeiras retorcidas e de aparência morta é mesmo linda.

Mas não quero que a beleza ao meu redor me faça esquecer a fúria que sinto. Preciso deixar minha raiva de Pru – que me abandonou daquele jeito – cozinhar e ferver por um pouco mais de tempo. Minha terapeuta gostaria disso. Ela está sempre me dizendo que a raiva faz parte do processo de cura. Pelo menos estou sentindo alguma coisa, o que pode ser – ou não – melhor do que não sentir absolutamente nada.

Lá se foram a serenidade e a introspecção prometidas no folheto do retiro. Ando um pouco mais, pesadamente. Na verdade, sei que não posso culpar Pru. A maioria das pessoas faria o mesmo se tivesse metade da chance que ela teve. A ideia de um banho e uma cama apropriada, sem falar no holandês sarado e ágil ao lado, é certamente tentadora. Só estou com inveja mesmo. Ainda assim, definitivamente, estou no direito de me sentir furiosa com ela.

Pru o conheceu na fila do banheiro, depois do almoço. Era o segundo dia do retiro. Rápida no gatilho nossa Prudence – que, pelo visto, não é uma pessoa que viva com muita prudência, como seu nome sugere. Segundo ela, os dois sentiram uma conexão instantânea. "Almas gêmeas" foi o termo exato usado por Pru, quando finalmente me encurralou, atirando-se do meu lado na hora do almoço.

– Uma conexão instantânea baseada em uma vontade sincronizada de ir ao banheiro depois de um prato de guisado de lentilha picante? Não é lá muito tocante – repliquei, sem conseguir me segurar.

Ignorando meu ataque, ela então me contou:

– Ele pagou o adicional para ficarmos em uma pousada aqui perto. Parece incrível. Tem suíte, jacuzzi...

Suspirei.

– Bom, com toda certeza é melhor do que um banheiro de concreto bolorento com a gordura corporal dos outros grudada nos cantos.

Chegamos ao centro de ioga três dias antes. Já era fim de tarde, e a maioria do pessoal já havia se instalado, com seus lugares escolhidos e suas barracas montadas, parecendo bastante à vontade. Um homem vestido com uma camisa em *tie-dye* e a careca reluzente sob os últimos raios de sol nos mostrou o lugar onde poderíamos montar nossa barraca. Claramente, o último disponível. "De fácil acesso ao banheiro" seria a melhor maneira de descrevê-lo. Conseguimos montá-la, embora tenhamos gastado um bom tempo para adivinhar onde colocar as varetas. Bater nas estacas com um martelo de borracha também não foi simples, já que o solo era duro como concreto. Enfim, conseguimos prender três pontas até que bem, e a quarta, digamos, de uma maneira mais precária. Finalizamos com duas cordas, na frente e atrás, para dar mais firmeza. De todo modo, não ventava. O tempo estava fabuloso – pelo menos nisso o panfleto estava certo. As noites eram frias, mas, nas manhãs, o sol rapidamente aquecia o ambiente, e por volta do meio-dia o calor já havia se instalado.

Dou um pulo, e minha alma quase deixa o meu corpo quando ouço um farfalhar na beira da estrada e avisto uma fina cobra de listras amarelas e pretas serpenteando para longe. Uma víbora. É preciso cuidado com elas. São as mais perigosas de todas. Inspiro profundamente e expiro, assim como a terapeuta me ensinou, para me acalmar quando as sirenes de alerta no meu cérebro forem acionadas.

Acalme-se, digo para mim mesma. *Tente se manter no controle: essa é a chave. Não deixe suas memórias tomarem conta de você. Dê tempo ao tempo, é o que todos dizem.*

Alcancei o topo de uma subida, e a estrada ficou plana por alguns metros antes de se tornar íngreme mais uma vez. Faço uma pausa para tomar fôlego e pressiono a mão na lateral do meu corpo, onde sinto pontadas fortes. Recomeço logo depois, em um ritmo mais lento. Olho para o meu relógio. Já passou das seis. A uma hora dessas, o jantar foi servido no centro. E as porções de arroz e ensopado de legumes, repartidas e consumidas, seriam arrematadas por um pedaço de fruta. Estamos todos em processo de desintoxicação, embora, até agora, tudo o que essa alimentação saudável parece ter conseguido é deixar muita gente irritada, com dor de cabeça, flatulência e um terrível mau hálito – falando em toxicidade! Mas que ninguém ganhará peso neste feriado, isso é verdade. A não ser que Pru e o holandês estejam secretamente se empanturrando na sua luxuosa pousada. Consigo imaginá-los entornando taças e mais taças de champanhe e comendo chocolates na cama.

Continuo em minha lenta caminhada, pensando em como eu mataria por um sanduíche de bacon agora. Está aí uma frase que você nunca ouvirá em um retiro de ioga, mesmo sendo o que muitas pessoas provavelmente pensam durante boa parte do tempo em que estão sentadas em suas almofadas para meditação tentando esvaziar suas mentes.

Ou talvez seja só eu mesmo.

As coisas foram um tanto complicadas na noite da nossa chegada. Depois de finalmente montarmos a barraca, já era hora do jantar. Seguimos então o fluxo de pessoas fazendo fila para se servir. Secretamente, todos reparávamos uns nos outros enquanto tentávamos parecer iogues e descontraídos. Pru vestia um tipo de túnica longa, muito diferente de seus *looks* casuais. Após a luta para montar a barraca, eu me sentia grudenta e com calor, então nem me incomodei em tirar minha camisa e meu jeans, o uniforme que uso para cobrir as piores cicatrizes em meus braços e na minha perna. Também já sentia os mosquitos picando meus tornozelos acima das tiras de minhas sandálias.

Pru gargalhou dentro da barraca quando comentei:

– Será que é permitido matar pernilongos ou isso atrairia um karma negativo?

Bom, lancei meu spray neles de qualquer jeito. Tudo por uma boa noite de sono, embora as chances de dormir fossem praticamente nulas, com o frio úmido da noite atravessando a barraca, as picadas pelo meu corpo coçando e as portas dos banheiros batendo a noite toda.

Eu não estava me sentindo a pessoa mais serena do mundo quando a manhã raiou e um galo começou a cantar em uma fazenda próxima, justamente quando peguei no sono depois de tanto tempo tentando.

Passo por uma cabana ao lado da estrada, e um cachorro aparece do nada, avançando na minha direção com uma avalanche de latidos violentos. E, mais uma vez, minha alma quase sai do meu corpo, meus nervos em frangalhos quando os botões de pânico em meu cérebro são ativados mais uma vez. Que bom que há uma cerca entre nós! Mas que lugar perigoso este, com víboras e cachorros raivosos.

Minha sandália me agraciou com uma bolha no tornozelo, então paro de andar e me abaixo para afrouxar a tira, com as mãos ainda trêmulas pelo meu encontro quase próximo demais com o cão. A pele está em carne viva. Como vai ser divertido caminhar de volta ao centro de ioga! Não tenho nem ideia de onde estou ou o quão longe andei. Vejo uma cruz alta de ferro forjado um pouco à frente, no alto da colina. Saio mancando até ela e me sento na grama ao chegar (com o cuidado de verificar se há cobras, é claro). Um marco quilométrico ao lado da cruz informa "Sainte-Foy-la-Grande 6 km". Ao lado, um mourão de ponta azul com uma concha amarela gravada, a qual reconheço como sendo o símbolo daquela rota de peregrinação sobre a qual Pru falou outro dia enquanto lia seu guia durante o café.

Volto a pensar no tema da palestra desta manhã no salão de meditação: karma. Tudo o que vai, volta. Naquela hora, esforcei-me para não lançar um olhar fulminante para Pru, embora, é claro, isso também pudesse atrair um karma negativo. Então, mantive minha moral elevada. Ela e o holandês dela estavam sentados em suas almofadas algumas fileiras à minha frente. Pru me chamou para sentar ao lado deles, mas balancei a cabeça e continuei onde estava. *Não, obrigada. Não preciso da sua caridade e não quero ficar de vela.* Sentei-me em uma pequena almofada roxa com minhas pernas cruzadas, mesmo com meu joelho retesado reclamando e um formigamento surgindo no meu pé. Já faz quase dois anos desde o acidente, então seria de se esperar que, com toda fisioterapia e todos os alongamentos da ioga, meu corpo estivesse curado. Fecho os olhos para não ver Pru virando o pescoço a cada cinco minutos e sorrindo para mim. Era bem provável que ela estivesse apenas tentando ser conciliadora, mas, no estado de espírito em que eu me encontrava, aquilo parecia apenas presunção mesmo.

Como é que as pessoas conseguem ficar sentadas assim por tanto tempo? Era impossível me sentir confortável, então comecei a me inquietar. Minha mente acompanhou meu corpo, com vários pensamentos tumultuando-se dentro dela. Tenho tanto para esvaziar. E pensar é a última coisa que quero fazer no momento.

Começo a achar que não levo jeito para meditação, supostamente o que deveríamos estar fazendo na caminhada desta tarde, também. *Ser* atento. Atenção plena. Em vez de *ter* uma mente cheia, o estado exato em que a minha se encontra neste momento. Os gramados nos arredores do centro estavam lotados de pessoas fazendo suas caminhadas meditativas, vagando como zumbis, focadas em cada passo dado – "focalizando o momento presente", como fomos instruídos a fazer. Até que fui bem nos primeiros minutos, só que a visão de Pru e do senhor Países Baixos flutuando em dupla me enfureceu mais uma vez e me afastei, seguindo por um caminho estreito em direção às árvores. De repente, me dei conta de que não suportaria ficar no meio daquela multidão lenta nem por mais um segundo.

Foi um alívio estar em meio à mata depois de me afastar da caminhada meditativa – mais frescor, menos exposição, um sentimento maior de segurança. Já fazia algum tempo desde o meu último grande ataque de pânico (a medicação tem ajudado), mas comecei a perceber minha garganta e meu peito se apertando e meu coração palpitando. Senti-me mais leve ao ficar sozinha. Não estou acostumada a estar rodeada por gente o tempo todo.

Eu me pergunto quantos quilômetros devo ter andado. O marco quilométrico não me dá nenhuma pista, pois perdi o rumo por completo. Estou agora ensopada de suor e com uma enorme bolha no calcanhar. Examino meu pé mais uma vez e percebo que a pele incha, formando uma bolha opaca sobre a carne viva. Para desviar meus pensamentos da dor, coço freneticamente uma picada de inseto em meu tornozelo, bem abaixo de onde minha calça legging termina, até começar a sangrar. Inclino-me então para trás, encostando na face áspera do marco e estico minhas pernas, observando a paisagem em volta.

Vinhedos bem ordenados se espalham por todas as direções, com construções em pedra de tom creme aninhando-se entre eles aqui e ali. Os telhados vermelhos brilham à luz do entardecer. Há uma leve brisa agora, aqui no alto da colina. Agradecida, levanto meu queixo para deixá-la tocar meu pescoço suado e minhas faces em chamas. Pelo menos, só descidas daqui para frente. Se eu seguir a estrada de volta talvez reconheça alguns pontos de referência, ou encontre uma placa direcionando ao centro de ioga.

Viro-me para olhar na direção de onde vim e me assusto ao ver as nuvens escuras de tempestade que se formam. É quase como se eu as visse aumentar enquanto olho, até finalmente esconderem o sol e a luz mudar, de repente, de um dourado suave para um violeta pálido. Há um silêncio ameaçador, e percebo que o coro de passarinhos e grilos que me acompanhou até agora subitamente se calou. Coloco uma mão em cima do marco e agarro a base da cruz com a outra para me levantar, tomando cuidado ao colocar o peso no meu pé dolorido. É melhor eu voltar, e rápido, antes que o temporal caia. No mesmo instante, ouço o ronco de um motor, e uma van branca para ao meu lado. Eu me viro, esperando encontrar um francês calvo vestindo um colete, mas o que vejo é uma mulher por volta da minha idade, de cabelos escuros e longos amarrados em um perfeito rabo de cavalo.

– Entra! – Ela grita por cima do barulho do motor e do vento, que começou a levantar pequenos redemoinhos de poeira estrada afora. Olho apreensivamente para as nuvens escurecendo todo o céu. Por um acaso há tornados aqui nesta parte do mundo?

– Eu estava indo… – Paro, gesticulando para o que acredito ser a direção do centro.

Os primeiros grandes pingos caem na poeira da estrada e então no meu rosto. Tão gelados que me fazem arquejar. Abaixo minha cabeça, fechando meus olhos contra aquelas gotas repentinas e raivosas, e subo no banco do passageiro.

– Prazer, Sara Cortini – ela se apresenta em inglês (como *sempre* sabem que você não é francês?). – Moro logo ali – diz, apontando para o topo do próximo espinhaço bem no momento em que a tempestade o engole – Venha se abrigar com a gente um pouco, e depois te levamos para casa. Onde você está?

– No centro de ioga. Meu nome é Abi Howes.

Sara balança a cabeça e liga a van, subindo rapidamente uma trilha íngreme e empoeirada para tentar escapar da tempestade que se aproxima. Pulamos da van e corremos por entre as gotas, tão pesadas quanto granizo, e a chuva nos deixa encharcadas mesmo nos poucos segundos que levamos para chegar à porta de uma elegante construção de pedra.

– Que lugar é esse? – pergunto, tentando compreender o aglomerado de edifícios que nos rodeia no alto da colina.

Ela fecha a porta e pega um pano de copa, entregando-me para que eu enxugue meu rosto e minha blusa, e então me responde:

– Bem-vinda ao Château Bellevue.

Eliane: 1938

O sopro do rio flutuou em um véu vaporoso sobre o açude quando o sol começou a subir. Os primeiros raios de fim de verão eram tão suaves e dourados quanto os frutos, já maduros para a colheita, que pendiam dos galhos das pereiras e marmeleiras do pomar, enquanto a primeira canção esvoaçante de uma tutinegra varria o silêncio da noite para o oeste, anunciando o amanhecer.

A porta da casa do moinho se abriu e, dela, uma figura esguia saiu, com seus pés descalços deixando pegadas silenciosas na grama molhada pelo orvalho. Mal diminuindo o passo, ela saltou entre as pedras cobertas de musgo que levavam ao local onde a água espumava e se agitava, na frustração por estar confinada ao estreito canal, sob a poderosa roda do moinho. Transferindo as três largas ripas de madeira que carregava para a mão direita, Eliane subiu sua saia com a mão esquerda e deu um passo final, firme, para chegar ao açude.

Seu pai, Gustave, que a seguiu até o lado de fora para pegar uma braçada de lenha, parou, observando a filha atravessar para o outro lado do rio, seu andar onírico através da água que cobria seus tornozelos, os pés obscurecidos pelo baixo miasma da névoa do rio. Sentindo a presença do pai, Eliane olhou por cima do ombro e, mesmo distante, pôde perceber, pela expressão atípica de tristeza no rosto dele, que Gustave estava preocupado com a iminência de outra guerra, nem vinte anos depois daquela última e terrível, da qual o próprio pai nunca retornara.

Eliane levantou as ripas, saudando-o, e o semblante do pai logo voltou ao seu estado habitual, abrindo-lhe um sorriso.

As colmeias sob as acácias na outra margem do rio estavam silenciosas quando Eliane chegou. Suas habitantes ainda se abrigavam dentro delas, esperando os raios de sol aquecerem o ambiente o bastante para fazê-las sair. Calmamente, Eliane tirou pedaços finos de cordas do bolso do avental, amarrando as ripas para bloquear as brechas nas colmeias antes que as abelhas começassem com seus vaivéns. Hoje, elas seriam levadas para o alto da colina para passarem o inverno em um canto protegido do terreno murado do château.

O trabalho de Eliane, como auxiliar de cozinha no Château Bellevue, incluía estar disponível todos os dias para verificar as abelhas e abastecê-las com suprimentos de açúcar, se necessário, para ajudá-las caso houvesse outro inverno rigoroso à frente. Monsieur Le Comte prontamente concordou com o tímido pedido de Eliane para cuidar das colmeias. O conde notou como ela levava jeito com a natureza, persuadindo suas abelhas a produzir generosas placas de favos de mel, gotejantes, além de operar milagres no horto com suas ervas e seus organizados canteiros. Até mesmo a cozinheira do château, a formidável madame Boin, parecia encantada com o trabalho de Eliane e era ouvida cantarolando, satisfeita, enquanto se alvoroçava entre a mesa da cozinha e o fogão.

De volta à cavernosa cozinha do moinho, Eliane encheu um pequeno jarro com água e, com ele, fez um buquê de flores silvestres, colocando-o no centro da gasta toalha que cobria a mesa. Seu pai, prestes a mergulhar um pedaço de pão na caneca de café, parou para lhe perguntar:

– Conseguiu terminar, minha filha? As colmeias estão bem seladas?

Eliane confirmou, derramando o café do bule esmaltado em sua própria caneca. Os raios de sol da manhã já começavam a deslizar pela mesa enquanto ela puxava a cadeira.

– Todas prontas. O Yves acordou?

– Ainda não. Você sabe como ele fica no sábado de manhã – respondeu o pai, fingindo reprovar a indolência do irmão.

– Precisamos trocar as colmeias de lugar logo. Não é bom para as abelhas ficarem presas enquanto o dia esquenta.

Eliane traçou a linha de luz, agora mais forte, que já havia alcançado o jarro de flores e continuava silenciosamente a ganhar espaço, indo na direção de Gustave na cabeceira da mesa.

Ele assentiu, limpando o bigode com um lenço amassado que enfiou de volta no bolso de seu macacão azul.

– Eu sei.

Sua cadeira raspou nas pedras do piso quando ele a empurrou para trás e se levantou. Gustave era um homem gigante e robusto, de barriga proeminente e corpo musculoso, por toda uma vida de trabalho no moinho de farinha.

– Vou acordar o Yves agora.

– Onde maman está? – Eliane perguntou, cortando uma fatia do pão recém-assado que estava na mesa de carvalho ao lado de onde o pai acabara de sair.

– Foi ver madame Perret. Parece que as contrações dela começaram ontem à noite.

– Ouvi o telefone tocando de madrugada. Era ela? Mas ainda falta um mês… – Eliane para, com a faca de pão na mão.

O pai confirmou.

– Sua mãe acha que pode ser um alarme falso. Você sabe como Elisabeth Perret é. Se assusta com a própria sombra.

– Bom, mas é o primeiro bebê dela – Eliane o repreendeu gentilmente –, então é claro que ela está nervosa.

Gustave balançou a cabeça:

– Com sorte, sua mãe a acalmará com as tisanas dela, e o pequeno esperará mais algumas semanas.

Depois de empurrar uma manteigueira e um pote de geleia de cereja na direção da filha, Gustave saiu caminhando com seus passos pesados, fazendo a madeira da escada estalar enquanto subia para acordar o filho.

Ao ver a mãe, Lisette, empurrando a bicicleta para o alpendre perto do celeiro, Eliane apanhou sua fatia de pão com geleia e foi ajudá-la a trazer a bolsa com os instrumentos da mãe e a cesta com os extratos herbais que ela sempre levava em suas visitas. Como parteira local, Lisette conhecia a maioria dos moradores da pequena Vila de Coulliac, assim como de seus arredores.

– Como madame Perret está?

– Está bem, estava apenas constipada. É o que acontece quando se come uma jarra inteira de picles em conserva de uma só vez! Mas nada que algumas xícaras de chá de funcho não resolvam. Penso que o bebê continuará bem no lugar onde está por mais algumas semanas. Ele está alto e parece bastante confortável para querer se mexer agora. Típico dos meninos!

Lisette era misteriosamente precisa em suas previsões sobre o sexo dos bebês que trazia ao mundo.

– Falando em meninos, onde está seu irmão? Achei que ele fosse ajudar você e papa a mudar as colmeias de lugar antes de você ir para o mercado, não?

Eliane confirmou, colocando a cesta de vime ao lado da pia e servindo uma caneca de café para a mãe.

– Papa foi acordar o Yves.

– E aqui está ele! – Yves anuncia sua própria chegada com um sorrisinho para Eliane e um abraço na mãe. – Assim que tomar seu *p'tit-déj*, ele vai se aprontar para o trabalho.

Aos dezesseis anos, Yves havia acabado de deixar a escola neste verão e estava aproveitando bastante sua relativa liberdade, trabalhando com o pai no moinho em vez de ter que lidar com os rigores da sala de aula e das provas. Yves era mais alto do que a mãe e as duas irmãs, mesmo elas sendo mais velhas. Seus belos cachos escuros e seu jeito descontraído o tornaram popular. Nos últimos tempos, parecia mesmo haver um número crescente de garotas ansiosas para ajudar os pais a trazer os alqueires de trigo para moer, bem como para voltar e coletar os sacos de farinha macia quando estivessem prontos, tentando fingir não olhar de canto de olho enquanto Yves colocava as pesadas sacas na carroceria da caminhonete do pai para entregar ao padeiro.

* * *

A caminhonete dos Martins subiu lentamente o íngreme e poeirento caminho do Château Bellevue, com Gustave desviando com cuidado dos piores buracos para agitar as abelhas o mínimo possível. As colmeias, bem seguras e cobertas com ramos de sabugueiros para fazer sombra durante sua curta viagem, finalmente chegaram à sua nova casa no horto murado atrás do château. Eliane mostrou ao pai e ao irmão o lugar onde colocá-las, próximas ao muro na parte oeste e de frente para a direção leste, de modo que fossem aquecidas pelos primeiros raios solares todas as manhãs durante os frios meses do inverno. Uma grande pereira, com seus galhos abarrotados de frutos quase maduros, fazia-lhes um escudo.

– É melhor você voltar para a caminhonete e fechar as janelas – disse Eliane para Yves. – As abelhas podem ficar um pouco confusas até se adaptarem à nova casa, e você sabe como elas gostam de te ferroar!

– Não entendo – resmungou o irmão –, você nem coloca o véu na maior parte do tempo, e elas nunca picam *você*.

– São abelhas criteriosas – provocou Gustave, enquanto ia até o banco do motorista e se certificava de fechar bem a janela do seu lado.

Com destreza, Eliane desatou as cordas e gentilmente levantou as ripas que selavam as colmeias. Poucos instantes depois, as primeiras abelhas começaram a emergir da estreita abertura na base, de início sentindo o ambiente e então empreendendo voos zonzos, ziguezagueantes. Eliane sorriu ao assisti-las.

– Isso mesmo, explorem um pouquinho, *mes amis*. E depois voltem e façam suas danças para contar às outras onde tudo está. Há o bastante para todas se esbaldarem aqui.

Não demoraram muito a se agrupar em volta das estrelas de azul profundo das flores de borragem; e uma e outra mais aventureiras voaram em direção aos deslumbrantes sóis amarelos das flores de alcachofra de Jerusalém, determinadas a procurar pelo tesouro escondido, o néctar entre o rico pólen marrom que polvilhava o centro de cada flor.

Na entrada do horto murado, monsieur Le Comte assistia, apoiado em sua bengala de cabo prateado.

– Bom dia, Eliane. Devidamente instaladas? Já parecem se sentir em casa.

Ela sorriu para seu velho patrão.

– Está perfeito. Será menos úmido para elas aqui longe do rio, e as paredes lhes darão abrigo. *Merci,* monsieur.

– É um prazer – o conde assentiu. – E, Eliane, as notícias correram rápido, como costuma acontecer por essas redondezas. Monsieur Cortini, *vigneron* no Château de la Chapelle, veio falar comigo. A cunhada dele tem outras seis colmeias, mas a artrite em suas mãos está a cada dia pior, tornando difícil para ela trabalhar. Ele ouviu que você colocaria suas colmeias aqui e perguntou se poderíamos acomodar as outras também.

Os olhos de Eliane arregalaram-se em surpresa e contentamento.

– Nove colmeias! Imagine só quanto mel!

– Acha que há espaço suficiente para todas aqui? Não queremos enxames de abelhas guerreiras em nossas mãos, não é mesmo?

– *Mais oui, bien sûr.* Vamos colocar as novas colmeias um pouco distantes das minhas, ali, perto daquele canto mais afastado. Podemos ajeitá-las em um ângulo que seus caminhos não se cruzem. Assim, não deverá haver problemas.

– Muito bem. Os Cortinis falarão com você na barraca do mercado esta manhã para combinar os preparativos de transporte.

– Muitíssimo obrigada, monsieur. E, agora, falando em mercado, é melhor eu ir andando.

O conde acenou, levantando uma das mãos, enquanto os Martins desciam de volta a colina. Parando por mais alguns instantes no portal do horto, ele observou as abelhas, agora mais confiantes, que iam de flor em flor nos canteiros bem-cuidados que Eliane ajudou o jardineiro a instalar ali, no início do ano.

* * *

O mercado em Sainte-Foy-la-Grande já fervilhava com o burburinho típico das manhãs de sábado quando Eliane chegou.

Aos poucos, ela abria caminho através da multidão, cumprimentando amigos, vizinhos e feirantes enquanto passava pelas coloridas exposições de produtos. As frutas vermelhas, do final do verão, reluziam com seu vermelho-rubi ao lado de ameixas da cor de ametista nas cestas de vime. Debaixo dos toldos listrados pendiam das barracas de hortaliças tranças com cebolas douradas e cabeças de alho, como fios de pérolas.

Ela acenou para monsieur Boin, fazendeiro e marido da cozinheira do Château Bellevue, enquanto ele cuidava dos espetos que assavam as suculentas galinhas que criava no próprio quintal, cujas gorduras pingavam em uma bandeja com batatas cortadas em cubos, que já exibiam uma tonalidade marrom-caramelo.

Eliane caminhou em meio à multidão até alcançar a barraca onde sua amiga Francine servia os clientes agrupados ao seu redor com alegria. As geleias e conservas de Francine sempre foram populares, e os potes de mel de Eliane desapareciam com a mesma rapidez.

– Como está caro – resmungou uma senhora ao pegar um dos potes âmbar.

– É fim de estação, madame, além de este ser o mais fino mel de acácia – respondeu Francine, sorrindo e sem se perturbar. – São os últimos potes até a próxima primavera, então eu aconselharia a senhora a comprar hoje mesmo caso queira um pouco.

Alisando a nota amassada que lhe foi entregue, Francine a pôs com cuidado na pochete de couro, onde guardava seu dinheiro, antes de colocar o troco na mão estendida da cliente.

– Merci, madame, et bonne journée.

Eliane foi para a parte de trás da barraca e beijou Francine nas duas faces. As duas se tornaram melhores amigas desde o dia que se conheceram na escola. Para muitos, pareciam formar um par incomum. Enquanto Francine era expansiva e impetuosa, o jeito calmo de Eliane lhe conferia um ar reservado. Mas suas personalidades se encaixavam tão perfeitamente bem quanto duas metades de uma casca de noz. Ainda criança, já descobriram compartilhar um senso de humor perspicaz, além de um forte instinto de cuidado, criando, ao longo dos anos, uma lealdade extrema. Os pais de Francine voltaram para a cidade natal dos dois, Pau, havia poucos anos, para estar mais próximos da avó de Francine, uma senhora de idade bem avançada. Já Francine decidiu ficar para cuidar do pequeno negócio da família e ganhar a vida com a terra.

– Desculpe, eu me atrasei – disse Eliane.

– Não é nada. Eu sabia que você mudaria as colmeias de lugar hoje mais cedo. Foi tudo bem?

– Já estão todas em sua nova morada de inverno. Elas pareciam se adaptar bem quando fui embora. Deixe que eu cuido daqui um pouco. Você deve estar querendo muito um café agora.

Francine entregou a pochete para Eliane e dobrou seu avental, guardando-o atrás da barraca. Acenando para um grande grupo de amigos que havia colocado algumas mesas do lado de fora do Café des Arcades, Francine gesticulou para que lhe pedissem um café.

– Ah, eu quase ia me esquecendo. Está vendo aquele *mac* ali? O cara grande entre Bertrand e Stéphanie? Na verdade, Stéphanie está é quase se sentando no colo dele, flertando como de costume. Bem, ele veio à barraca mais cedo, perguntando por você. Disse se chamar Mathieu alguma coisa e ser *stagiaire* no Château de la Chapelle. E que veio para ajudar os Cortinis com a vindima. Parece que disseram ao rapazinho ali para vir se encontrar com você. Algo sobre trocar algumas colmeias de lugar. Vou falar para ele vir aqui.

Enquanto atendia o próximo cliente, Eliane deu uma olhadela na direção do grupo, que ria ruidosamente de algo que Stéphanie havia dito. Francine arrastou uma cadeira e se inclinou para falar com Mathieu, que olhou para a barraca de Eliane através da movimentada praça do mercado. Por um breve momento, a multidão se dispersou e seus olhares se encontraram. Os olhos tranquilos e acinzentados de Eliane pareceram desconcertar o jovem rapaz, que largou sua xícara de café e se levantou com tanta pressa que, por pouco, não jogou a mesa no chão, espirrando as bebidas que estavam sobre ela por toda parte – para a diversão dos outros e o óbvio descontentamento de Stéphanie, que pegou uma grande quantidade de guardanapos de papel e, furiosa,esfregou a manga de sua blusa.

Ao chegar à barraca, Mathieu aguardou de lado, fingindo ler os avisos pregados no quadro em frente à *mairie*, até finalmente haver uma breve calmaria na fila de clientes, quando então se aproximou.

– Eliane Martin? – perguntou, estendendo-lhe a mão bronzeada pelo sol, tão larga e forte quanto a pata de um urso. Mas Eliane percebeu que, apesar de seu tamanho, ele se movia com a graça de um felino. – Meu nome é Mathieu Dubosq. Trabalho para os Cortinis. Eles me pediram para lhe entregar uma mensagem.

Ao apertar as mãos de Mathieu, Eliane o encarou com seus olhos cinza-claros, fazendo as faces do jovem corarem, igualando-se em cor aos potes de geleia de morango silvestre de Francine dispostos na prateleira entre os dois.

– *Mais oui.* O conde já havia me explicado. Eles têm algumas colmeias que precisam ser colocadas junto às minhas no horto do château, *n'est-ce pas*?

Mathieu confirmou com a cabeça, passando os dedos por entre os fios grossos e pretos de seu cabelo, imediatamente percebendo que suas madeixas talvez precisassem de um pouco de domesticação na presença daquela garota calma e segura de si, cujo sorriso parecia emudecê-lo.

– E elas estão no pomar de *Tante* Béatrice, em Saint André?

Houve uma estranha pausa enquanto Mathieu tentou – falhando miseravelmente – entender sobre o que ela poderia estar falando.

– As abelhas... As colmeias estão no pomar da tia de Patrick Cortini? – ela falou com gentileza. – Pelo que me lembro, monsieur Le Comte disse que elas pertencem à cunhada de monsieur Cortini, estou certa?

– Isso. É isso mesmo.

– *Eh bien.* Nesse caso, verei se meu pai e meu irmão podem ir até lá com a caminhonete na segunda, na primeira hora do dia. Será o melhor horário para pegá-las ainda dentro das colmeias. Levarei o que for preciso.

– Estarei lá, *mademoiselle* Martin, para ajudar a carregar as colmeias.

A claridade nos olhos de Eliane parecia iluminar todo o seu rosto enquanto ela sorria para ele mais uma vez.

– Obrigada, Mathieu, espero vê-lo na segunda, então.

Ele se afastou, observando-a atender outro cliente, aparentemente sem pressa nenhuma para voltar a se reunir com o grupo no café.

Stéphanie abriu caminho por entre a multidão, que lotava o mercado após o relógio da igreja bater onze horas. Pegando um pote de geleia de ameixa *mirabelle* da prateleira, ela torceu o nariz, colocando-o de volta, fora do lugar.

– Ah, *bonjour*, Eliane – disse, como se acabasse de perceber quem a atendente era. – Vamos, Mathieu, pedimos outro café para substituir o que você derramou e já está ficando frio.

Entrelaçando o braço no dele, de modo possessivo, continuou.

– E olhe só – ela o repreendeu, batendo na mão de Mathieu com uma severidade fingida –, você arruinou minha blusa. Que bom que é apenas uma roupa velha mesmo.

Gentil e educado, Mathieu se desvencilhou do braço de Stéphanie e então, pegando o pote de geleia de *mirabelle* recusado por ela, colocou-o de volta em seu devido lugar, no topo da organizada pirâmide. Em seguida, estendeu sua mão de urso mais uma vez e – agora ganhando confiança – retribuiu o olhar franco de Eliane, com seu próprio sorriso, tímido e de olhos escuros.

– Adeus, Eliane. Até segunda.

Abi: 2017

De tempos em tempos, os céus são entrecortados pelos flashes dos raios e ruidosos estalidos dos trovões, com a chuva tamborilando furiosamente no telhado do château enquanto a tempestade o engole.

Uma trovoada me faz pular de susto.

– Alguém aqui já foi atingido por um raio? – pergunto, nervosa.

– Não se preocupe – Sara responde, serena, continuando a descarregar uma cesta de compras no balcão. – Este château existe há mais de quinhentos anos, e temos excelentes para-raios hoje em dia que protegem as construções. Só precisamos mesmo desligar todos os eletrodomésticos da tomada, caso contrário, eles podem ficar danificados com os picos de energia.

Após colocar as caixas de leite na porta de uma enorme geladeira de inox, Sara tira de lá uma garrafa de vinho.

– Logo vai passar. No verão, as chuvas costumam durar metade da noite, mas essas tempestades de primavera nunca vão para frente.

– Seu inglês é excelente – eu me arrisco a dizer.

Sara sorri.

– Olha, isso é um elogio! Eu *sou* inglesa. Me mudei para cá há alguns anos. E então me casei com um francês.

A porta da cozinha se abre de repente. Um homem vestido com um macacão entra e fecha a porta, sacudindo o cabelo molhado e puxando Sara para seus braços. Ela sorri, parecendo não se incomodar nem um pouco com as roupas empoeiradas e molhadas do marido, e o beija de volta.

– Temos uma convidada. – Ela se vira e aponta para a mesa onde estou sentada.

– Desculpe-me, senhorita – ele se aproxima de mim, limpando a mão na calça do macacão antes de apertar a minha –, não vi você aqui.

– Este é o meu marido, Thomas. Thomas, esta é a Abi. A gente se encontrou na estrada bem na hora em que a tempestade começou.

– Fugindo do centro de ioga, acertei? – diz Thomas, sorrindo.

– Acho que minhas *leggings* de *lycra* me denunciaram um pouco, não é? Desculpe por invadir o espaço de vocês. A Sara, muito gentil, me ofereceu abrigo. Mas vou voltar assim que a tempestade passar.

– É melhor você ficar e jantar com a gente – diz Sara, servindo três taças de vinho e colocando uma delas na minha frente. – Levo você embora depois.

A dor na minha perna e a queimadura latejante da bolha no meu calcanhar imploram para que eu aceitasse aquela amável oferta.

Thomas toma um gole do vinho e pede licença para ir tirar as roupas do trabalho.

– Posso te ajudar a colocar a mesa? – pergunto para Sara, enquanto ela salteia uma frigideira repleta de batatas com um pouco de alho. O aroma toma conta do lugar, e minha boca saliva enquanto ponho os talheres, guardanapos e copos para água na mesa. Tomo então um gole do vinho, frutado e delicioso.

– Você é vegetariana? Tinha preparado um frango assado, mas rapidinho posso fazer outra coisa se preferir.

Balanço a cabeça.

– Não, frango seria excelente. É tão generoso da sua parte ter me acolhido assim, Sara.

Não estou certa se foi o efeito do vinho, ou o fato de eu estar absolutamente faminta e a comida cheirar tão bem, ou a energia calorosa e relaxada que este amigável casal irradia ao compartilhar sua casa e sua refeição comigo, mas, de repente, sou tomada por uma grande emoção diante dessa generosidade. Minha garganta se fecha, e meus olhos marejam.

Não seja idiota, eu me repreendo em pensamento. *Você acabou de conhecer essas pessoas. Não quer que eles lhe achem uma maluca completa, quer? Já é ruim o bastante terem encontrado você andando sem rumo por aí com uma tempestade se aproximando.*

Sara nota meu desconforto e, sob o pretexto de colocar uma jarra de água na mesa, aproxima-se de mim, dando um tapinha carinhoso em minha mão.

– É um prazer para nós. – Ela sorri. – Você deve estar cansada, não, Abi? O centro é bem longe daqui. Está gostando do retiro?

Agradecida pela mudança de assunto, descrevo as aulas de ioga, que adoro – e são tão boas para fortalecer minha perna e meus braços machucados, embora essa parte eu guarde para mim. Relato também o encontro de Pru com o belo holandês, tudo de um jeito leve.

Sara balança a cabeça.

– Nossa, Abi, parece que sua amiga te abandonou.

Dou de ombros.

– Está tudo bem. Pelo menos, assim sobra mais espaço na barraca.

Os olhos dela se arregalam.

– Você está acampando? Nesta época do ano?

– Fizemos as reservas muito tarde, e aí já não havia mais acomodação no centro. A única opção era acampar mesmo. Tem muita gente fazendo o mesmo. Está tudo bem. A maior parte do tempo passamos no estúdio de ioga ou no salão de refeição.

Sara olha com dúvida para as janelas, que estão sendo lavadas pela água da chuva. Preciso reconhecer que ela tem razão em duvidar do aconchego da barraca e me pergunto por um momento como será que ela aguentará essa tempestade.

– Vai ficar tudo bem – falo resolutamente, mais em uma tentativa de me tranquilizar do que a qualquer outra pessoa.

– Então, diga-me – Sara pergunta enquanto pega uma tábua e começa a preparar uma salada –, que lugar você chama de lar?

– Londres – respondo. Pego um pano de prato e começo a secar algumas louças que estão no escorredor próximo à pia. – Posso guardar em algum lugar?

Ela assente com um gesto de cabeça.

– Obrigada. Ficam naquele armário ali. E o que você faz em Londres?

– Não muito, ultimamente – admito, enxugando minhas mãos no pano. – Eu estudava na Universidade Aberta, mas engavetei o projeto por um tempo. Não tenho andado muito bem nos últimos dois anos. Nada importante demais. Mas sofri um acidente e meu marido faleceu... – Paro de falar, e ficamos em silêncio por alguns instantes.

– Olha, isso parece bem importante para mim, sim. Sinto muito. – Sara pousa uma mão solidária em meu ombro. – Não é de espantar o porquê de não andar bem.

Balanço a cabeça e tento tirar o foco daquele assunto pesado dizendo animadamente:

– Mas eu costumava trabalhar como babá residente.

– E você gostava?

– Muito. Trabalhei com duas famílias excelentes. Adorava cuidar das crianças.

Deixei de fora a parte em que, poucos meses depois que minha mãe morreu – tendo gasto o pouco dinheiro que restava em uma extravagância alcoólica derradeira enquanto eu fazia minhas provas finais –, me dei conta de que não tinha onde morar. E então me inscrevi em uma agência de "Empregos domésticos nacionais e internacionais", marcando com um x as caixinhas dizendo que procurava por um cargo residente e tinha disponibilidade imediata. Munida de boas referências dos meus professores, consegui um emprego dois dias depois, trabalhando para um casal desesperado com três filhos menores de cinco anos. A babá anterior sumira do mapa para morar no País de Gales com um cara que conhecera em um festival.

– E tem alguém te esperando em casa? Filhos? Um companheiro? Que cuide de você quando você não está bem?

Balanço a cabeça em negativa.

– Nenhuma das alternativas anteriores. Livre, leve e solta, esta sou eu. Mas estou bem melhor nos últimos tempos – respondo, valendo-me da minha usual estratégia de manter as coisas leves e desviando-me das perguntas antes mesmo de elas serem formuladas. Tento ignorar o fato de ainda sofrer com ataques de pânico, insônia e, apesar das tantas horas conversando com uma psicóloga gentil e encorajadora, ainda sou tomada por uma incapacidade crônica de seguir em frente.

Durante o jantar, Sara e Thomas me contam sobre o negócio deles no Château Bellevue.

– Na alta temporada, celebramos casamentos aqui. Será o terceiro deste ano no próximo fim de semana. As segundas são nossos dias de folga e da nossa equipe. Às terças e quartas, fazemos os preparativos, arrumando os quartos e tudo o mais antes de os convidados chegarem.

– Quantas pessoas vocês conseguem acomodar?

– Aqui mesmo no château, até vinte e quatro. Os outros convidados ficam em *chambres d'hôtes* nos arredores. Mas estamos expandindo um pouco. No último inverno compramos a casa do moinho perto do rio. Com isso, vamos aumentar a capacidade em mais dez pessoas. É possível ir a pé, então será uma boa opção para grupos maiores ou os familiares dos noivos, que nem sempre levam numa boa serem alojados em lugares mais distantes.

– Estamos indo aos poucos – Thomas acrescenta –, faço um trabalho e outro na casa do moinho sempre que possível, e temos uma equipe de empreiteiros, só que eles trabalham em outros projetos ao mesmo tempo. Mas certamente estará tudo pronto a tempo para o próximo ano.

Sara suspirou.

– Olha, amor, é melhor não esperar que vá passar muito tempo lá embaixo nesta temporada. Vou precisar de você me ajudando aqui em cima o máximo que puder – diz, virando-se para mim – Precisamos dispensar uma de nossas assistentes, sabe? Bom, na verdade é um eufemismo para a pegarmos na adega depois de entornar algumas garrafas de champanhe pouco antes de os últimos convidados do casamento chegarem! Dá para imaginar a vergonha, Abi? É muito difícil encontrar pessoas por aqui preparadas para fazer um trabalho sazonal como esse, pois significa não ter vida social nos fins de semana em todo o verão.

Balanço a cabeça, compreensiva.

– Imagino o quanto deve ser trabalhoso, mas provavelmente muito divertido também, não? Como uma grande e animada festa por todo o verão?

Sara e Thomas sorriem um para o outro.

– Você tem razão – diz Thomas. – Se você gosta do trabalho, é mesmo muito gratificante.

Eles me contam mais sobre o negócio e as experiências que tiveram nos últimos dois anos: o quanto aprenderam, os erros que cometeram, a diversão que tiveram. Observo a expressão dos dois ao falar, o modo como sorriem com facilidade, como se ouvem, os olhares que trocam. É evidente o quanto amam esse trabalho quase tanto como um ao outro.

No cair da noite, já sinto como se os conhecesse por toda a vida em vez de há apenas algumas horas, e estou relutante em sair daqui e voltar para o centro de ioga. Contudo, após a salada de tenras, recém-colhidas hortaliças e uma tábua de frios, com queijos que variavam de firmes e de sabor forte a macios e pungentes, nós três nos levantamos.

– Muito obrigada mais uma vez. A comida estava deliciosa.

Meu corpo está radiante após a recaída tão súbita da desintoxicação, e me sinto sonolenta e satisfeita. Não é possível que essas comidas sejam tão ruins assim quando te fazem se sentir tão bem, não é mesmo?

Exatamente como Sara previu, a tempestade passou, e, enquanto ela me leva de volta, vejo algumas estrelas aparecendo conforme as nuvens dispersam. Parece haver uma grande festa na entrada do prédio principal do centro quando Sara para atrás de uma viatura estacionada em frente ao prédio. Vários dos organizadores do retiro, além de Pru e o holandês, alguns dos nossos colegas de ioga e uma dupla de *gendarmes* circulam por lá.

Assim que saio da van, Pru solta um grito agudo.

– Abi, é você! Onde você estava? Ficamos tão preocupados. Ninguém te viu depois da caminhada meditativa. Até chamaram a polícia!

Os *gendarmes* se viram e olham para mim.

– É essa então a pessoa desaparecida? – um deles pergunta. E então avista Sara. – *Ah, bonsoir, Sara, comment vas-tu?*

Ela rapidamente responde em francês, explicando o ocorrido.

– Não há motivo para se preocupar, madame – os policiais tranquilizam Pru, quando Sara termina. – Sua amiga estava nas melhores mãos possíveis.

Sorrindo, eles entram na viatura, e as luzes traseiras do carro logo desaparecem na estrada.

Depois de eu confirmar para Pru que estou absolutamente bem e que tive um belo fim de tarde em um château, comendo e bebendo vinho, ela e seu holandês entram no carro dele e partem para o luxo encobertado de sua pousada.

Sinto-me um pouco envergonhada por toda a confusão que causei, então me viro e estendo a mão para Sara.

– Obrigada por me resgatar. E por aquele jantar delicioso. Adorei conhecer você e o Thomas.

Mas Sara não parece estar nem um pouco com pressa de ir embora, olhando para o conjunto de prédios, cujas luzes iluminam o pátio em que estamos.

– É bom poder ver o que fizeram aqui. Não vim ao centro desde que eles o construíram.

– Posso lhe apresentar o lugar, se quiser – ofereço. É o mínimo depois de toda a gentileza de Sara. Então faço um breve tour guiado pelo salão de refeição, pelo arejado estúdio com suas portas de correr que vão do chão ao teto e dão para uma bela mata e pela área de descanso onde algumas pessoas estão relaxando com seus chás de ervas. Em seguida, a conduzo para a parte lateral do prédio, dizendo:

– Algumas pessoas estão hospedadas no segundo andar, outras em pousadas fora da propriedade, mas o resto de nós...

– Acampando? – Sara conclui minha frase enquanto corremos os olhos pelo caos que se apresenta diante de nós. A maioria das tendas ainda está de pé, é verdade, embora gotejando, desoladas, em grandes poças que brilham onde as luzes as refletem. Uma delas, porém, foi reduzida a um montinho encharcado que mais se parece uma ilha deserta e solitária no meio de uma grande lagoa.

– Suponho que aquela ali seja a sua? – Sara me cutuca gentilmente.

Confirmo com a cabeça, sem querer abrir a boca, correndo o risco de abrir a comporta de lágrimas represada dentro de mim. De repente, sinto-me derrotada. Exceto pela minha bolsa de mão e pelo meu celular, guardados no cofre do centro (temos que entregá-los ao chegar, tudo parte do processo de desintoxicação), tudo o mais que eu trouxe jaz embaixo daquele monte patético de tecido encharcado.

– Bom – ela diz rapidamente, decidida –, então vamos desenterrar suas coisas dali, e você vem ficar com a gente.

Chego a iniciar uma objeção, mas, para ser sincera, a essa altura não consigo pensar em uma solução alternativa. Sara ignora meus fracos protestos e atravessa a poça, erguendo o que sobrou da barraca. Juntas, conseguimos abrir o zíper da parte interna, e, enquanto Sara segura a camada externa enlameada e encharcada, procuro por minhas coisas. Minha bolsa de roupas está ensopada. O *nécessarie*, flutuando em uma poça. E os dois sacos de dormir, o de Pru e o meu, tão ensopados que é difícil arrastá-los para fora. Enquanto luto para torcer e tirar o máximo de água possível deles, Sara faz o mesmo com os colchões infláveis, limpando-os. Ela avista um varal esticado entre duas árvores.

– Ali – diz ela –, vamos pendurar o que pudermos lá. As peças vão secar um pouco durante a noite, e aí terminamos de separar pela manhã.

Deixando claro que não aceitaria nenhuma outra sugestão sobre onde dormirei além daquela dada por ela, Sara coloca minha bolsa de viagem de lado.

– Vamos levar essa bolsa e colocar tudo o que couber na máquina de lavar. Assim, pelo menos, suas roupas vão estar limpas e secas amanhã.

– Sinto muito por incomodar tanto, Sara, especialmente você tão ocupada. Aposto que não imaginava no que ia se meter quando me ofereceu carona na estrada.

– Não é incômodo nenhum. Na verdade, foi ótimo nossos caminhos terem se cruzado. Felizmente, tenho um château cheio de quartos vazios hoje. Você pode ficar em um deles. E aposto que será muito mais confortável do que sua barraca, mesmo se ela estivesse de pé e seca.

Hesito, e ela me cutuca mais uma vez:

– Ah, e eu já cheguei a mencionar o banheiro da suíte com uma hidro tão funda que você quase pode boiar nela?

Sorrio e seguro a toalha que peguei na barraca, originalmente de cor creme, mas agora com listras em tom marrom-lama.

– Você está sendo bem convincente. E me diga uma coisa: alguma chance de ter aquelas toalhas brancas e felpudas também?

Sara sorri largamente.

– Pode apostar que sim!

Eliane: 1938

Na semana seguinte, antes de subir a colina para seu dia de trabalho no Château Bellevue, Eliane cobriu a cabeça e os ombros com um xale para bloquear o frio da névoa que se acumulou sobre o leito do rio durante a noite. Ao passar, avistou a porta do moinho entreaberta e entrou para dar bom-dia ao pai, sentindo o choque pelo contato com o calor seco da sala de moagem. Eliane permaneceu ali por alguns instantes, observando o pai preparar as pedras de moinho com alguns punhados de grãos antes de girar a roda de controle para abrir o canal. E o fluxo calmo e silencioso do rio logo se transformou em uma poderosa torrente, conforme a água caía no estreito canal e fazia a roda do moinho começar a girar. Quando ganhou velocidade, a torrente se tornou um rugido e as máquinas ganharam vida, adicionando seu matraqueio às cacofonias já em curso. Rangendo e estalando, as engrenagens começaram a girar a pedra rotativa. Seu pai abriu então a moega, direcionando o fluxo para o buraco no centro da pedra. Após um breve instante, as primeiras porções de farinha de trigo moída caíram na calha de madeira abaixo da pedra fixa, lembrando Eliane dos primeiros flocos de neve do inverno.

Gustave verificou o grão e ajustou a velocidade da pedra rotativa, finalmente satisfeito com a moagem, agora feita com precisão suficiente.

As tábuas do andar superior rangeram quando Yves despejou outra saca de trigo na tremonha que alimentava as pedras de moinho. Ao abrir o alçapão acima das cabeças de Eliane e Gustave para verificar com o pai se tudo corria bem, Yves sorriu ao avistar a irmã. O barulho estava alto demais para sua voz ser ouvida, mas ela o viu murmurar bom dia. A irmã acenou de volta, beijando o pai em seguida e desejando-lhe um "*Bonne journée*" antes de enrolar o xale em volta da cabeça mais uma vez e seguir para seu próprio local de trabalho.

Conforme Eliane subia a colina, os sons do moinho desvaneciam. Bem ao longe, do outro lado do rio, o ribombar fraco e rítmico de um trem que passava agitando o ar como uma batida de coração, pulsante, antes de o silêncio o engolir. No topo do espinhaço, Eliane emergiu no nascer do sol de outono, que logo faria evaporar o cobertor noturno do rio e revelaria a casa do moinho para o dia.

Parando para tomar fôlego, ela olhou de volta para o vale abaixo. Os galhos mais altos do salgueiro agora eram visíveis, fazendo-a sorrir ao se lembrar dela e de Mathieu sentando-se sob a frondosa copa da árvore na tarde de ontem, assim como têm feito todas as tardes desde que Mathieu a ajudara a mover as colmeias, e de como, finalmente, reunira coragem para estender a mão e segurar a dela.

Madame Boin já se ocupava com as panelas quando Eliane cruzou a soleira da porta, adentrando o calor da cozinha cavernosa, tomada pelo aroma dos pães no forno.

– *Bonjour, madame*. Do que vamos precisar esta manhã? – perguntou Eliane, pegando a cesta de vime ao lado da porta, tendo cuidado para não sujar o tapete limpo da cozinha com as pegadas de seus sapatos. A sua última tarefa todos os dias era varrer e esfregar as pedras de ardósia para que, ao chegar na manhã seguinte, madame Boin encontrasse seu território limpo e organizado.

– *Bonjouir*, Eliane. Farei uma *blanquette* no almoço de hoje, então me traga algumas cenouras e batatas. Também vamos precisar de folhas hortelã para as tisanas de monsieur Le Comte. E você havia me dito que eu poderia adicionar algo mais para ajudar na recuperação dele, não foi? Ainda me preocupa a lesão em sua perna.

– Tomilho é excelente para a circulação e para combater infecções, é o que maman diz. Trarei um bom punhado. E manjericão também é bom para a convalescença, assim como o chá de hortelã. Há ainda um pouco crescendo em um dos vasos no canto do horto, embora eu provavelmente traga tudo para cá por causa do inverno.

Madame Boin assentiu.

– Ah, e me traga também uma boa porção de sálvia. Está bem? Seu chá de sálvia tem me ajudado a acalmar essas minhas malditas ondas de calor. Dormi tão melhor na noite passada.

Mesmo o verão já encontrando seu fim, a *potager* de Eliane ainda florescia cercada pela proteção do terreno murado. O jardineiro permitira que ela usasse alguns canteiros vazios para sua farmácia de ervas e plantas medicinais. E foi útil, em especial nesta época do ano, ter acesso a esses terrenos elevados e protegidos, bem como ao horto ribeirinho mais sombreado, próximo ao moinho, pois isso a possibilitou cultivar uma quantidade maior de variedades de plantas em dois hábitats diferentes. Quando Eliane pedira permissão para cultivar os canteiros até então desocupados, monsieur Le Comte demonstrara alegria por seu château poder ajudar Lisette com as plantas que usava para tratar suas pacientes em toda a comunidade.

As paredes de pedra do horto já absorviam o sol da manhã quando Eliane empurrou o portão. As primeiras abelhas trabalhavam na extração do doce e pungente néctar das almofadas de tomilhos e alecrins. Pareciam ter um senso de urgência sistemático sobre si mesmas. Eliane sabia que haviam captado algo da luz suave do outono, dizendo-lhes para se apressar em reservar seus suprimentos antes da chegada do inverno. Eliane não coletaria mais mel das colmeias até que as abelhas pudessem colher a generosidade renovada de pólen na próxima primavera. Queria se certificar de que teriam os recursos necessários para sobreviver à austeridade dos próximos meses.

Tirando os legumes da terra, ela sorriu para o pisco-de-peito-ruivo que a observava de seu poleiro na pereira, imediatamente descendo para procurar na terra recém-revirada petiscos para seu café da manhã. Do bolso de seu avental, tirou um canivete e cortou as ervas, depositando-as na cesta. Ela também carregava consigo uma lista de ingredientes para levar para a mãe, mas estes pegaria no final do dia, quando o sol já tivesse aquecido as folhas, estimulando uma boa provisão de óleos essenciais, parte vital dos preparos medicinais da mãe.

Ao voltar para a cozinha, Eliane tirou seus sapatos, pondo-os sobre o tapete ao lado da entrada, antes de colocar os pés nos *sabots* com sola de madeira que usava no château, para começar seu dia de trabalho.

Abi: 2017

Por um instante, não consigo me situar. Os primeiros raios de sol incidem sobre meu travesseiro, passando através das venezianas, e minhas pernas, que deveriam estar comprimidas por um estreito saco de dormir, deslizam livremente sobre lençóis supermacios. E então eu me lembro: quer dizer que o Château Bellevue e seus donos não foram apenas um sonho bom que conjurei durante minha melhor noite de sono em anos?

Olho para o relógio. Ainda é bem cedo. Thomas disse que me levaria de volta ao centro de ioga depois do café da manhã, já que ia passar por aquele caminho de qualquer forma. Alongo meu corpo mais uma vez, exuberante, aproveitando ao máximo o espaço e conforto proporcionados por uma cama apropriada e depois, relutante, afasto as cobertas e coloco meus pés no chão. Tenho consciência de que o quarto onde estou faz parte do negócio de Sara e Thomas e que, ao dormir aqui, acabei dando ainda mais trabalho aos dois, então tiro a roupa de cama e limpo o banheiro, deixando-o como se eu nunca tivesse estado ali.

Enquanto seguro um bolo de roupas de cama, uma lembrança subitamente me acerta em cheio. O gesto simples e cotidiano de segurar uma braçada de roupas para lavar traz de volta associações que atingem um nervo em meu corpo, que, por sua vez, leva direto ao meu âmago. Vejo--me mais uma vez como uma adolescente, de volta ao antigo apartamento onde morava, tentando arrumar a cama da minha mãe. Ela teria bebido durante o dia inteiro, como de costume, e, depois de chegar da escola, eu a teria convencido a sair de sua cama encharcada para ajudá-la a tomar banho. E então, deixando-a de roupa trocada e acomodada em uma poltrona ao lado da lareira a gás, não sem antes fazer uma oração silenciosa para que ela não ateasse fogo em si mesma e no apartamento, eu enfiaria os lençóis em um saco de lixo e seguiria para a lavanderia. Ali mesmo, eu me sentaria, em meio ao calor da lavanderia e ao aroma de sabão, para fazer meu dever de casa enquanto as máquinas balançariam e bateriam ao meu redor. Se tivéssemos dinheiro suficiente, eu colocaria uma moedinha na secadora e voltaria para casa com uma pilha de roupas secas, ainda aquecidas, e dobradas cuidadosamente. No entanto, o mais comum era – em especial no fim do mês – que eu virasse o saco de lixo do avesso e colocasse os lençóis molhados e limpos de volta e então, com os braços doloridos após puxar o pesado fardo de volta para casa, pendurá-los em um varal de chão em frente à lareira.

"Uma demonstração de cuidado", como falam hoje. Para mim, era apenas sobrevivência. A alternativa a isso me aterrorizava: ser levada para longe de minha mãe. Suponho que, na maioria das vezes, as crianças queiram ficar na companhia de seus pais, não importa como. Por isso, mesmo quando mamãe ficava realmente mal, eu não deixava transparecer. Apenas continuava a cuidar dela o melhor que podia.

A própria família dela fez questão de deixar claro que não queria mais envolvimento com minha mãe quando ela engravidou de mim. Não tenho ideia de quem meu pai seja, e, para ser honesta, não estou certa se mesmo mamãe tinha. Foram tantas as histórias contadas por ela, ano após ano, dependendo do quanto havia bebido e do seu humor no dia: esfuziante ou totalmente para baixo...Talvez ele fosse mesmo um soldado, morto por acidente durante manobras de treinamento, logo após eu ser concebida; ou talvez um mochileiro australiano, que desaparecera sem ao menos deixar o número do telefone (nem mesmo, aparentemente, seu nome); ou talvez fosse apenas um pervertido que tirara vantagem de uma garota alcoolizada demais para se dar conta do que estava fazendo. De um jeito ou de outro, formávamos um time, a mamãe e eu, e nos virávamos bem, contanto que ela estivesse sóbria o bastante pelo menos para ir receber seu benefício social e não gastar tudo na loja de bebidas a caminho de casa.

Sacudo a cabeça, tanto para despertar quanto para me livrar daquela memória, então pego o bolo de roupas de cama e o levo para o andar de baixo. Sara já está na cozinha.

– Bom dia – digo. – E obrigada pela melhor noite de sono que tive em anos. Onde posso colocar? – pergunto, mostrando-lhe as roupas de cama. – Se você puder me dar um novo jogo, volto lá em cima e faço a cama novamente. Dei uma boa limpada no quarto e só preciso agora passar um aspirador. Depois disso, ele vai ficar novinho em folha para seus convidados.

Sara assente, em aprovação.

– Pode me dar aqui. Vou colocar na máquina. E obrigada, Abi, será de grande ajuda. Vou lhe dar uma mãozinha para refazer a cama, mas, antes, sente-se aqui e tome seu café, está bem?

Thomas entra, assobiando alegremente, e nós três nos sentamos em volta da mesa da cozinha, posta por cima de uma toalha de algodão vermelha e branca. Sirvo-me de frutas frescas e uma tigela de cereais enquanto Sara serve, para cada um de nós, uma xícara de um café de aroma delicioso.

Thomas e Sara se entreolham:

– Então, Abi – Sara começa a falar –, sei que provavelmente esta proposta vai parecer uma loucura, e é algo totalmente do nada, mas o que você acharia de tentar trabalhar com a gente no Château Bellevue nesta temporada? Thomas e eu conversamos sobre isso ontem à noite. Você parece ser muito habilidosa, e tenho certeza de que pegaria o jeito rapidamente. Só Deus sabe o favor que você nos faria, pois estamos desesperados para conseguir outro par de mãos que nos ajude. Podemos oferecer acomodação na casa do moinho, contanto que não se importe por lá estar em obras. Mas prometo que o quarto onde você ficará estará o mais longe possível da bagunça e do barulho. E, certamente, será muito mais confortável do que uma barraca!

Sorrio.

– Estão falando sério? Vocês acabaram de me conhecer.

– Sim, mas já posso ver o quanto nos damos bem. O pagamento não é excelente, mas suas refeições serão feitas aqui, o que já ajuda. Acho que você vai se adaptar tão bem ao nosso time. Sei que tudo isso é repentino demais, então que tal pensar com calma durante o resto da semana enquanto continua no retiro de ioga? E então, caso decida que gostaria de tentar, você pode ver como será.

Penso no apartamento vazio que espera por mim em Londres – com suas enormes janelas do chão ao teto –, olhando por entre as docas, para a vasta cidade que se estende ao longe, e no quanto me acho isolada e só em meio a toda aquela gente. Não sinto um propósito para minha vida naquele lugar, enquanto aqui, é o que agora me dou conta, estarei ocupada. Não passarei horas presa dentro da minha própria cabeça pois terei tantas outras coisas para pensar. Casamentos! Festas para organizar. Hóspedes para atender.

Mas então hesito mais uma vez. Estarei apta a trabalhar? E se eu os deixar na mão? E se eu arruinar o dia especial de alguém por cometer um terrível erro? E se eu tiver um ataque de pânico em um salão lotado e entrar em colapso, sem ar, no meio de uma elegante recepção?

Como se pudesse ler minha mente, Sara imediatamente me lança um sorriso reconfortante:

– Abi, sei que nos contou que não tem andado bem ultimamente, e, se isso significa que não pode trabalhar, vamos entender. Mas você parece ser uma mulher tão capaz, talvez até mais do que pense ser. Poderia fazer um teste e caso decida, a qualquer momento, que não quer continuar, você estará livre para ir. Só que, honestamente, qualquer ajuda que tivermos será melhor do que nenhuma. Thomas ficará liberado para trabalhar na casa do moinho durante o dia. Caso contrário, o projeto excederá o limite, e o gerente do banco não ficará muito feliz com a gente. E, olha, mesmo os casamentos dando um trabalhão, você verá que é bem divertido também.

Olho de Sara para Thomas e de volta para Sara, ambos esperando por minha resposta. E então decido. Apesar de todos os eventos de ontem à tarde, eu claramente não aprendi nada da minha lição sobre os perigos envolvidos em decisões espontâneas, porque logo respondo com um sorriso:

– Vocês acham que há espaço para um tapete de ioga na casa do moinho? Caso sim, eu poderia começar agora mesmo.

Eliane: 1938

– Eliane, pode me passar o abridor de massa se já tiver terminado?

Mãe e filha estavam ocupadas na cozinha, preparando as refeições para o fim de semana prolongado. Eliane fatiava as peras vindas do château que madame Boin a autorizou trazer para casa, dispondo-as no formato de um organizado leque no topo da torta de frangipane que preparava.

Lisette olhou para o trabalho de Eliane com aprovação.

– Muito bem, está perfeito, minha filha.

– Tentei fazer um esforço extra já que Mireille vem. Ela provavelmente está acostumada às pâtisseries parisienses, agora, e achará nossos pratos caseiros comuns. A senhora acha que Mireille mudou, maman? Imagino que ela esteja muito sofisticada.

Lisette sorriu e balançou a cabeça.

– Não a nossa Mireille. Você sabe que *tarte aux poires* é a receita favorita da sua irmã e que estará mais deliciosa do que qualquer torta comprada em uma loja, mesmo em Paris. Mas confesso que estou curiosa para ver as roupas dela. Trabalhar em um ateliê tão prestigiado certamente a fará conhecer as últimas tendências de moda.

Felizmente, o Dia de Todos os Santos este ano caiu em uma terça-feira, e Mireille foi liberada para tirar a segunda-feira de folga, voltando ao moinho pela primeira vez desde que partiu em maio para iniciar sua carreira como costureira aprendiz em um ateliê de alta-costura em Paris.

Yves entrou na cozinha, assobiando, acompanhado pela rajada de folhas caídas que sopraram com o vento do final de outubro ao abrir a porta, e então colocou uma cesta de vime com tampa na mesa com ar triunfante. A mãe veio inspecionar.

– *Oh là-là*, mas que belezuras!

– Dezoito dos mais finos lagostins que o rio pode oferecer.

Tirando um dos rechonchudos lagostins da cesta, Yves fingiu atacar a orelha de Eliane com as garras de aparência feroz do crustáceo. A irmã o empurrou para longe, sem se perturbar com a provocação, e Yves pegou um pedaço da massa que havia sobrado, colocando-a na boca.

O barulho da caminhonete estacionando levou os três à porta da cozinha, e então Mireille surgiu, sorrindo e falando em voz alta enquanto seus familiares a rodeavam, e seus cachos escuros se emaranhavam com o forte vento de outubro.

Mireille largou a bolsa e permaneceu imóvel por um momento, respirando fundo o ar de seu lar, absorvendo tudo ao seu redor: o suave correr do rio girando a roda do moinho; o salgueiro deixando sua trilha de folhas no lago abaixo do açude; as galinhas agitadas bicando na poeira; a cabra e seu filhote no pasto além do pomar; e, do lado de dentro, os cheiros familiares de lenha queimando e de algo saboroso cozinhando em fogo baixo; as notas suaves das ervas e plantas medicinais usadas pela mãe penduradas para secar ao lado da chaminé; e, acima de tudo, o abraço do pai, da mãe, da irmã e do irmão: sua família.

– Olha só que bolsa chique! – exclamou Lisette. – E esse blazer?

– Nossa, mas que *finesse* – Yves caçoou, ao pegar a bolsa e sair andando de maneira afetada com ela sobre o ombro. – *Mademoiselle* Mireille Martin agora é requintada demais para o Moulin de Coulliac!

– Não tanto assim a ponto de não poder dar uma coça em meu irmãozinho atrevido – disse Mireille, lançando-se sobre Yves e fingindo torcer o braço dele atrás das costas, até o irmão devolver-lhe a bolsa. – Para falar a verdade, não vejo a hora de colocar minhas roupas confortáveis e meus *sabots* de novo.

Gustave trouxe a bagagem da filha.

– Vou levar direto para o seu quarto, está bem?

– Venha, Eliane. – Mireille dá o braço para a irmã. – Ajude-me a desfazer as malas. Trouxe alguns presentinhos para você.

O quarto que as irmãs duas compartilhavam escondia-se sob o beiral do moinho, com suas janelas que davam para os campos além do açude. Gustave colocou as bolsas ao lado de uma das camas, enquanto Mireille se jogou na colcha de algodão florida. O quarto tinha um cheiro suave de cera de abelha e dos sachês de lavanda que perfumavam a cômoda e o armário alto de nogueira no canto.

– Como é bom estar em casa – suspirou Mireille.

Eliane havia feito um arranjo com frutas vermelhas em um pequeno vaso de porcelana ao lado da cama da irmã, e elas agora emanavam seu brilho carmim na faixa de sol que atravessava as vidraças.

– Venha – disse Mireille, dando um tapinha na colcha. – Sente-se aqui e me conte as novas. Como é trabalhar no château? Você já conseguiu amansar aquele dragão chamado madame Boin? E como anda a saúde de monsieur Le Comte?

Eliane se aconchegou na cama, ao lado da irmã, sentando-se em cima das próprias pernas.

– É bom. Gosto do trabalho. Eles me permitem passar bastante tempo no horto, então nem sempre estou dentro do château, sem contar minhas abelhas. Nove colmeias! E haverá mais no próximo verão se elas enxamearem. Madame Boin é boa. Ela mais ladra do que morde. Nos damos bem agora. E monsieur Le Comte está melhor de saúde. A úlcera em sua perna está curando bem, graças às ervas de maman e aos cataplasmas de mel. É um patrão gentil, um verdadeiro cavalheiro, como sempre.

– Mas me conte sobre Paris – Eliane continuou. – Por um acaso já vestiu alguma estrela de cinema? Como você consegue sobreviver no meio de todo o barulho e a correria de Paris, Mireille? No meio de tanta gente? Não consigo nem imaginar.

Eliane então ouviu, de olhos arregalados, a irmã lhe descrever o alojamento que dividia com duas das outras costureiras, sua jornada para o trabalho em um bonde barulhento e as exigentes *parisiennes* que iam ao *sâlon* para ajustar seus novos e caros trajes. Mireille remexeu em uma de suas malas.

– Tome, trouxe esses moldes para você e maman. Achei que fossem gostar de fazer alguns deles. Estão muito *à la mode.*

Yves enfiou a cabeça pela porta do quarto das meninas.

– Olha só vocês duas aí fofocando. Eliane por acaso já lhe contou sobre o namorado dela? – perguntou, sorrindo ao ver que a irmã corava.

– Ele não é meu namorado. É apenas um amigo. E gasta mais tempo pescando com você do que passeando comigo. É tão amigo seu quanto meu.

– Ah! – exclamou Yves. – Se você está dizendo, mas ele e eu não passamos horas sentados embaixo do salgueiro de mãos dadas sem tirar os olhos um do outro.

– Entendo – disse Mireille, sorrindo com os olhos escuros, o que contrastava com o tom sério de sua voz. – E qual é o nome dele, posso saber?

– Mathieu Dubosq – respondeu Yves. – É um excelente pescador. Sempre sabe onde os grandões estão se escondendo. Também sabe tudo sobre caça, além de ser quase tão especialista em cogumelos quanto Eliane. E também está vindo almoçar conosco em alguns minutos.

– Ora, ora, estou muito ansiosa por conhecê-lo – disse Mireille, distraindo o irmão ao lhe entregar um pequeno pacote embrulhado em papel pardo e amarrado com um áspero barbante.

Yves assobiava por entre os dentes enquanto desfazia o embrulho, tirando dele um canivete com cabo de chifre.

– Olha só como essa lâmina é afiada. Fantástico! Obrigado, Mireille.

– E agora... – Mireille se levantou, pegando outros pacotes com embrulhos parecidos –, vamos descer para dar estes a maman e papa e ajudar os dois a colocar a mesa.

* * *

Enquanto raspavam seus pratos para pegar as últimas migalhas da suculenta frangipane e sua doce massa, Eliane observava sua família reunida em volta da mesa. Preocupava-se que a primeira refeição de Mathieu no moinho fosse um suplício para ele, no entanto, o rapaz não deu o menor indício de sua timidez ao responder a Gustave questões sobre a colheita da uva para produção de vinho, assim como a Lisette sobre a casa de sua família em Tulle. Eliane já havia contado aos pais que a mãe de Mathieu morrera em decorrência de uma grave hemorragia – o pesadelo de toda parteira – após dar à luz o irmão mais novo de Mathieu, Luc.

– Amanhã pego o trem de volta para *la Toussaint*. Sempre colocamos flores no túmulo de minha mãe. Não vi meu pai nem meu irmão desde que a vindima começou, então será bom colocar a conversa em dia. Os dois trabalham em uma fazenda nas cercanias da cidade, com gado de corte e alimentação animal, principalmente.

Gustave finalmente abaixou seu garfo, aceitando, relutante, que seu prato estava vazio.

– E você voltará para a pecuária quando terminar seu *stage* no Château de la Chapelle?

Incapaz de se segurar, Mathieu lançou um olhar para Eliane do outro lado da mesa, e um brilho rosado se alastrou por sua face profundamente bronzeada pelo sol.

– Ainda não sei. Meu pai queria que eu experimentasse trabalhar na vindima, e eu achei bem interessante. Além disso, gosto daqui, então devo continuar com os Cortinis por um pouco mais de tempo. Eles até já me pediram isso, e amanhã contarei ao meu pai. Afinal de contas, Coulliac não é tão longe de Tulle. – Mathieu se interrompeu, subitamente se dando conta de que talvez tivesse falado demais.

Eliane sorriu para ele. Sendo a mais parecida com Lisette entre os três filhos da família Martin, ela herdou a intuição da mãe e a incrível habilidade de enxergar sob a superfície, capaz de ler os pensamentos e sentimentos mais íntimos das pessoas. Ela compreendeu a esperança implícita nas palavras de Mathieu de que o futuro dos dois fosse compartilhado. As primeiras faíscas de atração mútua desabrocharam em algo muito mais profundo do que uma amizade, conectando-os com mais força a cada dia.

Eliane se levantou para recolher os pratos vazios, e, quando Mathieu lhe entregou o seu, as pontas dos dedos dela tocaram a mão dele por um breve instante, um toque tão gentil quanto o bater de asas de uma borboleta, ainda assim, tão intenso quanto uma promessa que não precisava ser dita por palavras. Ele voltaria para casa e colocaria flores no túmulo da mãe em sua homenagem, assim como os Martins visitariam o pequeno cemitério de Coulliac para prestar respeito aos seus antepassados, e, quando *la Toussaint* chegasse ao fim e novembro começasse para valer, Mathieu voltaria para que ficassem juntos outra vez.

* * *

Eliane e Mireille apoiaram os cotovelos na porta do estábulo, assistindo à porca enfiar o focinho no cocho e fungar, satisfeita, ao encontrar alguns pedaços de nabo entre as cascas de batata.

Eliane coçou atrás das orelhas do animal com uma vara.

– Viu? Ela já nos perdoou.

As irmãs levaram quase uma hora para encontrar a porca na mata, onde se embrenhara para desfrutar de um banquete de bolotas, e então persuadi-la a voltar para o chiqueiro com a ajuda de um tentador balde de lavagem. Talvez a porca suspeitasse do destino reservado a ela assim que o inverno chegasse.

Na verdade, o chiqueiro estava mais para uma pequena caverna, escavada na parede de calcário pelo qual o rio gravara seu curso por milhares de anos. A rocha erguia-se abruptamente atrás da casa do moinho, onde elevava-se, formando o pilar sobre o qual se sustentava o Château de Bellevue, lá no alto. Antigos riachos subterrâneos – a maioria desaparecida há muito tempo – acabaram por criar uma rede de túneis na porosa rocha, um deles formando uma ligação invisível entre o moinho e o castelo. Segundo monsieur Le Comte, esse túnel representou uma tábua de salvação quando o castelo fora sitiado na Idade Média. O exército invasor não conseguia descobrir como os antepassados do conde presos ali dentro sobreviveram por tantas semanas sem acesso à comida e à água. Por fim, entediaram-se e partiram.

Durante vários anos, o túnel ficou bloqueado em ambas as saídas, embora Gustave tivesse removido as pedras e os escombros que obstruíam a entrada dos fundos do chiqueiro, a fim de usar alguns metros do túnel para armazenar vinhos. Esta despensa naturalmente formada também seria usada quando chegada a hora do abate, já que a escuridão fria e seca do local eram perfeitas para a cura de presuntos e *saucissons*, assim como para a preservação dos potes de patê que Lisette preparava para o inverno. Uma velha porta, revestida por várias chapas de metal, ocultava a abertura do túnel e fazia da parte externa da caverna um lar perfeito para a porca, que agora se acomodava para um cochilo em sua confortável cama de palha.

Mireille tirou um punhado de bolotas do bolso e as jogou no cocho. Os frutos atingiram o solo com um som semelhante ao de granizo, fazendo a porca abrir um dos olhos.

– Sinto muita falta de várias coisas aqui, mas ficarei agradecida de não estar em casa quando sua hora chegar – Mireille confessou à porca, que grunhiu em resposta.

– Difícil imaginar você em Paris, com seus vestidos chiques e trabalhando naquele ateliê, tão elegante. Eu não acho que gostaria nem um pouco de morar na cidade.

Mireille sorriu para a irmã:

– A vida na cidade certamente não é para todos. Uma das costureiras aprendizes já fez as malas e voltou para a Normandia. Ela simplesmente odiou a vida em Paris. Pode levar um certo tempo para fazer amizades lá também. É estranho o fato de você poder se sentir muito mais solitária lá, entre toda aquela gente do que vivendo no interior. Mas fiz amizade com outras garotas, e gosto muito do meu trabalho, mesmo sendo impossível satisfazer certas clientes! Talvez você possa ir lá qualquer dia para eu lhe mostrar a cidade.

– Maman não gosta de você tão perto assim da Alemanha. Está todo mundo receoso desde que os nazistas invadiram a Tchecoslováquia.

– Não se preocupe. Paris está segura. Não haveria tantos refugiados lotando a cidade se assim não o fosse. O melhor que todos podem fazer é continuar vivendo suas vidas. Quem sabe você e maman não vêm me visitar, as duas juntas? Posso mostrar todos os pontos turísticos para vocês. A Torre Eiffel é incrível, e as igrejas são majestosas!

Eliane imediatamente se lembrou da pequena capela onde a família iria no dia seguinte depositar as flores *Toussaint* nos túmulos de seus ancestrais. Um lugar simples, de paredes pintadas a cal e sólidas vigas de carvalho que a faziam se sentir segura. E, no cemitério, o aroma terroso de crisântemos perfumando o ar, tranquilizando as almas dos que partiram de que não foram esquecidos e poderiam finalmente descansar em paz. Mesmo no findar de mais um ano, havia o lembrete de que as estações passariam, e, após a morte do inverno, haveria renascimento na primavera.

Quem também surgiu em seus pensamentos foi Mathieu, que, a uma hora dessas, estaria no trem. O coração de Eliane bateu um pouco mais forte ao se lembrar das horas em que passaram nas margens do rio. Perto de outras pessoas, ele costumava ser tão calado, mas, quando estavam juntos, só os dois, Mathieu relaxava, confiando a Eliane suas maiores esperanças e seus maiores sonhos. Ela sorriu ao se lembrar de como os olhos escuros dele brilhavam ao descrever seu trabalho no vinhedo, e também o que estava aprendendo na *chai*. Mas então Eliane se lembrou de que a viagem daquele dia não seria fácil para ele e o quão triste deve ser oferecer flores *Toussaint* no túmulo da própria mãe, como ele tem feito desde que ela partira.

Como se lesse os pensamentos de Eliane, Mireille disse:

– Mathieu é legal. Gostei de conhecê-lo.

A irmã assentiu.

– É um bom amigo para todos nós.

– Tenho a impressão de que ele gostaria de ser mais do que um amigo seu, *ma p'tite*. – disse Mireille, sorrindo.

As faces de Eliane coraram enquanto ela coçava, concentrada, a nuca da porca. Então foi ela quem sorriu.

– Também gosto dele.

– Sim? – instigou Mireille.

– Parece que temos um futuro certo. Consigo nos ver juntos, sabe?

– Bom, se parece assim, então *é mesmo* certo – disse Mireille, dando um aperto carinhoso no braço da irmã. – Fico feliz.

Nesse mesmo instante, Lisette abriu a janela da cozinha, mas deteve-se por alguns segundos, admirando a visão de suas garotas trocando confidências, antes de chamá-las:

– Vocês podem trazer um pouco mais de lenha quando vierem, por favor? O jantar está quase pronto.

Abi: 2017

Meu quarto no sótão da casa do moinho é um oásis de calmaria e ordem entre o caos da reforma.

– Começamos de cima e fomos descendo – Thomas explicou. Ele e sua equipe criaram um espaço luminoso e arejado com vigas pintadas a cal e acrescentaram um banheiro escondido sob os beirais. Dentro dele, uma banheira antiga com pés em forma de garra, que posso usar à vontade, e um toalheiro de madeira, que segura duas das felpudas toalhas de Sara. Ela insistiu para trazer do château alguns itens que dariam um toque final ao ambiente: um já gasto, ainda assim maravilhoso, tapete Aubusson; uma pintura em aquarela de colmeias debaixo de uma árvore florida; e um mosquiteiro, lindo e prático, que Sara colocou cobrindo a cabeceira da cama de ferro forjado. Quando as noites ficarem mais quentes, poderei colocá-lo em volta de mim e manter as janelas abertas, deixando o sopro fresco do rio me acariciar enquanto durmo.

A princípio, Pru desaprovou veementemente a minha decisão de fazer *check out* do retiro de ioga e passar o verão morando e trabalhando no Château Bellevue. Mas Sara a convidou para vir e ver com os próprios olhos onde eu ficaria, e pude notar o quanto ela ficou impressionada.

Prometi enviar mensagens sempre, contando como eu estava indo e garantindo que Sara e Thomas não eram exploradores me mantendo aqui contra minha vontade.

Após a primeira noite, mesmo eu estando em um ambiente não familiar, em uma casa desconhecida e em um país estrangeiro, senti-me em casa imediatamente. As paredes pintadas a cal do sótão emanavam calma e tranquilidade – mesmo quando os empreiteiros estão se ocupando em quebrar a paz e o silêncio nas outras partes do imóvel com suas ferramentas barulhentas. E as tábuas cor de mel do assoalho exalam um leve aroma de cera de abelha que perfuma meus sonhos.

Há um senso de permanência plácida nesta casa do moinho, firme enquanto o rio corre, com as águas se chocando e se transformando em espuma ao cair em cascata sobre o açude. O enorme moinho já não funciona mais, embora Thomas tenha me dito que não seria difícil voltá-lo à ativa.

– Não faz muito tempo, há apenas algumas décadas, eles ainda costumavam moer farinha aqui – ele me disse. – Peça a Sara para lhe contar a história da família que viveu nesta casa. Este lugar pode parecer pacífico agora, mas, durante a guerra, foi ocupado por nazistas. Mesmo hoje a comunidade carrega as cicatrizes daquela época. As feridas podem até ter curado um pouco, mas ainda estão aqui, embaixo da superfície.

Enquanto Thomas falava, eu observava os graciosos galhos do salgueiro tocando a água, o aglomerado de construções antigas cujas paredes de pedra em tons creme se aqueciam ao sol do início do verão e a piscina abaixo do açude espumoso onde flutuam libélulas de um azul cintilante. É difícil imaginar este lugar sendo qualquer outra coisa senão pacífico. Mas enquanto permanecia ali, olhando em volta, passei minhas mãos sob as mangas da minha camisa, sentindo as leves saliências das minhas cicatrizes, que mantenho tão escondidas. Sei muito bem que algumas vezes é necessário olhar por baixo da superfície para descobrir a história secreta dos lugares. E das pessoas.

E então algo que Sara me disse, quando levei minhas coisas para a casa do moinho, ecoa em minha mente. Enquanto colocava minha pequena bolsa de pertences no chão, refleti:

– Engraçado, não é? Os diferentes caminhos que nos trazem para cá, vindos de contextos e lugares tão diferentes.

– Sabe de uma coisa, Abi, todos trazemos nossa própria bagagem conosco. Talvez isso seja o que nós, seres humanos, tenhamos em comum, o que nos une. Quando conhecer melhor este lugar, você perceberá o que estou dizendo – Sara me disse, sorrindo, e seus olhos eram como piscinas profundas. – Há algo de diferente neste canto do mundo. É um lugar que tem atraído pessoas durante eras. Não apenas turistas e gente que vem para os retiros de ioga, mas peregrinos e outras pessoas também. Os moradores dizem que há aqui três linhas energéticas ancestrais, Linhas Ley, convergentes. E três rios que convergem nesta região: o Lot, o Garonne e o Dordogne. Três das rotas para Santiago de Compostela vindas do norte se encontram aqui. Quem vai saber? Não importa como chamam, mas talvez exista algo que atraia as pessoas a este lugar no momento de suas vidas em que elas mais precisam. – Sara então me lançou um olhar sagaz. – De um jeito ou de outro, fico feliz que nossos caminhos tenham se cruzado.

Agora, parada ao lado do rio, mais uma vez passo as mãos em minhas cicatrizes sob as mangas e penso: *Eu também.*

Eliane: 1939

O dia após a Sexta-Feira Santa era o único em que o antigo forno para pão do moinho era aceso. Todos agora tinham a moderna conveniência de um fogão ou até mesmo de um dos novos fornos elétricos em casa. Contudo, era uma tradição dos Martins, repassada de geração a geração, assar os pães trançados para a Páscoa no forno a lenha, original do moinho.

Mathieu se tornou um visitante assíduo, passando todo o seu tempo livre com Eliane. No último mês, os dois foram frequentemente vistos ao lado um do outro no terreno à beira do rio, fazendo as últimas colheitas de inverno e preparando a terra para o plantio de primavera. Naquele final de semana de Páscoa, Mathieu veio ajudar Yves e Gustave a alimentar a fornalha até a *quatro-à-pain* atingir a temperatura certa para assar. Na cozinha, Eliane cantarolava enquanto ajudava Lisette e Mireille – que estava de volta para passar mais alguns dias – a sovar a massa e, em seguida, trançá-la habilmente em três pães que ficariam no calor, ao lado do fogão, por mais algum tempo antes de serem levados ao forno.

A primavera sempre foi uma das épocas favoritas do ano para Eliane, uma temporada de novas vidas e novos começos. Dentro do horto murado do château, as abelhas se aventuravam todos os dias, bebendo com alegria o néctar abundante proporcionado pelas flores da pereira, que espumavam sobre as colmeias.

Certo dia, na semana que passara, monsieur Le Comte trouxera uma cadeira, mais seus materiais para pintura, e iniciou um retrato da cena.

– Essa época sempre parece tão cheia de esperança – ele comentou com Eliane, enquanto ela juntava tenras folhas para o almoço, embora ambos soubessem que aquele ano seria ofuscado pelas notícias vindas além das fronteiras orientais da França. Mireille relatou que Paris estava amontoada de refugiados vindos da Áustria e da Tchecoslováquia, agora sob ocupação nazista. Como deve ser, Eliane se pôs a pensar, acordar um dia e descobrir que seu país passou a ser governado por uma força invasora?

– Você não fica preocupada de Paris ser o próximo alvo deles? – perguntou à irmã.

Mireille balançou firmemente a cabeça, dando mais uma boa sovada na massa do pão.

– Eles não se atreveriam! Imagine só a repercussão que isso causaria? A França e os Aliados não iriam simplesmente sentar e cruzar os braços, deixando a Alemanha atravessar nossa fronteira. Todos os dias lemos nos jornais parisienses sobre os esforços políticos e diplomáticos sendo feitos para acabar com essa loucura. Eles vão conseguir: ninguém quer outra guerra na Europa.

Mireille continua:

– Mas sinto tanto pelos refugiados! Temos até uma trabalhando conosco no ateliê, vinda da Polônia. Esther é o nome dela. Ela terá um bebê. Imagine só o desespero dela ao deixar sua casa, às pressas nessas condições, carregando apenas alguns poucos pertences. O marido é da Força Aérea Polonesa. Costumamos ver famílias inteiras de refugiados, muitas vezes com crianças pequenas. Paris está transbordando deles esses tempos. Há até uma conversa por lá de que as fronteiras serão fechadas para que ninguém mais entre.

Lisette terminou de enxaguar os utensílios de cozinha, empilhando-os na pia, e secou as mãos em um pano.

– Gostaria tanto que viesse para casa, Mireille, pelo menos até as coisas se acalmarem um pouco. Nos preocupamos com você.

– Não se preocupe, maman. Penso que Paris seja tão segura quanto qualquer outro lugar na França. Amo meu emprego no ateliê e estou ganhando tanta experiência trabalhando em todas aquelas belas peças de alta-costura. Eu não teria oportunidades assim aqui. Então, acho que continuarei lá por enquanto. E sempre poderei voltar para cá se o pior acontecer.

Mathieu apareceu na porta, com seu corpo bloqueando a luz do sol por um instante.

– Gustave disse que o forno já está pronto.

Ele então se aproximou por cima do ombro de Eliane para olhar o que ela estava fazendo. Virando-se, Eliane colocou um pedaço de massa doce na boca de Mathieu, beijando-o na face. Com os braços em volta dela, Mathieu a puxou para si, antes de se lembrar onde estava e, constrangido, olhar para Lisette.

Do outro lado da cozinha, Lisette sorriu para ele com carinho:

– Estamos muito ansiosos para conhecer seu pai e seu irmão amanhã, Mathieu. Que bom que eles estarão conosco na Páscoa. Tão gentil da parte dos Cortinis nos convidar todos para almoçarmos.

Mathieu sorriu de volta, timidamente.

– Verdade. Também não vejo a hora.

Ganhando confiança, envolveu Eliane com o braço e continuou:

– Eles ficam se perguntando por que ando tão ocupado na adega, em uma época como essa, que não consegui ver os dois com mais frequência. Disse a eles que podar as vinhas tem me mantido ocupado, mas, olha, acho que estão ficando desconfiados!

Mireille sorriu.

– Acho que provavelmente estão mais do que desconfiados, afinal Tulle não é tão longe assim de Coulliac para a fofoca não ter chegado até eles!

– Tenho certeza de que as massas agora estão boas – disse Eliane, mudando de assunto, enquanto erguia uma das pontas do pano de musselina que cobria os pães para protegê-los de quaisquer correntes de ar inesperadas.

– Parecem perfeitas para mim. – Lisette sorriu.

– Aqui, então, Mireille. Leve um. Mathieu, leve outro. Vamos colocar os pães no forno.

* * *

Era domingo, manhã de Páscoa. Após a missa, os sinos, que não tocavam desde a Sexta-Feira Santa, ressoaram de aldeia em aldeia anunciando com alegria que Jesus Cristo havia ressuscitado. Trajando suas melhores roupas de domingo, os Martins seguiram para o Château de la Chapelle, na comuna vizinha de Saint André, levando como presentes os dourados pães trançados e uma cesta de ovos, que Eliane pintara com pigmentos naturais obtidos de sua despensa com as colheitas do inverno: o amarelo, das cascas de cebola; o rosa intenso, da beterraba; e o azul-celeste, das folhas de repolho-roxo.

Estava quente o bastante para que tomassem seus aperitivos ao ar livre. Os Cortinis foram hospitaleiros e estavam especialmente entusiasmados em compartilhar seus vinhos com amigos e vizinhos. E, sob os generosos galhos de uma nogueira, cujas folhas verdes apenas começavam a desenrolar, uma mesa foi montada com patês, azeitonas e rabanetes ao lado de uma generosa variedade de garrafas de vinho.

Mathieu apresentou os membros da família Martin para seu pai e irmão, a princípio tão quietos quanto ele. Contudo, algum tempo depois, à medida que o vinho fluía por suas correntes sanguíneas e eles se viram no meio das companhias mais agradáveis, ambos relaxaram e se tornaram muito mais expansivos. Luc conversou e fez piadas com Yves e o filho dos Cortinis, Patrick. Já monsieur Dubosq se juntou a uma animada discussão com Gustave e monsieur Cortini sobre a situação atual da agricultura na França e os méritos da mecanização no lugar do uso de cavalos para aração. Mathieu e Eliane se davam as mãos e assistiam aos novos laços sendo formados entre suas famílias. No fim, todos se levantaram, satisfeitos com o suculento banquete de cordeiro assado, regado a várias garrafas do melhor tinto *vintage* dos Cortinis.

– Então me diga – falou monsieur Dubosq, virando-se para monsieur Cortini –, o senhor fará do meu filho mais velho um vinicultor?

– Mathieu tem grande aptidão e é um par de mãos confiáveis tanto na adega quanto nos vinhedos. Ficaria muito feliz em mantê-lo aqui, se assim ele quiser.

– Que bom saber disso. E você, Mathieu? Acha que prefere ser um vinicultor ou voltar a trabalhar com pecuária e agricultura?

– Eu... eu ainda não me decidi, papa. Sei que precisarão de mim no verão para ajudar com a colheita. Mas gosto muito mesmo daqui. Gosto de trabalhar nos vinhedos. De aprender como produzir vinhos... – Mathieu parou de falar, incapaz de dizer mais. Eliane lhe deu um aperto suave e reconfortante na mão, sob a toalha da mesa.

Monsieur Dubosq lançou a Mathieu um olhar penetrante por baixo das grossas sobrancelhas e então sorriu.

– Não se preocupe, *mon fils*, percebo como este lugar tem lhe feito bem. Você tem aprendido muito e está crescendo. Sou grato a todas essas pessoas de bem que se tornaram seus amigos.

Os olhos escuros de monsieur Dubosq claramente incluíram Eliane em seus comentários.

– Se monsieur Cortini quer mantê-lo aqui, acredito que eu possa encontrar alguém em Tulle para ajudar a mim e a Luc na época da colheita. Vamos ver como ficará.

Monsieur Cortini bateu palmas.

– Excelente! A notícia pede uma taça de algo especial para celebrar. Acho que tenho uma garrafa de armanhaque no porão.

* * *

À noite, enquanto as garotas deitavam em suas camas no sótão, ouvindo as corujas suavemente declarando seus territórios na escuridão, Mireille sussurrou:

– Está acordada, Eliane?

– Sim – respondeu a irmã do outro lado do quarto.

– Foi uma boa Páscoa, não foi?

Houve um instante de silêncio, e Eliane então respondeu:

– Uma das melhores.

– Fico contente por você e Mathieu estarem tão felizes. Vocês formam mesmo um belo par.

– A família dele parece legal, não parece?

– Com certeza. Luc virá com Mathieu amanhã para pescar com Yves. Os três já se tornaram amigos. E pude notar que monsieur Dubosq lhe aprova, mesmo sendo um homem de poucas palavras. Agora vejo de onde Mathieu tirou essa característica.

No quarto preenchido pela calmaria do rio e pelo luar que se infiltrava pela janela ao lado de sua cama, um sorriso de contentamento se abriu no rosto de Eliane.

Abi: 2017

– Esta é a Karen, meu braço direito. – Sara está na cozinha, separando espanadores e panos de limpeza em três baldes, mas interrompe o que está fazendo para me apresentar à mulher de aparência enérgica que acabou de passar pela porta.

– Prazer em te conhecer, Abi. – Karen tem um sotaque australiano quase tão aberto quanto seu sorriso, e um aperto de mão tão firme que deixa meus dedos dormentes por alguns segundos. – Sara me contou sobre você. Soube que surgiu do nada para nos salvar, bem a tempo.

– Na verdade, acho que está mais para o contrário.

– Como está sua acomodação perto do rio? Empoeirada demais?

Balanço a cabeça.

– O lugar é perfeito. É tudo tão sereno lá embaixo, à noite pelo menos. Quando saí de manhã, Thomas tinha acabado de ligar a betoneira, então provavelmente não ficará tão calmo assim durante o dia.

– Definitivamente, você está melhor aqui na Casamentolândia. – Karen acena e se vira para Sara. – E o que você tem reservado para nós esta semana?

Sara olha para uma pasta volumosa sobre a mesa.

– Os MacAdams e os Howards: um grupo grande ficando aqui, todos chegando quinta à tarde. E cento e vinte convidados para o casamento no sábado. Horários habituais para a cerimônia e os drinques antes do jantar. O pessoal do bufê e os floristas chegarão sábado pela manhã. Temos vinhos na adega. Então, usaremos esta manhã para limpar os quartos. Abi, você pode trabalhar comigo para eu lhe mostrar o que fazer.

– Esse parece bastante simples, então, certo? – digo esperançosa, enquanto pego meu balde.

Karen sorri, pegando o dela

– Abi, você vai descobrir que, quando se trata de casamentos, a palavra simples não existe!

* * *

O Château Bellevue foi construído onde antes ficava um antigo forte na colina, Sara me explica enquanto colocamos os lençóis e sacudimos os travesseiros, abrindo as venezianas e janelas para arejar os quartos conforme avançamos. O prédio principal conta com doze quartos em seus dois andares superiores. No térreo, ficam a cozinha e vários salões de recepção, que variam em tamanho, e vão de aconchegantes e isolados a grandes e elegantes. Na sala de estar principal, janelas francesas altas que se abrem para um terraço de lajotas de pedra, sombreado por um pergolado coberto por glicínias. Passando pelo terraço, uma passarela leva a uma grande tenda (felizmente, fixada com muito mais segurança contra a tempestade do que minha barraca), onde são realizadas as recepções dos casamentos. E, ao lado da tenda, um celeiro alto feito em pedra com um globo espelhado, pendurado em uma viga central, além de um sistema de som de aparência complicada e um bar que se estende ao longo de uma parede inteira:

– Central da Diversão, é como Sara chama. Thomas também é o DJ residente, e o marido de Karen, Didier, o barman. Pode ser que peçamos para você nos ajudar no bar de vez em quando se estiver muito cheio.

Ela também me mostra o horto murado onde cultiva flores, hortaliças e ervas; a piscina; um pequeno chalé onde ela e Thomas moram durante os meses de verão enquanto o edifício principal está ocupado pelos hóspedes; e um apartamento nos fundos do celeiro, onde fica o jardineiro/caseiro.

– O nome dele é Jean-Marc. Em nosso primeiro ano aqui, tivemos vários estudantes trabalhando para nós, mas a maioria já se foi. Jean-Marc está conosco há dois anos. Ele é uma verdadeira mão na roda. Thomas e eu não conseguiríamos viver sem ele. E aqui – Sara continua – está a capela.

Há uma cruz de pedra esculpida no telhado, em estilo duas águas, logo acima de uma antiga porta de madeira. Nós a abrimos e então saímos da claridade do dia, adentrando uma pacífica quietude, onde as paredes simples de pedra parecem nos abraçar.

– Ela não está consagrada atualmente, mas podemos oferecer a opção de fazer a cerimônia aqui caso a noiva e o noivo não queiram uma ao ar livre.

Ando pelo corredor, entre os bancos, e paro para ler uma placa memorial instalada na parede ao lado de um tablado que há na frente.

Charles Montfort, Conde de Bellevue

18 de novembro de 1877 – 6 de junho de 1944

Amor Vincit Omnia

– Ele foi o proprietário do château durante os anos de guerra. Um homem valente e bastante respeitado aqui na região.

– O que essas palavras em latim significam? – Aponto para a epígrafe embaixo das datas.

– O amor tudo supera – Sara traduz. – Muito apropriado para uma capela hoje usada exclusivamente para celebrar casamentos.

– Há tanta história neste lugar – observo, enquanto emergimos no pátio em torno do qual os edifícios estão agrupados. – Se as pedras falassem...

Sara concorda.

– Seria mais provável as pedras falarem do que ouvir a história da boca dos moradores. O período da guerra ainda é bem recente para muitos, apenas uma geração atrás. O pessoal tende a não querer remexer nessas memórias, sabe? São lembranças ainda muito dolorosas. Acredito que, para certas coisas, talvez seja melhor deixar que elas curem até ser seguro o bastante para trazê-las à tona.

Lembro-me dos comentários de Thomas na noite anterior, sobre a ocupação nazista e as feridas que ainda existem, bem abaixo da superfície. E então me lembro também do que ele me disse, sobre pedir a Sara para me contar a história da família na casa do moinho.

– Você sabe o que aconteceu aqui naquela época?

– Bom, não conheço a história toda da casa, mas conheço, sim, a de uma pessoa que cresceu na casa do moinho e trabalhou no château para o Comte de Bellevue. Ela guardou o relato por anos, mas acho que talvez tenha sentido que fosse a hora de sua história ser contada.

Sara faz uma pausa, pensativa, enquanto alisa o tecido de linho bordado que cobre um pequeno altar logo abaixo da placa. E então diz:

– O nome dela é Eliane Martin.

Eliane: 1939

No terreno murado, Eliane conseguiu incluir três colmeias em seu próspero apiário, resultado dos enxames do início do verão. Conforme a estação avançava, Eliane abria espaço em cada uma das colmeias acrescentando quadros vazios, acima dos ninhos, permitindo à movimentada comunidade de abelhas operárias as encher de mel, que poderia ser coletado sem perturbar as rainhas e os zangões, cuja única preocupação era garantir a continuidade da colônia.

Apoiando-se com um pouco menos de peso em sua bengala nos últimos dias – a úlcera em sua perna estava curando bem –, monsieur Le Comte observava Eliane a uma distância segura, atrás do portão, que, armada com um fumigador e usando um chapéu de aba larga coberto por um véu, deslocava-se de uma colmeia a outra. Trabalhando metodicamente, ela lançava um pouco de fumaça, apenas para acalmar as abelhas, removendo em seguida os quadros com tampas de cera, pesados pelo mel que carregavam, e retirando as abelhas que neles permaneciam com toda delicadeza. Por fim, depositou os quadros com cuidado em baldes de lata ao seu lado, substituindo-os por outras vazios. Logo depois, fechou as colmeias com segurança, deixando as abelhas com o trabalho de preenchê-las com o próximo estoque de seu doce néctar. O zum-zum também era intenso na cozinha. Francine veio para ajudar no preparo do mel para venda no mercado. Ela segurava os quadros enquanto Eliane passava uma faca de lâmina grande sobre cada um para remover a cobertura de cera, revelando os favos de mel, de cujas células hexagonais imediatamente começaram a derramar o ouro líquido e pegajoso. Após separar um pouco do mel em favo – o conde tinha um apreço especial por ele, acompanhando torradas de brioche no café da manhã –, Eliane enfiou o resto das armações no tambor da centrífuga. Madame Boin então começou, girando a manivela com gosto para extrair o precioso líquido de cada uma das células enquanto Francine operava a torneira na base, coletando o mel em potes esterilizados.

Já Eliane agora recolhia os fragmentos de cera e os colocava em um caldeirão de ferro, perto o bastante para que o calor os derretesse. Depois disso, as meninas os passaram por um pano de musselina limpo, depositando-os em outros potes de boca larga. O cheiro de cera de abelha com aroma de mel inundou a cozinha, perfumando suas peles e seus cabelos até a doçura parecer permear o âmago de seus seres.

Madame Boin cantarolava baixinho, girando a manivela da centrífuga, enquanto Eliane e Francine conversavam e sorriam ao trabalhar, enchendo o château de vida.

– Ouvi dizer que Stéphanie tem sido vista com bastante frequência nos vinhedos do Château de la Chapelle – comentou Francine, enquanto torcia um pano úmido para limpar o mel derramado na boca dos frascos.

Madame Boin soltou uma risada zombeteira.

– Aquela garota está sempre por aí, caçando. E não me refiro a coelhos!

– Então ela precisa tratar de procurar uma presa que não seja Mathieu Dubosq. Stéphanie está perdendo tempo com ele. Todo mundo sabe que Mathieu só tem olhos para Eliane.

Madame Boin imediatamente virou os olhos para onde Eliane estava, ainda transferindo cera para o caldeirão.

– Então, talvez ele devesse conversar com seu pai, Eliane, e tornar oficial. Aí, quem sabe, a tal Stéphanie finalmente entenderá a mensagem e o deixará em paz?

Eliane sorriu e balançou a cabeça para os lados, continuando placidamente a mexer o caldeirão, e Francine a empurrou com o quadril:

– O que significa esse olhar sonhador, então? – perguntou à amiga.

Eliane fingiu continuar concentrada em mexer a cera derretida, mas o rubor em suas faces a denunciou. Francine a empurrou mais uma vez.

– E então? – persistiu.

Limpando as mãos na bainha do avental, Eliane se virou para encarar suas inquisidoras. Abandonando qualquer pretensão de esconder suas emoções, e com os olhos cintilando como o céu opalescente da aurora no verão, Eliane finalmente disse:

– Eu o amo, Francine. E acho que ele me ama também.

A amiga riu e envolveu o braço em volta de Eliane:

– Bom, isso é tão simples de enxergar quanto o nariz em sua cara. Qualquer um com metade de um cérebro percebe o quanto ele lhe adora.

As faces de Eliane coraram em um rosa ainda mais profundo, o que nada tinha a ver com sua proximidade ao calor do fogão. Pegando mais alguns fragmentos de cera, Eliane as jogou no caldeirão. Agora, com o semblante sério, virou-se para a amiga mais uma vez:

– Sabe, não me preocupo de Mathieu ser tirado de mim por Stéphanie ou quem quer que seja. Sei que ficaremos juntos. Já conversamos sobre isso. Apenas precisamos esperar até que ele termine o estágio e consiga um emprego de vinicultor em algum outro lugar. Mathieu sabe que não haverá um cargo permanente para ele no Château de la Chapelle, a não ser que monsieur Cortini e Patrick expandam consideravelmente a produção. O que parece pouco provável nesses tempos incertos em que vivemos.

Madame Boin balançou a cabeça e fechou a cara, enquanto girava a manivela com ainda mais vigor.

– Esses nazistas loucos por poder têm de ser parados. Monsieur Le Comte está preocupadíssimo que sejamos arrastados para mais uma guerra, a última coisa que todos queremos. Ele tem passado tempo demais sentado ao lado daquele bendito rádio, ouvindo notícias pessimistas dia após dia. Não podemos deixar aqueles valentões nos assustarem.

– Concordo. Não podemos apenas ignorar o que está acontecendo – completou Francine. – Ouvi dizer que estão deportando milhares de pessoas e que a situação dos refugiados está caótica em Paris. Valentões precisam ser enfrentados, não apenas ignorados, na esperança de que se cansem e vão embora. Do contrário, já podemos nos preparar para ser o próximo alvo deles. Qual é sua opinião, Eliane?

– A minha opinião é de que devemos prometer permanecermos fiéis a nós mesmos. Não importa o que aconteça. Não importa o quão ruim as coisas fiquem. Devemos nos apegar a essa verdade. E acho também que precisamos fazer o que estiver ao nosso alcance para impedir mais derramamento de sangue. Ainda que, no momento, pareça que a única coisa que podemos realmente fazer é rezar. Rezar para que todos sejam sensatos.

– Mas e se a única forma de dar fim a esse derramamento de sangue for lutar, derramando ainda mais sangue pelo caminho? – persistiu Francine.

– Então lutaremos quando a hora chegar – respondeu Eliane, com o olhar triste. Mas esse olhar pouco durou, como uma nuvem passageira cobrindo o sol, e seu semblante logo se iluminou mais uma vez. – Agora – disse ela vivamente –, passe para mim essas tampas e vamos preparar estes potes para o mercado, senão o domingo chegará e ainda estaremos aqui nos preocupando com coisas que não temos o poder de mudar.

Abi: 2017

O grupo que se hospedará no château para o casamento chegará nesta tarde, então Sara e eu estamos no horto colhendo flores para colocar nos quartos e na sala de estar principal, além de ervas que Sara usará para temperar o jantar de hoje. Ela me explica que, enquanto usam buffets e floristas de fora para as festas na tenda, ela e sua equipe fazem esse trabalho para os outros dias, assim como a limpeza. Sara era paisagista antes de se mudar para a França, e seu evidente talento está exibido por toda parte à nossa volta.

No abrigo do terreno murado, Sara criou extensos canteiros repletos de flores típicas de um *cottage garden* – peônias cor-de-rosa, esvoaçantes e perfumadas, nigelas-dos-trigos, azuis e estreladas, e uma espuma de silindras – com as quais enchemos nossos cestos antes de voltarmos à cozinha para dispô-los na bela coleção de vasos e jarros de Sara, comprados em *brocantes*, que darão um toque de boas-vindas à mesa de cabeceira de cada hóspede.

O jardineiro, Jean-Marc, acena para nós sentado em seu trator cortador de grama, enquanto corta uma faixa no meio de um campo de margaridas, cultivado em um dos lados da tenda. Essa passarela permitirá aos noivos entrar bem no coração daquele prado de flores brancas, cenário perfeito para fotos de casamento deslumbrantes. Ao longo dos caminhos que levam à capela, ao celeiro e à piscina, Sara e Jean-Marc plantaram canteiros de lavanda intercalados por pequenas flores brancas, de caule longo – gaura, é como Sara as chama –, que dançam como borboletas sobre a cerração azul. Rosas trepadeiras de cor creme se estendem sobre a alvenaria e em volta das janelas, e o perfume celestial das glicínias paira no ar quente do meio-dia.

– Mas que cenário romântico – comento, imaginando como deve valorizar as fotos das lindas noivas e dos elegantes noivos. E como contrasta com a minha própria foto de casamento: Zac e eu parados nos degraus do cartório, enquanto a mãe dele tirava uma foto de seu celular. À época, ela deixou bem claro que o filho poderia ter feito melhor escolha do que se casar com uma babá sem dinheiro e sem família.

Lembro-me nitidamente do dia em que nos conhecemos. Zac passou a noite na casa da família para a qual eu trabalhava, em Londres. Ele entrou na cozinha, todo confiante, com sua camisa bem passada (fui descobrir apenas depois que Zac mandava suas roupas para uma lavanderia, mas esperava que sua nova esposa fizesse um trabalho igualmente imaculado, como parte de suas obrigações uxóricas). Naquela hora, eu tentava dar de comer ao pequeno Fred, e recorria ao velho truque do aviãozinho para acabar com o que restava na tigela estampada com "Thomas e Seus Amigos". Um pouco de molho havia se espalhado em minha camiseta cinza (desisti de vestir as brancas depois das minhas primeiras vinte e quatro horas na carreira de babá, duas famílias atrás), e meu cabelo estava preso para trás em um coque bagunçado, muito mais funcional do que chique, de fato.

Zac bagunçou o cabelo de Fred (cuidadosamente evitando um fio de espaguete que, não faço ideia como, foi parar ali) e então estendeu a mão para mim:

– Zac Howes, prazer em conhecê-la.

Entre malabarismos com a tigela e o garfo, limpei meus dedos pegajosos na minha calça jeans e lhe apertei a mão.

– Sou Abi, a babá.

Seus olhos azuis, que à primeira vista me pareceram um pouco frios, de repente franziram com alegria, e foi aí que percebi como Zac era bonito, de tirar o fôlego.

– Olha só, Abi *Ababá*, mas que sobrenome interessante você tem – disse ele, sorrindo.

Desconcertada, acabei derrubando a tigela de espaguete no chão. Fred bateu palmas com suas mãos gordinhas, aprovando meu feito, pegando ele mesmo um fio de macarrão frio e arremessando-o no chão como contribuição ao caos geral instalado.

– Deixa que eu te ajudo. Enquanto isso, você lida com esse carinha antes que ele destrua tudo por aqui.

A mãe de Fred, que àquela altura já se provava longe de ser uma das minhas empregadoras favoritas, chegou na cozinha com o *toc toc* de seus saltos altos no piso.

– Mas o que aconteceu aqui, Abi? Que bagunça é essa? – ela perguntou rispidamente, antes de notar a presença de Zac, de joelhos pegando a tigela e o espaguete dos ladrilhos de arenito polido. Imediatamente, seu tom mudou.

– Ah, Fred, espero que você não tenha sido um menino levado, hein? Abi vai te levar para tomar um belo banho – disse, certificando-se de permanecer a uma distância segura do filho, claramente evitando arriscar ter molho bolonhesa em sua calça rosa-clara estilo *mom*.

– Zac, você não deveria estar aí. Vou te servir uma bebida. Venha e deixe que a Abi cuide disso depois.

Zac me lançou um olhar solidário. Fred atirou suas patinhas pegajosas em volta do meu pescoço, tascando em meu nariz um grande e babado beijo sabor espaguete à bolonhesa.

– Vamos lá, então, Fredinho Sapinho – digo, sorrindo. – Vamos ver se há crocodilos na banheira hoje?

Olho para trás ao subir as escadas com ele. Zac ainda me observava com um olhar avaliativo.

E, na hora, se pensei sobre isso por mais do que um momento, atribuí à forma como a luz batia no rosto de Zac, mas, daquela distância, o calor parecia ter se esvaído de seus olhos azuis mais uma vez.

Eliane: 1939

Foi com um sentimento de descrença entorpecida que Eliane subiu a trilha para o trabalho no château, na primeira manhã de segunda-feira de setembro. Na tarde anterior – em um dia ensolarado de domingo –, ela e Mathieu se sentavam às margens do rio assistindo às donzelinhas dançarem sobre as águas, naquele momento do dia em que os raios do sol poente atingem a superfície, no ângulo perfeito, para ricochetearem como pedras que deslizam pela superfície do rio. Por um breve instante, a água cintilou com uma luz dourada que se refletiu nas árvores suspensas, uma alquimia que transformava suas folhas em um tesouro dourado e cintilante.

E, tão rápido quanto chegou, o momento passou. O ângulo da luz mudou, e as cores esmaeceram enquanto a escuridão desenrolava seu véu sobre o rio. Mathieu se levantou, estendendo a mão para Eliane, e a ajudou a ficar de pé.

A paz foi quebrada subitamente pelo som dos pneus de uma bicicleta deslizando na poeira, arremessando cascalhos contra a parede lateral do celeiro. Yves desceu correndo da bicicleta, encostando-a com tamanha pressa que a fez cair imediatamente. Sem parar para arrumá-la, foi correndo em direção à casa.

– Eliane! Mathieu! – ele gritou, ao avistar o casal embaixo do salgueiro. – É guerra! Estamos em guerra contra a Alemanha!

Ao ouvir as palavras do irmão, Eliane sentiu um calafrio percorrendo-lhe todo o corpo e estremeceu, mesmo com o calor da noite que acabava de cair. Ela esperava tanto que seu pressentimento estivesse errado, porém, no fundo, sabia que essa hora chegaria, e uma tristeza profunda a engoliu. Instintivamente, Eliane pegou na mão de Mathieu, segurando-a com firmeza. A pegada forte de Mathieu a tranquilizou, uma força que parecia fluir dele para ela. Eliane sabia que precisava se acalmar e resistir ao pânico que crescia em seu peito, para que pudesse ajudar sua família e sua comunidade a atravessar o que quer que estivesse por vir.

Na manhã seguinte, madame Boin estava em um estado de nervos tal que queimou as torradas de brioche de monsieur Le Comte, não apenas uma, mas duas vezes. Eliane encontrou refúgio no horto, verificando suas colmeias e colhendo ingredientes para as refeições do dia, adicionando também uma boa porção de folhas de erva-cidreira, por saber que suas propriedades calmantes poderiam ajudar a abrandar os nervos em frangalhos de madame Boin.

Monsieur Le Comte passou boa parte do dia enfurnado em sua biblioteca, escutando o rádio. Eliane ouviu alguns fragmentos de notícias ao levar-lhe as refeições. As tropas francesas estavam sendo dispostas ao longo da frente Oriental, criando o que esperavam ser uma linha impenetrável, suficiente para defender as fronteiras da França.

A Grã-Bretanha juntou-se aos Aliados, cedendo seu considerável poderio militar para a luta. O conde tentou acalmá-la o máximo que podia, dizendo-lhe:

– Não se preocupe, Eliane. Nosso exército logo os fará ir embora, sobretudo agora com a ajuda de nossos vizinhos. E, por sorte, seu rapazinho é agricultor, então ele não será convocado, pois precisaremos manter nossas produções para alimentar o país enquanto a guerra durar.

Contudo, havia uma confiança não natural na forma como o conde dizia essas palavras, que não camuflava muito bem o terror estampado em seus olhos ao se virar para ouvir o próximo boletim.

* * *

A princípio, pareceu a Eliane que o país esperava, com a respiração suspensa, a guerra começar de fato. Ao colher as últimas porções de mel das colmeias, ela olhou, do topo da colina, para examinar o céu acima do horto em busca de sinais de aeronaves inimigas. Mas tudo estava tão em paz, e ela pode ver os habitantes de Coulliac no vale abaixo executando suas tarefas diárias normalmente. E, quando o outono deu lugar ao inverno, a vida continuou como sempre foi.

Mireille veio para o Natal, e Eliane sentiu-se grata pela presença da irmã, que, de certa forma, preenchia a lacuna deixada por Mathieu, atualmente em Tulle para passar uma semana com o pai e o irmão.

Na casa do moinho, a família preparava seu tradicional banquete de Natal. Mireille girava a alça do moedor enquanto Eliane depositava bocados de carne de porco, temperando bem a carne picada. Em seguida, as irmãs formaram bolinhos com as mãos, envolvendo-os depois em uma membrana rendada para fazer as saborosas *crépinettes* que seriam fritas e servidas no início da refeição. Lisette colocou o capão no forno, e a casa logo começou a se encher do delicioso aroma de frango assado.

– Gostaria tanto que você reconsiderasse, Mireille – disse Lisette, enquanto despejava cascas de batata em um balde para alimentar as galinhas mais tarde. A mãe estava preocupada com o fato de sua filha mais velha continuar a trabalhar em Paris, agora que o país estava oficialmente em guerra com a Alemanha, mas Mireille a tranquilizou:

– Estou lhe dizendo, maman, a vida continua como sempre. Nossas ricas clientes continuam comprando alta-costura; os cafés e as lojas estão todos abertos, e movimentados como de costume. Sabe do que estão chamando isso? *Drôle de guerre.* É uma piada, pois não há nada de fato acontecendo. Talvez os nazistas percebam que foram longe demais e voltem a raciocinar.

Foi um inverno extremamente rigoroso, o mais frio de que se tem memória, até mesmo para os mais antigos habitantes de Coulliac. Certo dia, logo no princípio de janeiro, quando a superfície do rio estava tão congelada quanto o ferro, e o açude se tornou uma lâmina de gelo branco, Gustave foi ao celeiro para ligar a caminhonete e aquecer o motor. Era chegada a hora de levar Mireille à estação, agora que suas férias chegaram ao fim.

Lisette mal pôde suportar a partida de sua primogênita.

– Cuide-se, Mireille, está bem?

– Não se preocupe, maman, ficarei bem. A senhora sabe como amo meu trabalho. Além disso, o que eu faria aqui? Costurar cortinas e alargar cós me entediariam de um jeito!

Virando-se para abraçar a irmã, Mireille murmurou:

– Cuide de todos eles para mim.

Eliane assentiu.

Após a partida da irmã, ela subiu a colina para ver como andavam as colmeias e sorriu ao ver as abelhas mantendo sua rainha aquecida, agrupando-se ao redor dela e agitando seus corpos para gerar calor. Enquanto colocava uma dose adicional de açúcar nas colmeias para fornecer às abelhas a energia extra de que precisariam para suas colônias sobreviverem ao rigoroso inverno, Eliane disse a si mesma:

– Quem sabe o clima tenha congelado também a guerra, não apenas a terra? – e, olhando para o norte, pensou nos soldados que mantinham a Linha Maginot, defendendo a França contra a possibilidade de um ataque alemão. Ao fazer isso, sentiu as inflamações causadas pelo frio de seus próprios pés arderem e coçarem em simpatia por eles.

Abi: 2017

– E aí se foi seu primeiro casamento – diz Sara.

Todos comentaram ter sido um sucesso, mesmo com uma das madrinhas tendo exagerado no Prosecco enquanto ajudava a noiva a se arrumar e levado um belo de um tombo na escadaria principal ao fazer sua entrada. Por sorte, ela tomava a frente no grupo de madrinhas que seguia a noiva e, assim, não levou mais ninguém escada abaixo. Felizmente, também, ela estava em um estado de relaxamento tal quando caiu que, fora alguns arranhões e um rasgo na saia de seu vestido, não causou nenhum dano maior a si mesma. Karen e Sara a levaram à biblioteca, onde a deitaram de lado em um sofá, com um balde próximo. Eu a fiz companhia até que, subitamente, ela despertou.

Ao ouvir o burburinho da festa vindo do celeiro, ela saiu cambaleante para se juntar à dança, mas apenas depois de eu fazê-la beber um copo grande de água e prender com alfinetes o rasgo em seu vestido o melhor que pude. Conversei brevemente com Karen, que disse ao marido, Didier, o barman, que não servisse mais nenhuma bebida alcoólica para a moça até o fim da noite. A madrinha apareceu no café da manhã do dia seguinte usando um largo par de óculos escuros, mas, aparentemente, não houve nada de mais com sua queda.

Sara e eu estamos limpando as janelas, agora abertas para deixar o ar fresco dispersar os aromas de perfume e loção pós-barba deixados pelos ocupantes dos quartos, que partiram recentemente. A cálida brisa substitui os odores químicos pelo perfume divino das glicínias, cujos cachos de flores pendem do pergolado que cobre o terraço abaixo de onde estamos trabalhando.

– O que você está achando do trabalho, Abi? – Sara me pergunta.

Retiro as manchas restantes da vidraça que estou limpando.

– Adorando. Ainda não acho que eu esteja pronta para enfrentar toda uma multidão de pessoas, mas gosto de fazer os serviços de bastidores, se isso estiver bem para você e Karen, claro.

Sara assente, torcendo um pano em um balde de água com sabão.

– Não se preocupe, Abi, ainda não vamos te jogar para os leões. Não tenha pressa. Está pegando as coisas bem rápido mesmo e tem sido de grande ajuda para nós. Você se importa de cuidar do espelho e dos azulejos do banheiro? Vou começar o quarto aqui do lado.

Tento terminar o meu trabalho o mais rápido que posso para estar com Sara de novo e pedir a ela que me conte mais sobre Eliane, a garota que, como eu, viveu na casa do moinho e trabalhou no château. Enquanto limpo, vejo o meu reflexo no espelho. Minhas faces continuam fundas e minhas olheiras parecem ainda mais escuras sob a luz. Mas há também um leve rubor nas maçãs do meu rosto, e minhas clavículas já não se destacam tanto como antes. As refeições regulares com alimentos frescos e abundantes, as quais tenho ajudado a preparar e a servir três vezes ao dia, têm me feito muito bem. Enquanto esfrego o vidro vigorosamente até fazê-lo brilhar – a energia que Sara e Karen põem em seus trabalhos é contagiante –, noto que meus braços, agora bronzeados, ganharam uma nova definição muscular. E gosto dessa sensação recém-adquirida de força que isso me dá.

Ao final de todos os dias, após terminarmos o jantar, desço até a casa do moinho e me sento durante um tempo sob a copa protetora do salgueiro, assistindo ao rio ensombrado correr calmamente. Esses momentos de completa paz são verdadeiros bálsamos para minha alma: afastam a tensão do meu corpo e a ansiedade da minha mente, bagagens que vinha carregando comigo onde quer que eu fosse, por tantos e tantos anos.

Quando subo as escadarias de madeira que levam ao sótão, meus músculos doem com o cansaço satisfatório do trabalho físico em vez de pelas dores lancinantes do estresse crônico. E então, deitando-me sob o véu do mosquiteiro, suavemente iluminado pelo luar, caio no sono mais calmo e profundo que tive em anos, acompanhada pelo sussurro das águas e pela conversa suave das corujas nas árvores ao longo da margem do rio.

Apenas uma vez na semana passada acordei em meio à escuridão, sem ar, assustada com um dos pesadelos que antes me acompanhavam todas as noites. O meu pânico ficou ainda maior quando, por alguns segundos, não consegui me localizar. Mas foi então que o som aflautado de um passarinho me fez voltar, lembrando-me de que eu estava segura sob o véu do mosquiteiro e que sobrevivi à outra noite, revelando a aurora que se aproximava.

E é engraçado, mas, quanto mais Sara me narra a história de Eliane, mais pareço sentir sua presença calmante, confortando-me e cuidando de mim neste quarto.

Eliane: 1940

O anticlimático *Drôle de guerre* ou "Guerra de Mentira" continuou até, finalmente, o inverno rigoroso dar lugar à primavera. Em abril, as cerejeiras e ameixeiras desabrocharam em exuberantes nuvens de flores brancas, e as abelhas voltaram com seus vaivéns, já que as colônias em cada uma das colmeias iniciaram sua expansão anual. Eliane adorava assistir ao modo como as abelhas operárias faziam seus passos de dança para contar às suas camaradas onde haviam encontrado as melhores fontes de néctar. Observando atentamente, Eliane notou como a dança mudava conforme as árvores frutíferas desabrochavam suas flores como flocos de neve precipitando, e as acácias vestirem seus próprios trajes níveos para o primeiro dia de maio. Uma época crítica para a primeira coleta do ano: em poucas semanas, Eliane deveria pegar as colmeias repletas do mais puro mel de acácia e extraí-lo, claro e límpido como champanhe.

Nos campos, uma espuma formada por ulmárias e margaridas olho-de-boi escondia as tímidas orquídeas roxas. Mas as abelhas sabiam que elas estavam ali e dançavam seus minuetos codificados, anunciando às colegas de trabalho onde beber dos esconderijos secretos dos preciosos pólen e néctar.

Mathieu mantinha-se ocupado nos vinhedos, arando por entre as vinhas, para não deixar o mato alto, e amarrando os sarmentos que surgiam e se estendiam ao longo das treliças que, com o passar do tempo, suportariam os pesados cachos de uvas. No entanto, em qualquer tempo livre que lhe sobrava, ia até o moinho para ver Eliane. No dia primeiro de maio, o tradicional Dia do Trabalhador, Mathieu chegou com um embrulho feito em jornal e, dentro dele, um *mâche* selvagem, que colheu entre as vinhas, além de um ramalhete de lírios-do-vale. Metade das flores ele deu, sem nada dizer, a Lisette; as demais, a Eliane.

Lisette ergueu os ramos para inalar o doce perfume das flores.

– Ah, *les muguets* – suspirou. – Obrigada, Mathieu, tenho certeza de que vai nos trazer sorte.

Estava um lindo dia, e Eliane montou uma farta cesta de piquenique. Ela e Mathieu atravessaram o açude e vagaram um pouco pelas margens do outro lado do rio. Mathieu abriu uma toalha sob a sombra de uma cerejeira ao lado da campina, deitando-se ao lado de Eliane enquanto ela ajeitava o almoço dos dois. Alongando seus fortes membros, Mathieu desfrutava de um incomum descanso em meio de semana e da sensação proporcionada pela luz do sol refletida nas folhas. Apertando os olhos contra o sol, ele sorriu.

– Será um bom ano para as frutas.

Mathieu apontou para cima, e Eliane olhou para os cachos de cerejas, ainda verdes, que apenas começavam a corar aqui e ali, onde os raios de sol, amigos de seu amadurecimento, os tocavam. Eliane balançou a cabeça, concordando, enquanto passava-lhe um pedaço de pão com patê feito em casa.

– Um ano excepcionalmente bom. As abelhas têm andado bem ocupadas. Acho que querem recuperar o tempo perdido depois daquele inverno tão longo e rigoroso.

Após comerem, Mathieu recostou-se no tronco de uma árvore, enquanto Eliane deitou-se na toalha, apoiando a cabeça em seu colo, largo e confortável como uma grande almofada. Arrancando um talo de grama, Mathieu começou a trançá-lo. Seus grossos dedos eram surpreendentemente ágeis e precisos.

– Pelo que disse monsieur Le Comte – Eliane começou, mas gentilmente Mathieu pressionou seu dedo contra os lábios dela para impedi-la de continuar.

– Não vamos falar sobre a guerra hoje, Eliane, por favor. É feriado, lembra-se? Então, vamos aproveitá-lo como tal.

Eliane sorriu para Mathieu, encarando seus olhos castanhos e grandes até os lábios de Mathieu se curvarem em um generoso sorriso, reservado especialmente para ela. Eliane fechou seus dedos em volta da mão dele e o beijou. Depois, foi a vez de Mathieu envolver suas mãos em volta da dela, agora com o sorriso se desvanecendo e seu semblante se tornando mais sério.

– Eliane... – ele começou, mas então se interrompeu para limpar a garganta. Ela permaneceu em silêncio, ainda fitando-o, esperando pelas próximas palavras. Mathieu continuou. – Já conversamos sobre nosso futuro juntos, e que não podemos fazer planos até eu terminar meu treinamento como *vigneron* e encontrar um trabalho fixo em outro lugar e as coisas estão um pouco incertas por causa dessa guerra estúpida sobre a qual, afinal de contas, não falaremos hoje. – Perdendo sua linha de raciocínio, Mathieu permaneceu calado por alguns instantes, encarando os olhos cinza-claros de Eliane que tanto o confortavam quanto lhe causavam um turbilhão de emoções. – O que quero dizer é, já que nunca disse isso explicitamente, digo, não em tantas palavras. – Eliane sorriu e lhe beijou as mãos, dando a Mathieu a confiança necessária para prosseguir. – Eliane, quero me casar com você – disse ele, pronunciando as palavras rapidamente, com a sobrancelha arqueada em um claro sinal de ansiedade enquanto aguardava a resposta dela.

– Bom, Mathieu – Eliane respondeu calmamente –, isso é ótimo. Porque eu também quero me casar com você.

No rosto agora relaxado de Mathieu abriu-se um sorriso tão largo quanto seu coração. Pegando a grama trançada, ele então a enrolou no quarto dedo da mão que segurava.

– Um dia, será um anel apropriado, eu lhe prometo.

– A sua promessa é mais valiosa do que qualquer anel poderia ser, meu Mathieu.

O casal permaneceu na outra margem do rio, enquanto a tarde dourada de primeiro de maio avançava, naquele mundo onde apenas os dois existiam.

* * *

E então, apenas dez dias após o piquenique às margens do rio, as vozes que atravessavam o rádio da biblioteca do château se tornaram mais estridentes, transmitindo uma nova sensação, de pânico, ao relatar as notícias sobre os ataques alemães a países como Holanda, Luxemburgo e Bélgica. As divisões Panzer, com o apoio aéreo da Luftwaffe, moviam-se inexoravelmente para oeste em direção à fronteira francesa.

– A Linha Maginot se manterá firme, não se preocupem – o conde assegurou a Eliane e a madame Boin, ao informar os boletins do dia às duas. Monsieur Le Comte passou a tomar suas tisanas vespertinas na cozinha para contar-lhes as últimas notícias. – Grã-Bretanha e Inglaterra têm tropas na Bélgica. Estamos posicionados de maneira estratégica para fazer o exército de monsieur Hitler recuar.

Mas foi então que, certa tarde na primeira semana de junho, monsieur Le Comte entrou na cozinha parecendo bastante sério.

– Hoje as notícias que trago são ruins, receio.

Seu chá permaneceu intocado enquanto ele as contava que as tropas britânicas e francesas foram levadas de volta ao canal, e que os soldados lutavam em uma desesperada ação de retaguarda, encurralados ao longo da costa em Dunquerque.

– Mas as divisões francesas restantes continuam mantendo a Linha Maginot. Ainda há esperanças.

No entanto, qualquer vestígio dessa esperança foi dizimado quando os batalhões alemães esmagaram a última linha de defesa. Em meados de junho, as forças invasoras chegaram a Paris. E tudo virou caos enquanto a guerra engolia a França como um tsunami: poderosa, incontrolável, implacável. O presidente renunciou, e os membros-chave do governo desapareceram, deixando o que restou do governo francês sem o apoio de uma liderança. O exército lutou, desnorteado; ainda assim, bravo. Contudo, fora rapidamente sobrepujado pela brutal eficiência da máquina de guerra alemã.

Mathieu veio à casa do moinho em uma noite e, ao se sentar à mesa para jantar, pediu os conselhos de Gustave e Lisette:

– Estou preocupado com meu pai e meu irmão. Não recebo notícias deles há algum tempo. Sei que meu irmão estava desesperado para se alistar no exército e lutar, mas meu pai precisava dele na fazenda. Não sei o que fazer.

Sem hesitar, Lisette respondeu:

– Então você deveria ir vê-los, Mathieu. Família é o que há de mais importante nesta vida. Certifique-se de que eles estão bem. Descubra o que se passa na cabeça do seu irmão, apoie seu pai. A situação tem mudado diariamente. Seria melhor para seu irmão aguardar e esperar o que vai acontecer antes de colocar na cabeça a ideia de sair correndo para lutar. Sem contar que seu pai precisa dele.

Gustave concordou, balançando lentamente a cabeça.

– Provavelmente, será melhor que você faça isso mesmo. Nem que seja para sua paz de espírito, para confirmar que os dois estão bem. Não é tão longe daqui, se os Cortinis puderem lhe dar alguns dias de folga, certo?

Mathieu confirmou.

– Eles disseram que posso ir. Acabamos de levantar as treliças, então o trabalho no vinhedo está em dia. E, enquanto este clima bom durar, as vinhas estarão bem. Mas é que… – Mathieu parou de falar, levantando seus olhos do prato, encontrando o calmo olhar de Eliane.

– Você precisa ir, Mathieu. E então volte quando tiver certeza de que tudo está bem por lá – disse, sem deixar transparecer na voz o que sentiu ao pensar em sua ausência. Mas as coisas pareciam um pouco mais calmas, agora que as negociações em Paris tomaram curso. O assunto do momento era o armistício, acompanhado da esperança de que fosse trazer paz e estabilidade mais uma vez ao país. ("'Armistício' é apenas um eufemismo para 'rendição', se quer saber" – foi o que monsieur Le Comte havia resmungado mais cedo naquele dia.)

Eliane caminhou com Mathieu pelas margens do rio enquanto a noite caía e o gorjear dos pássaros e grilos dava lugar ao canto dos sapos. O casal permaneceu por um longo tempo sob o abrigo do salgueiro.

– Não quero deixar você – sussurrou Mathieu, envolvendo as duas mãos de Eliane com as dele.

– Mas você não vai me deixar. Estará aqui bem pertinho de mim, no meu coração. E não será por muito tempo. Quanto antes for, antes voltará. Mande lembranças a seu pai e a Luc.

Mathieu assentiu tristemente, sabendo que Eliane tinha razão. Mesmo assim, uma ansiedade silenciosa pareceu impregnar o ar que os cercava, tão nebuloso quanto a névoa do rio, agora suspensa sobre a superfície da água, inconstante e ilusória, criando fantasmas de pavor que assombravam as mentes de todos nos últimos tempos.

* * *

Quando o acordo de armistício foi finalmente assinado, poucos dias depois, o exército francês já havia sido dizimado. Centenas de milhares de soldados mortos e cerca de dois milhões mantidos como prisioneiros de guerra, de acordo com os duvidosos boletins que ainda pingavam no rádio. Marechal Pétain foi o encarregado a estabelecer um novo governo francês ("marionetes dos nazistas" foi como o conde os chamou, com desdém) em Vichy para administrar um terço do país, ao Sudeste, que foi tudo o que os alemães permitiram permanecer desocupado.

E uma linha seria desenhada no mapa para definir a área agora sob ocupação nazista.

* * *

– Eles barricaram a ponte! – Yves passou gritando pela porta da cozinha, após voltar de sua entrega de farinha para as padarias locais.

– Quem barricou qual ponte, *mon fils*? – perguntou Lisette, enquanto limpava a mesa onde preparava o jantar.

– Os alemães. Em Coulliac. Eles demarcaram uma linha, que corta o lado de cá do rio. A vila agora faz parte da ocupação, o que significa que nós também. E bem ali – Yves gesticulou pela porta em que entrou –, do outro lado do rio, na outra margem, já é território desocupado, administrado pelo governo de Vichy. Já viram algo tão louco assim? Tive de dar meia-volta pois não me deixariam atravessar para terminar minhas entregas.

Eliane permaneceu imóvel onde estava, descascando ervilhas em um escorredor. Lisette a fitou com preocupação e então disse, tentando parecer tranquila e mais confiante do que realmente estava:

– Não há como eles manterem a ponte fechada por muito tempo. Provavelmente, é apenas temporário, até terem um posto de controle adequado. Afinal, as pessoas moram e trabalham de um lado e do outro, então precisam atravessá-la.

Yves balançou a cabeça:

– O prefeito estava lá. Perguntei a ele o que aconteceria, e ele apenas deu de ombros, dizendo que tudo mudou. Os soldados estavam retirando a bandeira francesa que fica em frente à *mairie* e, enquanto estávamos lá olhando, ergueram sua própria bandeira. Estou lhe dizendo, maman, há uma suástica tremulando bem no centro de Coulliac agora.

– Bom, mas certamente eles terão que mudar algumas coisas – disse Lisette, com a voz calma, esforçando-se para soar sensata, mesmo com o mundo deles parecendo ter subitamente virado de cabeça para baixo. – E como será quando eu precisar atravessar para ajudar no parto de madame Blaye mês que vem? E como entregaremos farinha em Sainte-Foy?

Por fim, Eliane falou, mas a voz que saía de sua boca era fraca e trêmula:

– E como Mathieu voltará?

Lisette abraçou a filha com força.

– Não se preocupe, *ma fille*, ele encontrará um jeito. Enquanto isso, se tranquilize sabendo que, pelo menos, ele está são e salvo em território desocupado.

Eliane se debulhou em lágrimas ao verbalizar a outra pergunta, que todos se fizeram repetidamente naqueles tumultuados últimos dias.

– Mas, maman, e Mireille? O que acontecerá com Paris agora que está em mãos nazistas?

Do telefone da casa do moinho, somente era possível fazer chamadas locais, levando Gustave a ficar horas na fila do lado de fora do quiosque telefônico de La Poste, em Sainte-Foy-la-Grande, na tentativa de ligar para o ateliê onde Mireille trabalhava. Porém, quando o telefone do outro lado da linha finalmente tocou, sua chamada não foi atendida. A família esperava angustiada por notícias de Mireille, se estava segura, e aguardava por um contato dela. Os jornais reportavam bombardeios e um massivo êxodo de Paris conforme os alemães se instalavam. E o que restou à família Martin foi rezar para que Mireille tivesse encontrado um meio de transporte e estivesse naquele exato momento no caminho de volta para o porto seguro de sua casa.

Uma chamada telefônica, uma carta, uma mensagem repassada por um amigo ou vizinho, que fosse, eles esperavam por qualquer coisa que os dissesse que Mireille estava bem. Mas os minutos se transformaram em horas, e as horas em uma eternidade agonizante de dias, ainda esperando por notícias de Mireille.

Abi: 2017

Pergunto-me como deve ter sido para Eliane naqueles primeiros dias logo quando a guerra começou de fato na França. Após tantos meses de impasse, talvez ela tenha imaginado que a vida simplesmente fosse seguir seu curso daquela maneira, com o exército francês protegendo as fronteiras do país. Pode ser até que tenha conseguido relaxar um pouco enquanto trabalhava na cozinha e no horto do château. Ou pode ser que tenha carregado a tensão consigo, dia sim, dia não, enquanto prosseguia com seus afazeres, de músculos retesados e punhos cerrados, apenas esperando.

Coloquei no chão o volumoso saco de roupas que trouxe sozinha escada acima. Karen telefonou mais cedo contando que escorregou em uma poça de óleo enquanto fazia compras no mercado local e caiu. Ela agora está no hospital aguardando seu pulso ser engessado. Alongo meu pescoço para um lado e para o outro, aliviando um pouco a tensão dos músculos, resultado do grande esforço físico que tenho feito nos últimos dias. Mas, então, me lembro dos tempos em que doíam por outros motivos: as horas de fisioterapia para recobrar a força em meus braços; as aulas de ioga, que, embora contribuíssem para minha recuperação, sempre me deixavam dolorida.

E, antes de tudo isso, lembro-me de como eu me conduzia com cuidado, ombros tensos, apenas esperando o próximo acesso de raiva de Zac. Era mais fácil lidar com a raiva do que com a frieza que sempre a seguia, tão inevitável quanto a noite seguir o dia.

Zac se transformou quase no exato momento em que colocamos os pés em casa, chegando da nossa lua de mel. Ou será que estou me enganando, e, na verdade, ele sempre teve esses momentos de frieza, em que removia seu amor como um tapete, puxando-o de debaixo dos meus pés quando bem entendesse? Pensando bem agora, consigo identificar como os sinais já estavam ali. Eu é que não os vi.

– Alô, é a Abi *Ababá*? Aqui é Zac Howes.

A voz de Zac me parecia soar segura e ligeiramente provocadora. À época, interpretei isso como cordialidade, talvez até prazer em ouvir minha voz. Hoje, percebo ter sido mais como a satisfação de um gato ao avistar sua presa, prestes a saborear o momento da perseguição.

No início, pensei que a ligação fosse para agradecer aos seus anfitriões pela hospitalidade da noite passada.

– Ei, Zac. Eles não estão aqui agora. Quer deixar recado?

– Não, está tudo bem. É com você que quero falar, na verdade.

Fiquei confusa a princípio. Não conseguia pensar em nada que ele fosse querer me dizer, a não ser perguntar se poderia passar meu contato para algum amigo que no futuro precisasse de uma babá. Mas então ele me disse:

– Gostaria de saber se eu poderia te levar para jantar qualquer dia desses? Imagino que você tenha folgas de vez em quando, certo?

– Sim, segunda é meu dia de folga, mas costumo ter um tempo livre nos finais de semana também. Só durante a noite que normalmente não.

Pude me ouvir começando a tagarelar de nervoso e, em silêncio, disse a mim mesma para calar a boca e deixá-lo falar.

– Ah, legal. Então vai estar livre na próxima segunda?

Fingi pensar.

– Humm, deixa eu ver, que dia é esse mesmo? – perguntei, embora já soubesse que não tinha absolutamente nada para fazer naquela noite de segunda, nem em nenhuma outra noite de segunda depois daquela em um futuro próximo. Normalmente, gastava meu tempo livre em frente à tevê, enfurnada em meu quarto, no andar mais alto da casa e próximo ao de Fred, com o volume baixo para não chamar a atenção do pequeno. Se Fred soubesse da minha presença, iria querer que eu lhe desse banho e o colocasse para dormir, estendendo suas mãozinhas rechonchudas e puxando meu rosto para perto do dele, dando-me um beijo babado de boa-noite.

– Acho que estarei livre na próxima segunda, sim.

– Ótimo. Te pego às oito, então. Até segunda!

– Obrigada, Zac. Até mais!

Tentei parecer desinteressada, mas, no segundo em que ele desligou, subi correndo as escadas e escancarei a porta do meu estreito guarda-roupas, desesperada pensando no que eu poderia vestir. E, quando finalmente a noite de segunda chegou, eu me conformei com meu mais novo jeans *skinny*, uma túnica e uma jaqueta *cropped*, esperando que meu traje exalasse um ar de sofisticação. Tirei o purê de batata do meu cabelo (resquício da abordagem entusiasmada de Fred ao seu almoço daquele dia) e fui muito mais atenciosa do que o normal com o secador de cabelo e a chapinha.

Apesar dos meus esforços, continuei me sentindo desajeitada e malvestida quando Zac abriu a porta de seu BMW e me ajudou a entrar. Mas ele não parecia se incomodar com o fato de eu ser jovem e estar nervosa. Ele me fez perguntas durante o jantar, atentamente, fixando-me nos holofotes de seus penetrantes olhos azuis. De início, senti-me como um coelhinho assustado, paralisado. No entanto, com o desenrolar da noite – e com Zac reabastecendo minha taça de vinho de novo e de novo –, comecei a relaxar e até mesmo a curtir a atenção dispensada por ele. Uma sensação com a qual eu não estava acostumada. Mas eu gostei. E queria mais.

Quando me deu um beijo de boa-noite, Zac foi doce e carinhoso. Gentilmente, ele me afastou um pouco, avaliando-me com seus olhos azuis penetrantes.

– Pequena Abi, como você é perfeita.

Apenas seis palavras. Não foi preciso nada mais.

Confundi a teia que ele começava a tecer à minha volta com outra coisa: uma promessa de proteção e segurança. Confundi com amor.

Eliane: 1940

O não saber era o pior de tudo, pensou Eliane enquanto torcia o esfregão e o colocava de volta no balde. Todos na família tentavam manter as coisas o mais próximo possível da rotina, e ela havia acabado de terminar mais um dia de trabalho no château. Fechando a porta da cozinha recém-limpa por ela, Eliane desceu a colina a caminho de casa com pesar, com andorinhões circulando e disparando acima de sua cabeça no céu noturno.

O conde lhes contara sobre relatos de ataques aéreos mais ao norte, além de que notícias vagas sobre vítimas civis estavam chegando. Por um instante, Eliane imaginou como seria se, em vez de pássaros gorjeando, fossem aeronaves equipadas com armas mortais. Ela sentiu o pânico crescer, subindo-lhe pela garganta, e seu coração disparar.

– Por favor, Mireille? Onde você está? Volte para nós em segurança. Por favor, volte para casa.

Embora Eliane as tenha dito em voz alta, as palavras saídas de sua boca soavam frágeis, como a fraca brisa que agitava as folhas das acácias ao longo da estrada.

Ao se aproximar do entroncamento que levava à trilha para o moinho, um par de corvos de repente se lançou de um mourão onde estavam empoleirados. O bater explosivo de suas asas e seus gritos estridentes e raivosos a assustaram. Ela olhou para a estrada, tentando identificar o que os havia perturbado, e o que viu foi uma figura curvada, mancando em sua direção. A princípio, pensou se tratar de uma senhora, mas, ao se aproximar, a figura levantou sua cabeça suja, coberta de poeira, e foi então que Eliane percebeu quem era.

– Mireille! – ela gritou, correndo justo no momento em que a irmã parecia tropeçar, as pernas cedendo.

– Pegue – murmurou Mireille, entregando à irmã um bolo de retalhos e desmaiando aos seus pés logo depois. O bolo era surpreendentemente quente e pesado. E, de repente, começou a chorar: um choro abatido, de bebê, enfraquecido pela sede e pela fome.

* * *

Eliane sentou-se na cama de Mireille, acariciando-lhe os cabelos enquanto a irmã contava a história de sua fuga de Paris e dos últimos dias infernais na estrada, em companhia de uma enxurrada de gente que deixara a cidade. Alguns eram refugiados da Polônia, da Tchecoslováquia, da Áustria e da Alemanha, portanto, já haviam deixado suas casas uma vez e, de novo, estavam de mudança. Outros eram parisienses que passaram a temer por suas vidas e as de seus filhos quando as bombas caíram sobre a cidade e as vanguardas do exército inimigo começaram a chegar. E alguns, como Mireille, simplesmente sabiam que precisavam estar próximos de suas famílias em um momento como aquele.

Mireille partiu com Esther, sua colega do ateliê, e Blanche, a filha de Esther, que acabara de completar nove meses. Esther chegou da Polônia, grávida e sozinha, na primavera passada.

– Meu marido acha que estarei mais segura em Paris – nos contou em seu primeiro dia de trabalho, enquanto equilibrava a costura que fazia em sua barriga levemente arredondada e fazia uma bainha com pontos precisos e rápidos. – Espero que aqui seja um bom lugar para termos a nossa filha.

Após os alemães invadirem a Polônia, no outono, Esther recebera notícias de que o marido conseguira escapar, juntando-se às forças polonesas na Inglaterra e continuando a lutar a partir dali. Escrevera que ela e a filha deveriam continuar seguras em Paris até que ele pudesse ir buscá-las quando a guerra tivesse fim.

No entanto, com a invasão a Paris, Mireille insistira para que Esther fosse embora com ela.

– Vamos juntas. Meus pais abrigarão você e Blanche.

– E o Herschel? Ele não saberá onde vir nos procurar – protestara Esther, apertando Blanche tão forte contra o corpo que a fizera chorar.

– Melhor encontrar as duas vivas e bem uma hora ou outra do que ter de procurar por vocês entre os escombros de um porão bombardeado – argumentou Mireille. – Vamos, Esther. Pegue o que puder para Blanche. Um amigo meu tem carro. Nos apertamos e levamos você. Mas precisa ser agora!

Ao recontar essa parte da história, Mireille começou a chorar. Eliane a abraçou firme, acariciando-lhe os cabelos.

– Se eu não tivesse convencido Esther a sair de lá, ela ainda poderia estar viva – disse Mireille com dificuldade.

Ainda segurando e embalando suavemente a irmã, Eliane respondeu:

– Ou poderia ter sido atingida por uma bomba em Paris. Ou, se tivesse sobrevivido, ela e Blanche serem capturadas e deportadas assim que os alemães chegassem. Todos ouvimos os relatos de pessoas que desapareceram naqueles chamados "campos de concentração" e nunca mais se ouviu falar delas. Esses campos não eram lugar para uma mãe com um bebê. Você não pode se culpar, *ma soeur.*

Quando finalmente conseguiu se acalmar, Mireille prosseguiu com seu relato. A viagem de carro imaginada por eles rapidamente se transformara em um pesadelo sem fim. As estradas ao sul de Paris estavam absolutamente abarrotadas de lentas multidões de refugiados, que seguiam a pé, em bicicletas e carroças repletas de seus pertences pessoais, bloqueando o caminho pelo qual os carros tentavam impacientemente passar, ainda que não houvesse espaço livre à frente, apenas mais e mais pessoas.

O carro em que Mireille e Esther estavam se arrastava ao ritmo de passos. Mas seus ocupantes se sentiam gratos, pelo menos, pelo fato de o veículo oferecer alguma proteção contra a multidão que se aglomerava ao redor, assim como contra o calor do sol de junho. E foi então que precisaram começar a manobrar o carro em volta de outros veículos, abandonados no meio da estrada pela falta de combustível, que já não podia mais ser encontrado em qualquer lugar ao longo do trajeto. Era inevitável, foi o que aconteceu com o carro deles um tempo depois, e, assim como os outros, o grupo precisou abandoná-lo. O amigo de Mireille, o dono do carro, disse que caminharia de volta até uma oficina pela qual passaram há alguns quilômetros, onde parecia haver uma chance de encontrar um pouco de combustível.

– Vocês duas peguem a bebê e continuem andando. Orléans não fica muito longe daqui. Quando chegarem lá, vejam se conseguem encontrar um lugar para passar a noite na rua principal. Há cafés e hotéis. Encontro vocês assim que conseguir colocar o carro de volta na estrada.

E foi assim que Mireille e Esther, carregando Blanche, juntaram-se à massa vagarosa em sua exaustiva e pavorosa procissão para o sul.

– Vocês encontraram algum lugar para ficar em Orléans?

Mireille balançou a cabeça.

– Sem chances. Estava tudo lotado. Os moradores da cidade bloquearam suas portas contra saqueadores e expulsaram os refugiados de seus terrenos, onde procuravam algo para comer. Era como se um enxame de gafanhotos tivesse varrido a terra diante de nossos olhos, levando tudo, e era assim que os habitantes de lá também nos viam. Dormimos naquela noite debaixo de uma cerca viva, segurando Blanche entre nós para mantê-la aquecida. Esther tentou dar de mamar a ela, mas seu leite não saía. Além disso, Blanche já começou a comer sólidos, então queria mais do que o leite. Imploramos por um pedaço de pão para uma família na manhã seguinte e o mergulhamos na água, dando-o para Blanche. Não fosse por isso, não haveria nada para comer. Os gafanhotos chegaram primeiro.

Com uma mão, Lisette trazia um caldo de galinha em uma bandeja. Com a outra, balançava Blanche colada em seu quadril. A bebê já aparentava estar um pouco mais bem nutrida após tomar alguns goles de leite de cabra e um pouco do caldo de galinha.

– Coma, Mireille. Precisamos de você de pé para ajudar a cuidar desta princesinha aqui, não precisamos, meu docinho? – disse Lisette, beijando a cabeça ornada por cachinhos escuros de Blanche.

Após tomar o caldo e dar umas poucas bocadas no pão, Mireille prosseguiu com sua história.

Mireille, Esther e Blanche voltaram então a se juntar àquela abatida procissão e seguiram caminho nas direções sul e oeste, pensando ser melhor continuar avançando, até chegar à esperada segurança de Coulliac, do que esperar ali, onde não havia nada para comer nem onde se abrigar, apenas se apegando à esperança de que o amigo de Mireille fosse aparecer com o carro novamente.

– Uma situação como aquela mostra a verdadeira face do ser humano – comentou Mireille após tomar um gole de água de um copo ao lado da cama. – Alguns expressaram a mais extraordinária compaixão e generosidade, como a família que dividiu o pão conosco naquela manhã, enquanto outros deram amostras de egoísmo, inveja e maldade. Mas suponho que estavam aterrorizados, assim como todos nós, e apenas desesperados para sobreviver.

Elas passavam por um trecho de estrada em algum lugar próximo a Tours, Mireille achava, embora já não tivessem mais noção do caminho percorrido, com um progresso tão lento e aleatório. Tentaram pegar estradas secundárias, que não estavam tão cheias, mas acabaram perdendo o rumo. Chegaram à estrada principal mais uma vez, em um ponto onde corria paralelamente a uma linha férrea.

– Alguns pensavam ser a principal linha na direção de Bordeaux, então sabíamos estar na direção certa.

O sol do meio-dia as castigava, e elas então se sentaram sob uma árvore para descansar e dar a Blanche, que já chorava de fome há mais de uma hora, algum abrigo. Esther tentou alimentá-la, mas Blanche ficava mais nervosa e frustrada conforme tentava, sem sucesso, sugar o leite da mãe. Exausta, Esther entregou a filha para Mireille e abotoou sua blusa.

– Aqui, Mireille, veja se consegue acalmar Blanche. Vou ver se alguém pode compartilhar um pouco de comida conosco.

Esther saiu mancando em direção à estrada, e Mireille começou a cantar para Blanche, ninando-a. Houve então um grito, alto, agudo. Mireille olhou para cima, confusa, para ver quem gritava daquele jeito e por quê. O grito não cessava. E, como em câmera lenta, Mireille viu que todos os outros refugiados na estrada também olhavam em volta, igualmente desnorteados, tentando localizar sua fonte. Então, um por um, eles levantaram a cabeça para os céus

– Como em um campo de girassóis, foi o que pensei naquele momento – disse Mireille, incapaz de conter um soluço. Respirando fundo, ela continuou. – Era uma aeronave. Alemã. Que fazia aquele terrível som de gritos quando mergulhava. E o barulho se tornou algo pior: uma saraivada de balas e gritos e gemidos de pessoas na estrada. Uma mulher bem na minha frente olhou nos meus olhos e viu que eu assistia, horrorizada, ao sangue que se alastrava pela frente do vestido dela. Apenas quando olhou para baixo e viu com os próprios olhos a cena, é que ela se curvou, caindo aos meus pés. Eu me virei, abraçando Blanche forte entre meu corpo e o tronco da árvore, com minhas costas voltadas para a estrada. O piloto voltou duas vezes mais, e, em cada uma delas, o avião fazia aquele ruído terrível de gritos enquanto mergulhava, disparando seus tiros logo depois. Não consegui respirar até aquele barulho ter parado por completo. E, quando respirei, eu senti: o cheiro da terra. E do sangue.

Os olhos de Mireille já estavam secos ao recontar a parte final da história, pois a visão que teve ao se virar era assombrosa demais para meras lágrimas. Sua voz, conforme continuava narrando o acontecido, ganhou um tom duro e monocórdico.

– Saí tropeçando em cima das pessoas, das mesmas que caminhavam ali comigo alguns minutos antes, escorregando em seus sangues, que escorriam pela estrada. A maioria não se movia, apenas uma ou outra, implorando por ajuda, mas eu sabia que havia outras que poderiam tentar ajudá-las, e eu precisava encontrar Esther. Chamei por ela sem parar. Segurava Blanche forte contra meu corpo, mas o choro dela era inconsolável, como se soubesse que a mãe havia partido. E foi então que vi, um pedaço da blusa que Esther vestia, a mesma que ela tinha abotoado momentos antes do ataque, mas que, naquela hora, parecia ter sido há tanto tempo. A blusa já não era branca. Estava encharcada de sangue. O sangue de Esther. De suas feridas. Quando as balas acertaram seu peito em cheio.

Mireille parou ali. Impossível encontrar palavras para continuar. Mas Lisette e Eliane não precisavam de mais explicações. O trauma e o choque podiam ser lidos claramente no rosto de Mireille – cujo semblante normalmente forte havia se dissolvido em uma expressão de completo desamparo – e na dor alojada no fundo de seus olhos escuros.

Lisette entregou Blanche, agora dormindo, nos braços de Eliane, pegando Mireille nos seus.

– Calma, calma – tranquilizava-a Lisette, enquanto balançava a filha, secando as lágrimas que Mireille mesma não podia secar.

Abi: 2017

Da janela do quarto no sótão da casa do moinho, vejo o luar brincando por entre os galhos do salgueiro, com suas folhas caindo em cascata como lágrimas prateadas no poço profundo abaixo do açude. Puxo as venezianas, mas elas não fecham por completo devido a uma trava de ferro quebrada, frouxa onde lhe faltam parafusos, deixando as traças e os mosquitos passarem. Por sorte, há um mosquiteiro sobre minha cama, protegendo-me durante as noites e permitindo-me dormir profundamente enquanto suas asas zumbem, inofensivas, ao fundo.

O abajur ao lado de minha cama forma um círculo de luz dourada no assoalho, e exala um leve aroma de cera de abelha, misturando-se ao buquê perfumado de lavanda e rosas brancas que trouxe comigo mais cedo do château. Jean-Marc apareceu com ele justamente quando eu vinha embora, presenteando-me com um tímido sorriso:

– Acho que algumas flores poderiam alegrar seu quarto lá embaixo, Abi – disse, apontando a cabeça para o vale abaixo de nós. Jean-Marc esteve mais cedo aqui na casa do moinho, ajudando Thomas a instalar algumas placas de gesso no que será a nova cozinha.

Enquanto olho em volta do quarto, visualizo Mireille sentada em sua cama em um dos cantos, com Eliane e Lisette tentando confortá-la depois da provação pela qual passara em sua viagem de volta para casa.

Sara me contou que, devido ao seu estado traumático, Mireille perdeu a habilidade de chorar. E eu também, à certa altura da vida. Mas logo no início do meu casamento, eu me debulhava em lágrimas, um rio de lágrimas de prata.

Depois do primeiro ano, aprendi a reconhecer o padrão no comportamento de Zac, tão certo quanto conhecia o clima londrino. Eu avistava as nuvens por trás das enormes janelas do apartamento de Zac nas docas, que iam do chão ao teto – nunca pareceu *nosso* apartamento, sempre o apartamento *dele*. Elas então se juntavam sobre o Tâmisa, ao longe, além da paisagem urbana de blocos de torres, vindo do oeste para nossa direção. Da mesma forma, eu sentia a mudança no clima entre nós, a raiva crescente de Zac, encobrindo-me como uma nuvem negra de tempestade, ameaçadora. Apenas esperando e então irrompendo.

Assim como no nosso primeiro Natal casados. Eu estava determinada a tornar tudo perfeito, brincando de casinha como sempre desejei. Juntos, fizemos uma lista de pessoas para as quais enviaríamos nossos cartões de Natal. A maioria seria para familiares e amigos de Zac, mas incluí alguns amigos meus, assim como as famílias para as quais trabalhei. Escolhemos os cartões, embora Zac tenha dito que os da minha preferência, ou eram muito piegas, ou cafonas, então acabamos optando por uma seleção de imagens de bom gosto pintadas por antigos mestres da pintura. Zac me deixou com a incumbência de escrever os cartões, e, orgulhosa, incluí uma mensagem pessoal em todos, assinando-os em nosso nome. E, a cada vez que eu fazia isso, era uma afirmação pública de que, oficialmente, éramos um casal.

Zac chegou enquanto eu escrevia os últimos cartões e os adicionava à organizada pilha de envelopes que eu levaria aos correios no dia seguinte, de modo que chegassem aos seus destinos a tempo. Ele se aproximou por cima do meu ombro.

"Com carinho, Abi e Zac", escrevi, virando-me logo depois para lhe dar um beijo. Mas o rosto dele não tinha expressão, aquela "não expressão" que aprendi a reconhecer como precursora de algo muito pior.

Ele se inclinou sobre mim, e lembro que, automaticamente, recuei quando sua mão desceu. Mas Zac não me tocou. Apenas pegou, de cara fechada, o cartão que eu escrevia.

– Quantos você fez desse jeito? – ele me perguntou, a raiva já fazendo sua voz soar tão gélida quanto a chuva invernal que batia nas janelas, embaçando, como lágrimas, as luzes da cidade ao fundo.

– De que jeito, Zac? Não entendi.

– Assim – ele respondeu, circulando nossos nomes com o dedo, fazendo a tinta borrar levemente onde ainda não havia secado. – Abi e Zac.

Olhei de relance para ele, perguntando-me se por um acaso aquilo não seria uma pegadinha, mas Zac tremia de nervoso. Logo desviei meu olhar para o tapete estampado sob a mesa de centro com tampo de vidro, fixando minha atenção em seu desenho geométrico cinza, como se sua lógica pudesse, de alguma forma, manter-me segura.

Zac pegou a pilha de envelopes e começou a rasgá-los conforme os abria, arrancando de dentro os cartões para lê-los enquanto arremessava-os no chão, um por um, e dizia, enfurecido:

– Abi e Zac... Abi e Zac... Abi e Zac.

E então, pegando-me pelo braço, ele me levantou.

– Nunca, nunca mais coloque seu nome antes do meu – disse, cuspindo as palavras na minha cara. Precisei resistir ao ímpeto de limpar os respingos de saliva, sabendo que isso o deixaria ainda mais furioso.

– Garota estúpida! Desperdiçando meu dinheiro desse jeito! Agora vamos ter que comprar os cartões todos de novo, mas, dessa vez, você vai escrever um por um com nossos nomes na ordem certa, está me ouvindo?

A e Z. Nem mesmo refleti sobre isso. Apenas escrevi nossos nomes dessa forma pois soava lógico em minha cabeça. Eu deveria ter pensado. Garota estúpida.

A chuva batia no vidro, e as luzes estavam borradas contra o pano de fundo do céu escurecido pelas nuvens.

Os machucados em meus braços eram como as nuvens, arroxeados e enegrecidos sob as mangas de minha camisa. Mas eu sabia que, uma hora ou outra, eles clareariam, chegando àquele amarelo pálido do pôr do sol londrino, quando poderiam ser disfarçados com um pouco de corretivo. As nuvens raivosas e escuras se dissipariam, e os olhos de Zac voltariam a ser azuis como o céu do verão. Ele me abraçaria e declararia o amor dele por mim. Declararia que seu acesso de raiva foi por minha culpa, mais uma vez, mas que me perdoava mesmo assim. E eu tentaria relaxar, deixando meus punhos cerrados afrouxarem. Porém, a verdade é que eu me sentia tensa o tempo todo, apenas esperando.

Fui me tornando mais e mais isolada, presa atrás das enormes vidraças daquele apartamento londrino *uau-que-incrível!*, excluída do mundo exterior.

Eliane: 1940

O aviso, acompanhado de uma suástica preta no topo e no centro, fora afixado do lado de fora da *mairie* de Coulliac, e a notícia se espalhou com rapidez até alcançar toda a comunidade.

Atendendo à ordem da nova administração, todos os moradores da comuna de Coulliac deverão se apresentar à mairie *para fins de registro da população e a emissão de documentos de identidade que deverão ser sempre levados consigo. De agora em diante, qualquer cidadão encontrado sem estar em posse da documentação necessária será preso e poderá ser deportado.*

Foi chocante ver a assinatura do prefeito – o representante eleito pela população – ao final do aviso. Muitos reclamaram sobre o quão rapidamente ele cedeu às demandas dos invasores, mas aqueles com acesso à rádio e ao jornal afirmaram se tratar de uma política oficial, adotada em toda a zona de ocupação. Que escolha ele tinha? De fato, que escolha qualquer um deles tinha?

Na manhã seguinte, após o café, a família Martin chegou à pequena praça no coração da vila, encontrando uma longa fila e entrando no final dela. As pessoas continuaram a chegar muito mais rápido do que as que entravam na *mairie* saíam, e logo a praça ficou lotada. Normalmente, uma multidão como aquela, seja no mercado, seja em algum festival, teria uma atmosfera leve ao redor; uma cacofonia de sorrisos e conversas casuais reverberaria das paredes das lojas que ladeavam a praça e ricocheteariam nas varandas e janelas com suas venezianas abertas. Mas, hoje, a multidão estava subjugada e pouco à vontade. As pessoas se dirigiam umas às outras silenciosamente – isso se chegassem a tal ponto –, sussurrando cumprimentos e perguntando-se sobre o que tudo aquilo ali dizia respeito. O clima era opressivo. A maioria dos presentes mantinha os olhos no chão, evitando olhar para a bandeira que tremulava no mastro da *mairie*, substituindo a bandeira francesa e, assim, não encontrar seu olhar com algum dos soldados alemães que estavam parados em cada um dos lados da entrada com armas sobre os ombros.

Enquanto se moviam lentamente, Eliane reconheceu Stéphanie na fila em frente e sorriu quando a garota olhou em volta e os reconheceu. Seu sorriso foi retribuído com um frio aceno de cabeça. Eliane então avistou Francine, que havia acabado de sair da *mairie*. Ela segurava seu novo documento de identidade e o estava lendo enquanto descia as escadas, com uma expressão confusa no rosto. Francine passou por Eliane com a atenção ainda fixa no documento, e a amiga se esticou, puxando a manga de sua camisa. O semblante de Francine relaxou, e um sorriso se abriu ao avistar Eliane, que recebeu um abraço caloroso da amiga.

– Como é lá dentro? – Eliane perguntou baixinho.

– Estranho – respondeu Francine discretamente. – Há mais soldados, com armas, supervisionando o prefeito e a secretária. Há formulários para preenchermos, perguntando tudo quanto é tipo de coisa: quem você é, de onde vem, quem são seus pais e avós, seu endereço, sua data de nascimento e religião. E aí então lhe dão isso. – Francine estendeu o cartão para que Eliane o visse.

– O que isso aqui significa? – Eliane apontou para uma enorme letra "J" estampada em frente ao documento de Francine.

– Fiquei em dúvida no começo. Percebi que nem todos tinham essa letra nos seus documentos, então perguntei à secretária na saída. Ela me disse que os alemães instruíram a colocar essa letra nos documentos de todos os judeus.

– Mas por quê?

Francine balançou a cabeça e respondeu, ainda mantendo a voz baixa.

– Não sei exatamente o porquê. Mas o que sei com certeza é que não é um bom sinal.

Francine parou de falar e se virou para Lisette, que segurava Blanche.

– Esta é a bebê sobre a qual me contou? *Comme elle est mignonne!*

Aproximando-se, Francine deu um abraço em Lisette, e, ao fazê-lo, Eliane notou que a amiga sussurrou algo no ouvido da mãe.

Agora aumentando um pouco o tom de voz, de modo que os presentes próximos pudessem lhe ouvir, Francine exclamou.

– Que tristeza o que aconteceu com o primo de seu marido e esposa, madame Martin, sendo mortos no bombardeio daquele jeito. Mas que sorte que conseguiram trazer a filha dos dois! Não consigo pensar em um lar melhor para a garotinha crescer. Tenho certeza de que o primo ficaria aliviado por saber que a filha ficou com a família.

Lisette balançou a cabeça e então modulou a voz.

– Sim, com certeza foi uma sorte grande Mireille ter encontrado Blanche em Paris e trazido-a para nós em Coulliac. Imagina só como é ter mais um bebê na família com a minha idade!

Ao ouvir o diálogo, Gustave pareceu surpreso, mas Lisette deu-lhe um sorriso tranquilizador.

– Mas estou certa de que nos adaptaremos sendo pais mais uma vez, não é mesmo, *chéri?* Afinal de contas, família é família.

Eliane levou um tempo para registrar o porquê de Francine ter dito isso, mas então percebeu a magnitude do que a amiga tinha acabado de fazer por sua família e Blanche.

Quase todos em volta sorriram em simpatia e balançaram suas cabeças, demonstrando apoio. Embora Stéphanie, que também ouvira a conversa, tenha lançado um olhar lancinante para a bebê nos braços de Lisette e, em seguida, fechado a cara, com seu habitual desprazer.

Francine, que estava de partida, abraçou Eliane mais uma vez.

– Agora que a ponte está fechada, o prefeito permitirá que um mercado seja montado aqui em Coulliac em vez de em Sainte-Foy – disse, apontando para outro aviso pregado na entrada da *mairie*. – Então, verei você sábado, como de costume? Aquele novo lote de mel está pronto?

Os olhos cinza de Eliane expressavam uma mistura de tristeza e amor ao apertar com firmeza a mão de Francine, despedindo-se da amiga até o fim de semana.

Quando Lisette explicou que todos os documentos da família foram destruídos durante o bombardeio em Paris, não foi preciso muita persuasão para que o prefeito, atormentado e sobrecarregado, emitisse um documento de identidade para Blanche com o sobrenome "Martin". A certidão de nascimento da bebê, que Esther levara consigo em uma pequena bolsa com seus pertences, embrulhada às pressas quando ela e Mireille saíram de Paris, foi discretamente removida da pilha de documentos que Gustave segurava e enfiada no fundo do bolso de seu macacão. Ao voltarem para a casa do moinho, Lisette pegou a certidão de volta e alisou seus vincos com todo cuidado, dobrando-a cm quatro partes e escondendo-a em meio às páginas de seu pesado livro de ervas medicinais que ficava em uma prateleira na cozinha.

No sábado seguinte, bem cedo, quando Eliane desceu para juntar os produtos que levaria ao mercado, agora instalado em um novo local em Coulliac, seu pai já trabalhava no celeiro. Ela o ouviu assobiando, e também o ruído da serra e então do martelo. Os barulhos pararam ao som de seus passos se aproximando da porta entreaberta.

– O que está fazendo, papa?

Gustave relaxou ao ver que era apenas a filha que havia chegado e sorriu.

– Uma placa, *ma fille*. Inspirado na eficiência da nova administração, eu me dei conta de que, para a segurança da população, temos sido negligentes em não alertar as pessoas sobre este perigoso açude e as fortes correntes do rio que passam por aqui. Seria terrível alguém perder a vida tentando atravessá-lo.

Eliane sorriu.

– Essa é mais uma de suas piadas, não é, papa?

A expressão de Gustave de repente se tornou grave.

– *Non, ma fille*, isso é absolutamente sério. É só uma questão de tempo até os *Boches* perceberem que não bloquearam todos os pontos possíveis para se atravessar até a zona desocupada. Então, vou camuflar a que temos, apenas para o caso de que seja necessária um dia.

– Mas, papa, se os alemães vierem checar, tudo o que precisarão fazer é ir até o açude e ver o quão fácil é atravessá-lo.

Gustave voltou a sorrir.

– Você nunca viu o rio com todas as comportas fechadas, viu?

Eliane gesticulou que não.

– O senhor sempre deixou pelo menos uma delas aberta, ou para contornar a roda do moinho ou para fazê-la girar.

– Você está certa, e isso mantém o equilíbrio do fluxo das águas. Mas, se eu fechar as duas comportas, toda a água vinda do rio tem que passar pelo açude. É algo impressionante de se ver, Eliane: o nível da água sobe, e o açude se torna uma enxurrada. Qualquer um que tentasse atravessar seria sugado em um instante.

Eliane balançou lentamente a cabeça, refletindo sobre o plano do pai.

– Sei que parece uma loucura o que estou fazendo… – Gustave pegou a placa que estava construindo –, mas talvez tempos loucos como os que vivemos exijam planos loucos como esse. Tenho que ao menos tentar. Os alemães provavelmente vão bloquear toda a margem do rio, mas, se pudermos fazer parecer que essa região aqui é tão perigosa que não há necessidade de defesa, então pode ser que seja útil alguma hora.

Gustave pegou uma marreta, uma estaca afiada de madeira e a placa que dizia: "Cuidado! Barragem perigosa. Perigo de morte!"

– Você gostaria de vir e segurar isso para mim enquanto arrumo as coisas? Depois lhe dou uma carona até o mercado.

Eliane sorriu para o pai:

– Sendo esse um dever nosso para a segurança da população? Mas é claro, papa!

* * *

Quando Eliane chegou com sua cesta repleta de potes de mel e cera de abelha, Francine já havia montado uma mesa de cavalete na praça, o mais longe possível da suástica tremulante em frente à *mairie*. Ela a cobrira com um alegre tecido xadrez e organizava pirâmides de potes de geleia e conservas. Alguns outros feirantes montavam suas barracas, mas este mercado improvisado em Coulliac estava muito longe da agitação e do que mais havia em Sainte-Foy.

Um soldado alemão circundou a praça, com um rifle casualmente pousado sobre um de seus ombros, e veio inspecionar cada uma das barracas. Quando chegou à mesa das garotas, parou.

– O que é isso? – perguntou, apontando para o pote que Francine segurava. Ela congelou. Depois, baixando os olhos, respondeu:

– Conserva de rainha-cláudia, *m'sieur*. Ela é preparada com um tipo de ameixa verde.

– Bom para comer com pão? – O sotaque do soldado era bastante evidente. Francine assentiu. Sua mão tremeu ao passar o pote para que ele inspecionasse mais de perto.

– Quanto? – perguntou o soldado, enquanto equilibrava seu rifle contra a mesa e procurava algumas moedas no bolso. – Obrigado, senhorita. Bom dia.

Eliane organizava seus produtos, mas perguntou calmamente:

– Você está bem, Francine?

– Me desculpe, sei que é estúpido da minha parte ficar tão nervosa. Mas não é nada bom viver desse jeito. Soldados e armas parecem deslocados em um ambiente como este. O que está acontecendo com a gente, Eliane?

A amiga suspirou.

– A guerra está acontecendo com a gente. E temo que este seja apenas o princípio de tudo.

Eliane, também, estava tensa e sem chão. Ela queria dizer a Francine para não se preocupar, que não havia nada a temer, que tudo ficaria bem. Mas então chegou à conclusão de que não poderia dar essas garantias à amiga, quando ela mesma conseguia sentir a ameaça que pairava sobre Francine, assim como os fortes raios de sol que começavam a castigá-las.

– Vamos lá, nossos primeiros clientes estão chegando. Me ajude aqui com este guarda-sol ou a cera de abelha acabará derretendo – disse Eliane com pressa, dando um breve abraço na amiga.

A cliente, no caso, que vinha fazendo o percurso diretamente até a barraca das duas, era a secretária do prefeito.

– Bom dia, Eliane. Francine.

A secretária trabalhava na prefeitura desde sempre e conhecia todos na comuna pelo nome.

– Preciso de um pouco mais da sua cera de abelha, por favor, e um pote de *confiture aux myrtilles* também.

Ela contou o valor exato dos produtos, colocando o dinheiro sobre a mesa e sorriu ao perguntar para Eliane.

– Como a bebê está?

– Blanche está bem, obrigada por perguntar.

– E sua irmã?

– Muito melhor agora. Os pés dela estão se curando bem.

Embora fosse verdade, Eliane sabia que o tempo necessário para o mesmo acontecer com as feridas internas da irmã seria muito maior.

– Fico feliz em saber. Dê meus cumprimentos aos seus pais.

E, com uma reflexão posterior, acrescentou:

– Ah, e pode ser que você queira dizer a eles que o moinho receberá uma visita na segunda-feira. Às vezes, é bom nos prepararmos com antecedência para recebermos visitas, não é mesmo?

E, com um aceno formal, colocou suas compras em uma sacola e seguiu seu caminho.

* * *

Naquela manhã, o som do jipe parando em frente ao celeiro foi abafado pelo barulho do rio fluindo sobre o açude, a todo vapor. Gustave e Yves colocavam sacas de farinha na carroceria da caminhonete. Dois soldados fardados, um deles o tradutor oficial, saíram e pararam por um momento, observando o espaço em volta.

A placa de Gustave parecia estar ali há anos, graças a uma leve lixada e à aplicação de algumas manchas feitas com a lama do rio. Um deles pegou uma pedra, jogando-a no açude. A água a agarrou com avidez, engolindo-a em suas profundezas.

Erguendo as sobrancelhas, ele instruiu o tradutor a fazer uma anotação na prancheta que carregava.

Somente depois ele se virou, notando a presença de Yves e Gustave.

– Bom dia. Procuro por Herr Martin, o proprietário do moinho.

Ele precisou gritar para ser ouvido em meio ao rugido das águas.

– Ele mesmo – respondeu Gustave, colocando a última saca na caminhonete e limpando a farinha das mãos antes de cobrir a carroceria com uma lona.

– Talvez possamos conversar lá dentro? Um pouco mais calmo, não é? – disse o tradutor com cuidadosa cortesia, seus modos um pouco menos abruptos que os do outro soldado. – Desculpe por perturbá-lo durante seu trabalho, monsieur, mas precisamos resolver algumas coisas com o senhor.

Gustave saiu na frente, mostrando-lhes o caminho para a cozinha, onde os alemães puxaram duas cadeiras e se sentaram, gesticulando para que Gustave fizesse o mesmo. Yves, que os seguiu, permaneceu de pé, recostado à porta e de braços cruzados. Consultando sua prancheta, o tradutor então disse:

– Apenas algumas perguntas, monsieur Martin, se nos permite. O senhor vive aqui com sua família: esposa, duas filhas e um filho – disse, olhando então para Yves –, além de uma criança, filha de um primo seu já falecido, certo?

– Isso mesmo – respondeu Gustave.

– Os pais dela morreram quando vocês jogaram suas bombas neles. – Yves entrou na conversa, mas foi silenciado pelo olhar do pai.

Ignorando o comentário do jovem, o soldado continuou:

– E quantos veículos o senhor tem?

– Somente minha caminhonete, que os senhores viram lá fora.

– Bicicletas?

– Apenas uma, que todos compartilhamos. Minha esposa é a parteira da comunidade, então às vezes precisa de transporte para ir até suas pacientes rapidamente.

O homem balançou a cabeça, traduziu as respostas de Gustave para o outro soldado e fez uma anotação nos papéis à sua frente.

– Vocês usam a caminhonete para entregar farinha nas padarias da região?

– Sim, e preciso atravessar as pontes entre Coulliac e Sainte-Foy para continuar fazendo minhas entregas.

Um dos soldados balançou a cabeça categoricamente e falou rápido em alemão.

– Isso já não é mais permitido sob a nova administração – respondeu agora o tradutor. – A zona não ocupada deverá se sustentar por conta própria no que diz respeito a gêneros alimentícios. De agora em diante, você entregará um terço de sua farinha em um depósito que estamos instalando nos arredores da cidade, voltado a trabalhadores da Alemanha. O restante poderá continuar entregando a seus clientes deste lado do rio, como de costume.

– E minha esposa? – perguntou Gustave, em um tom de voz calmo. – O que ela deverá fazer quando houver um parto do outro lado do rio? As gestantes da zona não ocupada terão que se virar sozinhas?

Mais uma vez, os dois oficiais ficaram discutindo para lá e para cá.

– Existe a possibilidade de permitir a ela atravessar até a zona não ocupada em casos de necessidade médica. Há uma área de sete quilômetros do outro lado que será rigidamente patrulhada. Qualquer um pego sem os documentos corretos será enviado de volta às autoridades daqui e julgado de acordo. Sua esposa precisará se apresentar à *mairie* para que possamos providenciar a permissão dela. E também lhe daremos uma permissão para que atravesse com a caminhonete e faça suas entregas, já que, a partir de agora, contribuirá para o esforço de guerra. Seu veículo será formalmente designado para prestação de serviço público. A cada semana, você receberá *vouchers* para abastecimento do veículo, suficientes para realizar as tarefas necessárias.

O soldado que falava apenas em alemão tomou a palavra – um discurso severo e ininteligível para Gustave, que, no entanto, compreendeu com clareza a ameaça implícita. O tradutor então falou em francês, em um tom mais ameno.

– Por favor, monsieur Martin, lembre-se de que você e sua esposa estão em uma posição de certo privilégio com essas concessões extras. Aconselhamos não abusar delas. Tenha em mente que atos de acúmulo indevido e sabotagem são crimes passíveis de punição. Observaremos vocês dois de perto para garantir que cumpram com suas responsabilidades.

– *Vous comprenez?* – o soldado severo cuspiu em francês para Gustave, em um tom repleto de ameaça.

Gustave encarou os olhos lancinantes dele à mesma altura, mas com uma expressão branda.

– Entendo muito bem, monsieur.

O tradutor fez então mais algumas anotações.

– Você e sua esposa devem se apresentar à *mairie*. A nova administração os aguardará.

Os dois se levantaram, e Yves deu um passo para o lado para os deixar sair. Pai e filho assistiram aos soldados irem embora, com os pneus do jipe levantando cascalhos e uma nuvem de poeira.

Seguindo o rastro da nuvem, pai e filho a viram se levantar novamente quando o jipe saiu da estrada e continuou a subir a colina atrás do moinho.

– Eles vão para o château agora – disse Yves.

– Parece que sim – comentou Gustave, balançando a cabeça. Virando-se para a caminhonete, disse ao filho:

– Vamos lá, vamos fazer esta entrega do melhor jeito que pudermos.

Afrouxando a lona, Gustave começou então a retirar algumas sacas de farinha.

– Mas o que o senhor está fazendo, papa?

– Se temos mesmo que dar aos alemães um terço de nossa produção, é melhor garantirmos que nossa "produção" seja reduzida de acordo – grunhiu Gustave. – Vamos, me ajude a esconder isso no túnel atrás do chiqueiro.

* * *

Eliane checava suas colmeias quando ouviu o som do jipe parando em frente ao château e, em seguida, o barulho duplo das portas do carro batendo. A visão do veículo militar e dos soldados pareceu particularmente grotesca em meio àquele cenário de paz, contrastando com as elegantes e atemporais pedras dos edifícios.

Monsieur le Comte, que deve tê-los visto chegando pelas janelas da biblioteca, estava parado no último degrau, mal se apoiando em sua bengala enquanto se endireitava para manter o corpo erguido. Os soldados o saudaram, batendo os calcanhares daquele jeito enérgico deles. Após algumas palavras peremptórias, eles o seguiram para dentro do château e desapareceram.

Eliane apressou-se em colocar no lugar os quadros que vinha adicionando a uma das colmeias – um enxame recém-criado que havia coletado dos galhos de uma pereira no início do verão – e correu de volta para a cozinha, tirando as luvas e o chapéu de véu e aba larga enquanto entrava.

– Eles estão aqui. Você viu? – perguntou, sem ar, a madame Boin.

A cozinheira confirmou com a cabeça, pressionando os lábios um contra o outro em sinal de desaprovação, enquanto continuava a cortar uma cebola, imprimindo um tanto mais de força do que o necessário.

– Vi, sim.

– E o que vamos fazer?

Madame Boin se virou, encarando Eliane.

– Não faremos absolutamente nada, minha garota. Entenda: a melhor maneira de superar o que está por vir é seguir com nossa vida normalmente. Pretendo ignorar esses chamados novos governantes e continuar a fazer o que sempre fizemos. Recebo ordens de monsieur Le Comte e de mais ninguém. Ele é meu chefe há vinte e sete anos, e será preciso mais do que um exército alemão para que eu o abandone – disse, entregando a Eliane a faca que segurava. – Termine de cortar esses legumes. Preciso pegar o pão no forno ou ele queimará.

O conde apareceu na porta logo em seguida.

– Madame Boin, poderia fazer a gentileza de preparar um café para nossos visitantes? E uma tisana de erva-cidreira para mim? Estamos na biblioteca.

Foi Eliane quem levou a bandeja, no entanto. Apesar da afirmação categórica de que estava absolutamente bem, as mãos de madame Boin tremiam tanto com a raiva que ela mal conseguia conter que, ao pegar a chaleira no fogão, derramou água por toda parte, lançando gotas ferventes no fogão e criando uma nuvem de vapor que cuspia e sibilava.

Os homens ficaram em silêncio quando Eliane entrou, esperando que ela terminasse de servir o café e sair antes de prosseguirem.

Mais de uma hora se passou, até Eliane finalmente ouvir os soldados indo embora, com as portas do jipe batendo outra vez e mais uma nuvem de poeira se formando no ar.

O conde voltou à cozinha, desajeitado, equilibrando a bandeja em uma das mãos.

– Obrigado, madame Boin, Eliane. Aquela tisana calmante chegou em ótima hora. Bem, temos alguns ajustes para fazer por aqui. Aqueles visitantes estão prestes a se tornar hóspedes de longa data do Château Bellevue. Eles se alojarão aqui e, sem dúvida, mais alguns de seus colegas.

Madame Boin arquejou e se afundou na cadeira mais próxima, abanando-se com o pano de prato que segurava.

Eliane juntou coragem para perguntar.

– Mas e o senhor?

– Disseram que eu poderia permanecer no meu quarto. Mas acho que seria muito mais tranquilo ficar em um lugar independente. Com a ajuda de vocês, espero, devo me mudar para o chalé. Será a melhor solução para essa situação indesejada, acredito.

– E nós? – perguntou madame Boin, abanando-se ainda mais vigorosamente. – Para onde devemos ir? E quem cuidará do senhor?

Monsieur le Comte puxou uma cadeira, gesticulando para que Eliane fizesse o mesmo.

– Damas – ele começou, e então limpou a garganta –, não preciso nem lhes dizer que são tempos atípicos esses em que nos encontramos. Não pedirei que façam qualquer coisa que as deixe desconfortáveis. Se for da vontade de vocês deixar o Château Bellevue durante a ocupação pelos nossos inimigos, entenderei perfeitamente. E, ao final desta guerra, se ainda estivermos de pé, seus empregos estarão aqui esperando por vocês, caso desejem retornar.

Uma lágrima rolou pela face de Eliane, que a enxugou em silêncio.

Madame Boin parecia perplexa.

Limpando a garganta mais uma vez, o conde prosseguiu:

– Contudo, oferecerei às duas uma alternativa. Talvez queiram tirar um tempo para pensar nisso com calma. Mais uma vez, gostaria de enfatizar: não espero que façam nada que as deixará infelizes. Mas temos uma oportunidade aqui no château. Uma oportunidade única. Aqueles alemães me contaram que pretendem instalar uma estação de rádio bem aqui. Nossa localização no alto da colina é ideal para o envio e recebimento de mensagens. Poderíamos monitorar os movimentos deles e, quem sabe, até suas comunicações? Isso nos tornaria capazes de ajudar nossos compatriotas a lutar contra esses invasores. Há um general francês em Londres que tem feito transmissões nas últimas semanas. Charles de Gaulle é seu nome. Eu o ouvi pela primeira vez logo antes de o armistício ser assinado. Na ocasião, de Gaulle enviou uma mensagem de esperança a todos nós, no alto de nosso desespero, reproduzida depois no jornal. E sempre a trago comigo como um lembrete.

E então, pegando um recorte de jornal dobrado do bolso do paletó, leu:

– "A França perdeu uma batalha! Mas não a guerra! Convido todos os franceses, onde quer que estejam, a se juntar a mim na ação, no sacrifício e na esperança. Nossa pátria corre perigo de morte. Lutemos todos para salvá-la!".

– O senhor acabou mesmo de tomar café acompanhado de soldados alemães com esse recorte de jornal no bolso? – perguntou madame Boin, incrédula.

– Na verdade, tomei chá de erva-cidreira, como a senhora bem se lembrará. Mas, sim. Portanto, se vocês, assim como eu, decidirem atender ao chamado do general de Gaulle, pedirei que considerem manter seus postos aqui no château. Por um lado, sei que isso envolverá algumas tarefas desagradáveis, em especial, fornecer alimentação aos soldados inimigos sob nosso teto. Por outro, poderá nos dar informações úteis sobre seus planos e atividades. Podemos estar em uma posição de ajudar a salvar nossa nação, libertando-a daqueles alemães opressores.

Madame Boin olhou de Eliane para o conde e de volta para ela. Seu sorriso foi inesperado e espantou Eliane.

– Formamos uma aliança secreta um tanto improvável, nós três aqui! Desculpe, monsieur – acrescentou rápido, lembrando-se de seus modos.

O conde sorriu.

– E isso, minha querida madame Boin, é exatamente o que precisamos para sermos uma aliança eficaz. Quem desconfiará de nós três aqui no château?

A cozinheira assentiu lentamente, refletindo sobre aquelas palavras.

– Não pedirei para que tomem essa decisão aqui e agora. Nosso mundo virou de cabeça para baixo esta manhã, então levem o tempo que precisar para pensar sobre o que eu disse. Contudo – o conde levantou o dedo em advertência –, pretendo fazer o que estiver ao meu alcance, aconteça o que acontecer. Sendo assim, pedirei para que não comentem isso com mais ninguém, nem mesmo com familiares. Vivemos em tempos traiçoeiros, e a guerra coloca muitas pressões imprevistas em todos que toca. Se os alemães descobrirem que minha motivação para recebê-los de bom grado em minha casa não é, de fato, capitulação para a Nova Ordem deles, mas justamente o contrário, não tenho ilusões quanto a quais serão as repercussões disso.

Madame Boin soltou o pano de prato.

– Não preciso de tempo para pensar – declarou veementemente. – O senhor necessitará de cuidados. Ainda mais vivendo em uma casa cheia de alemães. Eu ficarei.

Eliane hesitou, lembrando-se das palavras proferidas por madame Boin mais cedo: "A melhor maneira de superar o que está por vir é seguir com nossa vida normalmente".

Isso ainda seria possível? Agora que soldados alemães viriam morar no Château Bellevue?

Uma visão repentina de Mireille mancando na estrada com um bebê nos braços e o pensamento no que os alemães causaram à mãe de Blanche fizeram-na recobrar o fôlego. Eliane pensou em Mathieu, de quem não tinha notícias há mais de quinze dias. Estava ele preso em uma zona não ocupada, incapaz de encontrá-la? Ou decidira permanecer com o pai e o irmão? Teria Mathieu tentado contactá-la, assim como ela fizera com ele? As cartas dela chegaram? Como – e quando – poderiam eles se reencontrar? A saudade machucava-lhe o peito, uma dor nauseante, a contração da perda que dificultava sua respiração e fazia seu coração parecer fechar em si mesmo. Como isso pôde acontecer? Como poderia alguém, em algum lugar qualquer, decidir desenhar uma linha em um mapa que os separaria desse jeito? Aquela mesma linha que passou como uma lâmina de bisturi sobre comunidades e famílias inteiras, repartindo a França em duas. Foi então que Eliane chegou à conclusão de que não, não era possível viver normalmente. O mundo já não era mais "normal". Era chegada a hora de lutar pelas coisas que importavam. Eles estavam vivendo com o inimigo. Era chegada a hora de fazer o que fosse preciso para resistir.

Abi: 2017

O ar noturno é tão consistente e pesado quanto um cobertor. Estou deitada sob o véu do meu mosquiteiro com as janelas e venezianas totalmente abertas, na esperança de que qualquer brisa entre aqui.

Do alto da colina, a batida fraca e pulsante da música eletrônica vinda do celeiro desaparece, e tudo fica em silêncio quando a festa de casamento mais recente chega ao fim. Estou me acostumando com essa rotina, embora cada evento tenha sua própria personalidade, dentro da estrutura que Sara e Thomas estabeleceram. Também estou ganhando minha confiança de volta, pouco a pouco. Enquanto Karen se recuperava do pulso quebrado, assumi algumas tarefas extras para ajudar e até fiz alguns trabalhos em público, já não mais nos bastidores. Preciso admitir que me senti tão ansiosa que estava à beira de passar mal, mas Jean-Marc estava lá também, trabalhando no bar, e foi bom poder ver seu sorriso tranquilizador sempre que eu passava por ali às pressas, e também saber que Sara e Thomas estavam por perto, claro. Por fim, os convidados foram tão amigáveis e se divertiram tanto que era impossível não relaxar e curtir a festa com eles.

A maioria dos casamentos é feliz, suponho. Talvez eu apenas não tenha dado sorte.

Enquanto rolo na cama, na escuridão sufocante do quarto, pego-me pensando nas difíceis escolhas que Eliane e sua família precisaram fazer. Madame Boin disse que a melhor saída era procurar manter as coisas como sempre foram, tentando ignorar a guerra. Mas isso soou um tanto impossível para mim. Sei que algumas pessoas colaboraram com os alemães. Uma parte provavelmente fez isso por acreditar no ideal pelo qual os alemães lutavam, contudo, a maioria devia estar aterrorizada, diante de escolhas impossíveis, recorrendo à colaboração como forma de autopreservação. E houve aqueles que trilharam o caminho da resistência.

Pondero sobre o que Sara me contou a respeito de Eliane. Ela era claramente uma alma tão pacífica e gentil e, assim como sua mãe, Lisette, acreditava em salvar vidas, trazendo novas delas ao mundo e cuidando das já idosas e doentes, como a de monsieur Le Comte. Mas, sem hesitar, escolheu a resistência quando a opção lhe foi apresentada.

Sinto-me envergonhada por ter demonstrado resistência apenas no fim. Foram anos até eu conseguir reunir forças, pois não demorei a me prender na rede de controle de Zac. Sistematicamente, ele desmantelava meu senso de identidade, que, talvez, nunca tenha sido muito forte para começo de conversa. Foi fácil eu me isolar em minha torre envidraçada com vista para o Tâmisa. Foi fácil permanecer ali dentro em vez de sair e explorar minha nova vizinhança. E ainda mais fácil dar desculpas aos meus novos amigos do que suportar mais uma noite de frieza e aspereza de Zac para com eles, sentindo a sutil mudança em seu humor, que eu já reconhecia como um mau presságio para mim quando voltássemos para casa.

Depois de um tempo, apenas socializávamos com os amigos dele. Tentei ver os meus vez ou outra, mas, quando voltava ao apartamento, inevitavelmente eu já sabia o que aconteceria: Zac teria passado a noite bebendo sozinho. E, quando estava embriagado, as coisas eram ainda piores para mim. Cheguei à conclusão de que, ironicamente, seria mais seguro abandonar os amigos que poderiam ter me ajudado a escapar do meu casamento abusivo, se soubessem o que acontecia comigo. Estava presa na teia de Zac, e escapar tornou-se algo impossível.

Tentei convencer a mim mesma de que os momentos de carinho e gentileza de Zac eram os que realmente importavam e que as explosões de raiva dele eram meras nuvens passando pelo céu azul que era nossas vidas juntos. Além do mais, todos têm discussões e obstáculos em seus relacionamentos. Ou não têm? Eu não sabia dizer. Não havia ninguém para quem perguntar, sem amigos com os quais eu pudesse fazer comparações e entender quais eram os limites para as pessoas "normais".

Naquela época, eu entendia que eu não era "normal", pois era isso o que Zac me falava, repetidas vezes.

– Se eu soubesse o quão ferrada você era, jamais teria me casado contigo – Zac me disse friamente certo dia ao me encontrar enrolada no meu lado da cama, chorando em silêncio. – Talvez minha mãe estivesse certa.

Mas aí, então, ele aparecia com presentes para tentar me fazer sentir melhor (ou seria para aliviar sua própria consciência?). Um dia, Zac me comprou um novo telefone, caríssimo. Fiquei tão feliz quando ele me presenteou. Ele logo o tirou de minhas mãos e insistiu para configurá-lo.

– E olha só – disse, rolando telas e pressionando botões –, você pode ligar aqui – e clicou em um ícone intitulado "Compartilhar minha localização" –, e eu conseguirei rastrear exatamente sua localização usando meu próprio telefone. Assim, vou poder saber onde você está e o que está fazendo quando estivermos longe um do outro durante o dia.

Acho que eu deveria ter me sentido lisonjeada que ele quisesse estar tão próximo de mim.

Zac dizia todas as palavras certas, mas por que elas sempre pareciam significar algo mais?

Ele também me comprava roupas – nada parecidas com meu estilo. Eram sempre vestidos sob medida, saias retas, blusas de seda. Roupas caras, pelas quais eu deveria ser grata, mas que, na realidade, restringiam-me e faziam com que eu me visse como outra pessoa.

Eu sentia falta dos meus jeans e dos abraços com dedos grudentos das crianças que eu tomava conta e, em uma noite, juntei coragem para sugerir a ele que eu poderia procurar por um emprego novamente – não em tempo integral, claro, já que manter o apartamento limpo (o padrão de Zac era alto) e preparar-lhe o jantar todos os dias tomava muito tempo. Talvez apenas algumas poucas horas durante as manhãs para ajudar alguma mãe abarrotada de trabalho.

O olhar de Zac escureceu de imediato diante da minha sugestão, e eu me protegi contra sua raiva encolhendo-me contra as almofadas do sofá onde estávamos sentados. Zac sempre foi capaz de fazer isso apenas com o olhar: paralisar-me. Ele me encarou durante um tempo, mas eu não conseguia decifrar sua expressão. Desviei então meu olhar, tentando não deixar que o dele me congelasse. Concentrei-me, em vez disso, nas luzes cintilantes da cidade agrupadas sob a única luz piscante de um avião em direção ao seu destino. Zac colocou uma das mãos em meu ombro, e me encolhi mais uma vez.

– Ai, Abi – disse ele, suspirando. Seu tom de voz era suave, desesperançoso. – Tentei dar tudo o que você queria. Sabe, a maioria das mulheres ficaria tão feliz em não ter que se preocupar em sair para trabalhar. Este apartamento, tudo o que temos, trabalhei tanto para isso. E é assim que você me agradece? Querendo sair por aí cuidando dos filhos dos outros? E as minhas necessidades? E sobre termos um filho nosso?

Meu sangue gelou ao ouvir essas palavras. Eu amaria ter um filho, ou dois, ou até três, mas pensar em como isso me prenderia – e eles também – à teia de Zac, tão firmemente tecida que não haveria forma de nos desprendermos, me deixava apavorada.

Ele me pegou pela mão.

– Na verdade, vamos começar a tentar agora, esta noite!

Sua expressão era mais uma vez terna, preocupado por eu ter tentado me afastar, por eu ter tentado me desvencilhar dos fios de seda nos quais ele me prendeu.

– Joga suas pílulas fora, meu amor, e vem pra cama comigo.

No banheiro, abri o armário espelhado sobre a pia e retirei a caixa de anticoncepcionais que guardava ali. Eu sabia que ele a inspecionaria depois. Então, deixei uma cartela pela metade na caixa e a joguei na lixeira embaixo da pia. Mas peguei as outras cartelas, colocando-as por baixo da manga da minha blusa. Aguardei no quarto até ele sair para escovar os dentes, quando enfiei-as no bolso interno de uma velha bolsa de mão que eu guardava em uma prateleira do guarda-roupa.

Olhando para trás, pode ser que esse tenha sido meu primeiro ato de resistência. Talvez eu não devesse sentir tanta vergonha, afinal de contas.

Parte 2

Eliane: 1940

Conforme o verão avançava, Eliane se sentia mais aliviada por ver a força da irmã se renovando. Aos poucos, o moinho fez sua mágica acontecer em Mireille, e a combinação de uma simples, mas nutritiva comida caseira, dos cuidados de sua família e dos tranquilos dias brincando com Blanche nas margens do rio, começou a curar seu espírito ferido. As comportas foram reabertas, de modo que o rugido ensurdecedor da água sobre o açude voltou a ter sua usual calmaria como pano de fundo da vida no moinho. No fim de agosto, aquele brilho vivaz que Mireille tinha nos olhos finalmente voltou e então, em uma milagrosa tarde de domingo, Lisette e Eliane sorriram uma para a outra ao ouvir a risada de Mireille outra vez, tão bem-vinda e alegre como o ressoar dos sinos de uma igreja.

– Vejam só essa macaquinha arteira! – exclamou Mireille, ao entregar Blanche para Lisette. – Ela conseguiu engatinhar até a beira da água e tentou comer barro!

– Ela está coberta de lama! – exclamou Lisette, sem conseguir conter o riso e limpando uma sujeira no rosto da filha com seu avental. – E você não está muito diferente, Mireille! Que parzinho encardido! Olha só tem quase tanto barro nas mãos quanto ela.

– Bom, como a bagunça já estava feita, me pareceu uma boa oportunidade para fazer algumas tortas de barro – sorriu Mireille.

Lisette lavou as mãozinhas e o rosto de Blanche, subindo as escadas com ela logo depois para trocar as roupas enlameadas da bebê. Mireille se sentou à mesa da cozinha e, despreocupadamente, começou a folhear as páginas de um jornal da semana passada.

– Como monsieur Le Comte está aguentando? – perguntou Mireille à irmã. – Não deve ser fácil para ele, vivendo no chalé enquanto o château está cheio de *Boches*.

– Ele está indo bem. É um senhor tão corajoso.

Eliane não deixou o assunto seguir pois o conde continuava a reforçar a necessidade de não contar nada, mesmo aos membros da família.

– Em tempos como esses, conhecimento pode ser algo muito perigoso – disse ele certa vez. – Você manterá sua família em segurança não contando a eles o que se passa aqui em cima. Pela mesma razão, não lhe explicarei os detalhes do que estou fazendo. Se os alemães descobrirem, será melhor que você e madame Boin não saibam de nada.

No entanto, não parecia para Eliane que qualquer atividade subversiva estivesse acontecendo ali. Por vezes, ela se perguntava se por um acaso monsieur Le Comte não estava perdendo um pouco de sua lucidez, o que seria perfeitamente compreensível, dada sua idade e o desgosto de ter seu lar tomado pelo inimigo. Boa parte de seu tempo era gasta com leituras na biblioteca do château, local que os alemães permitiram de muito bom grado que monsieur Le Comte usasse, em reconhecimento à complacência com que os recebeu em sua casa. Já as refeições do conde eram feitas na cozinha. As tardes normalmente eram passadas cochilando no chalé, para onde também ia assim que Eliane e madame Boin lhe serviam o jantar, deixando-as ir embora logo depois para que chegassem em casa antes do toque de recolher.

Madame Boin se recusava a sair de sua cozinha agora que o château estava "infestado de *Boches*", como ela costumava dizer. A cozinheira preparava as refeições dos alemães, como o conde lhe pedira para fazer, mas com grande má vontade e batendo panelas o máximo que podia. Conforme instruções do conde, Eliane colocava a mesa antes de os alemães chegarem e esperava até a saída deles para recolher as louças, de modo que seus caminhos raramente se cruzassem. A única exceção era o tradutor – *Oberleutnant* Farber –, o tenente que atuava como intermediário, repassando pedidos (ordens, na verdade) dos oficiais alojados no Château Bellevue. Um homem simpático, Eliane pensava, embora seu uniforme a deixasse nervosa. A insígnia em sua jaqueta – formada por uma águia prateada de asas abertas e a geometria austera da suástica – parecia-lhe um emblema brutal de perseguição e dominação.

Ao final de uma tarde de sexta-feira, enquanto concluía os trabalhos da semana no château, limpando o chão da cozinha, Eliane levantou os olhos, assustada, quando uma figura apareceu na porta. Era monsieur Le Comte, que, colocando o dedo nos lábios, entregou-lhe um envelope selado. Eliane o pegou, intrigada, e então viu o nome de seu pai escrito com a caligrafia distinta do conde, que gesticulou para Eliane enfiá-lo no bolso do avental e então, com um aceno de cabeça, desapareceu na escuridão em direção ao chalé. Enquanto o observava, Eliane teve a impressão de que o conde deliberadamente mantinha-se nas sombras, evitando alguns poucos feixes de luz, que escapavam das cortinas *blackouts* mal encaixadas das janelas do château e iluminavam algumas partes do jardim.

Assim que chegou em casa, Eliane entregou o envelope ao pai. Gustave apenas acenou e o colocou no bolso, sem abri-lo, mas ela sabia que o melhor era não fazer nenhuma pergunta. Também não comentou sobre a carta com Mireille, que agora começava a ler em voz alta as notícias do jornal.

– "Com Paris visivelmente abandonada, os empregadores estão solicitando o retorno de seus trabalhadores. Após garantias de que não haverá mais bombardeios da *Luftwaffe*, agora que o armistício está estabelecido, trens adicionais partirão de Bordeaux, por tempo limitado, para a capital, a fim de garantir aos funcionários o retorno aos seus postos de trabalho".

Eliane assumiu o lugar de sua mãe quando Lisette saiu para limpar a pequena Blanche, depois de suas façanhas com tortas de barro. Lisette fazia seus preparos medicinais para a semana seguinte, então, com todo cuidado, Eliane agora transferia os óleos essenciais de frascos com rolhas de vidro para frascos menores que a mãe carregava consigo em suas visitas. Ela parou por um momento para olhar para Mireille, enquanto as palavras que a irmã acabava de ler pairavam no ar, misturando-se aos aromas medicinais de hortelã, para azia na gravidez, e cravo, para aliviar dores nas gengivas durante a dentição dos bebês.

– Você vai voltar?

Mireille olhou pela janela. Se eram o rio e o salgueiro que ela observava, ou as visões da carnificina que testemunhara passando diante de seus olhos, Eliane não sabia dizer.

Lentamente, Mireille balançou a cabeça, pensativa. E, virando-se para a irmã, disse:

– Estou forte o bastante agora. Sei que precisam de mim no ateliê. Tantas garotas partiram ao mesmo tempo em que Esther e eu. E me pergunto quem voltará. Me pergunto quem sobreviveu.

– Maman não vai gostar nada disso – respondeu Eliane, voltando a atenção para os frascos à sua frente.

Mireille suspirou.

– Sei disso. Mas não há nada para mim aqui. Você e maman já cuidam tão bem de Blanche, não precisam da minha ajuda. Mas em Paris, sim, precisam de mim. Recebi um cartão dia desses de monsieur le Directeur. Ele foi informado de que, caso não pudesse manter o ateliê em funcionamento normal, os alemães tomariam-lhe o negócio e colocariam sua própria gente para trabalhar lá. Melhor que continue nas mãos dele. Monsieur le Directeur é um bom chefe e tem tentado ajudar pessoas como a Esther. Quem sabe não existam mais mulheres como ela, para as quais não possam ser dados abrigo e emprego? Quem sabe eu não possa ajudar de alguma forma?

Enquanto falava, a voz de Mireille se fortalecia, e suas palavras tinham mais convicção do que nunca desde seu retorno ao moinho. Naquele momento, Lisette chegou carregando uma Blanche de banho recém-tomado, trocada e perfumada, com o aroma do óleo de massagem – uma mistura de estragão, lavanda e hortelã – que Lisette usava como um bálsamo calmante para curar cólicas e acalmar os bebês sob seus cuidados. Ela então a entregou a Mireille, que começou a brincar de cavalinho com Blanche.

– Nesse caso – disse Lisette, claramente tendo ouvido as palavras da filha –, você tem de garantir que está forte o bastante para voltar, *ma fille.*

O rosto de Mireille se iluminou.

– Então a senhora me deixará voltar, maman?

– Apenas no início de setembro, desde que eu esteja completamente satisfeita com o seu bem-estar.

Tirando uma mecha de cabelo da testa de Mireille, Lisette olhou profundamente nos olhos escuros da filha mais velha.

– Eu lhe conheço. Sei que mantê-la aqui não ajudará seu espírito a se reconstruir. Já em Paris você encontrará formas de fazer isso, tenho certeza. Mas nunca se esqueça, *ma fille*: as portas do moinho estarão sempre abertas caso você queira deixar Paris outra vez. Esta é sua casa. E sempre será.

Uma pequena lágrima caiu na face de Mireille, que enterrou o rosto nos cachinhos de Blanche, tão parecidos com os dela própria.

Lisette continuou a acariciar o cabelo da filha, tranquilizando-a.

– E agora sei que você está melhorando de verdade – disse, sorrindo –, porque finalmente consegue chorar de novo.

* * *

Na segunda-feira pela manhã, como de costume, Eliane foi até o horto verificar as colmeias e colher os ingredientes que madame Boin lhe pediu para os menus do dia. Os quadros no topo de cada colmeia estavam repletos do mel de verão, coroadas com selos de cera de abelha. Naquela semana, Eliane faria a última coleta do ano, assegurando-se de deixar um bom estoque para a sobrevivência das abelhas ao inverno que se aproximava. Se fosse tão rigoroso quanto o último, elas precisariam de ainda mais, especialmente agora que o racionamento tornava difícil economizar açúcar.

Ao colocar os quadros que inspecionava de volta a seus devidos lugares, Eliane ouviu o portão abrir e, virando-se, avistou monsieur Le Comte.

– *Bonjour,* monsieur.

– *Bonjour,* Eliane. Como estão suas tarefas hoje?

– Prosperando. Obrigada por perguntar, senhor. As colônias diminuíram depois do inverno que tivemos ano passado, mas sobreviveram e agora voltaram com força total.

O conde se inclinou um pouco mais, apoiado em sua bengala, para examinar uma abelha operária que acabava de pousar na entrada da colmeia e fazia sua dança para contar às companheiras onde encontrar as mais ricas fontes de néctar.

– Isso nunca deixa de me fascinar, o modo como elas fazem isso – disse o conde, endireitando-se e sorrindo para Eliane. – A inteligência delas, e a maneira com que trabalham juntas, como em uma comunidade, cada qual com sua função para garantir a prosperidade de toda a colônia.

Acenando para que Eliane o seguisse, monsieur Le Comte afastou-se um pouco mais das colmeias para não atrapalhar a trajetória de voo das abelhas e, com isso, deixá-las agitadas.

– Mostre-me o que está cultivando neste canteiro.

Eliane passou a ficar mais tempo no horto desde a partida do jardineiro. Ele se alistara no exército alguns meses antes de o armistício ser assinado e, até onde se sabia, fora um dos milhares de soldados franceses capturados e enviados aos campos de concentração na Alemanha. Eliane começou a apontar para as plantações de abobrinha, feijão e tomate, mas a atenção do conde parecia estar em outro lugar. Eliane ficou em silêncio. Ainda olhando para os canteiros cuidadosamente preparados, como se concentrado no que produziam, o conde disse, em voz baixa:

– Você estaria preparada para ajudar sua comunidade assim como aquela abelha operária, Eliane?

Acompanhando o conde, ela também continuou a olhar para o horto, como se estudasse as plantas, e respondeu suavemente:

– *Bien sûr,* monsieur.

– Não quero colocá-la em uma posição de risco. Então lhe pedirei apenas que execute um tipo de dança para enviar uma mensagem. Você não precisa saber quem são os destinatários nem onde estão. Quando eu lhe der o comando, você apenas colocará este lenço... – disse o conde, pegando do bolso um quadrado dobrado de seda vermelha ricamente estampada – e levará sua cesta para um pequeno passeio ao redor dos muros. É importante que esteja usando o lenço e caminhe no sentido horário: essas são as partes da dança que comunicam a mensagem. Você estaria preparada para isso, Eliane?

Ela olhou para o lindo lenço que o conde lhe estendia. Em silêncio, o pegou, colocando-o no bolso de seu avental. E depois sussurrou:

– Mas, senhor, este lenço é requintado demais para uma garota como eu usar. Uma seda dessa qualidade, e com esse estampado tão bem detalhado... as pessoas não acharão estranho?

– Este lenço foi de minha mãe. Mas gostaria que você começasse a usá-lo com frequência. Se alguém lhe perguntar sobre ele, quem sabe você não possa dizer que foi um presente que sua irmã trouxe de Paris? Ela tem acesso a esse tipo de refinamento... as pessoas acreditarão. E se encontrar algum de nossos "hóspedes" durante sua caminhada, diga-lhe que está procurando por algumas das flores silvestres que você e sua maman usam para fazer seus preparos medicinais.

– Muito bem, monsieur. Mas como saberei quando devo fazer minha caminhada?

– Ficarei na biblioteca como de costume esta manhã. Sei que nossos "hóspedes" terão uma importante reunião e que todos deverão comparecer à *mairie* hoje. Quando o caminho estiver livre, irei até a cozinha e pedirei à madame Boin que me prepare uma tisana de hortelã. E esse será o momento de, assim como suas abelhas, fazer sua dança e enviar a mensagem.

– Entendido. – A voz de Eliane saiu quase como um sussurro, mas o conde pôde ouvi-la perfeitamente.

– Obrigado, Eliane – disse o conde, apontando para o canteiro outra vez, como se em todo o tempo a conversa dos dois se resumisse àquele assunto, e voltando para o château logo em seguida.

Absorta em seus pensamentos, enquanto recolhia os ingredientes solicitados por madame Boin, Eliane deliberadamente deixou de colher a hortelã.

* * *

Aquela manhã se passou com o usual vaivém de soldados alemães no Château Bellevue: um entregador que veio de motocicleta trazer documentos para o general; dois soldados que passaram pela janela da cozinha a caminho de auxiliar na patrulha do posto de controle na ponte; um caminhão militar que parou na porta principal.

– Mais dois deles vindo para cá – disse madame Boin em tom de desaprovação, enquanto ela e Eliane arrumavam as camas extras em um dos quartos do andar de cima. – O château vai explodir de gente se isso aqui durar muito mais tempo.

A porta do cômodo ao lado foi aberta, e as duas ouviram o som do rádio e algumas vozes falando em alemão. A estação de rádio foi instalada ali, e Eliane então percebeu que o local ficava exatamente acima da biblioteca, onde o conde passava a maior parte de seu tempo nos últimos dias.

Oberleutnant Farber bateu na porta aberta do quarto.

– *Mesdames*, gostaria de informá-las que não há grande urgência para terminar aqui. Os novos soldados foram ordenados a deixar suas malas no corredor por enquanto, pois há outras coisas para fazermos agora. Se puderem terminar até esta tarde, estará ótimo. E não há necessidade de nos servir nada no almoço hoje. Temos outros compromissos.

– *Oui*, monsieur – respondeu madame Boin. E então, quando o som de passos sumiu corredor afora, a cozinheira voltou aos seus murmúrios de descontentamento. – Primeiro, eles nem nos avisam sobre essas novas chegadas. Depois, mudam seus planos para o almoço. Como é que vou cuidar da cozinha nessas condições? Falando em arrogância…

Da janela do quarto, quando terminava de colocar um travesseiro em sua fronha de linho, Eliane viu vários soldados entrando no caminhão e então *Oberleutnant* Farber levando o jipe para a porta da frente para esperar pelo general. Ao se afastar, Farber olhou para cima e avistou Eliane parada ali. Ele sorriu, acenando levemente com a cabeça antes de fazer a curva e seguir o caminhão pela estrada íngreme em direção à cidade.

Quando a poeira baixou, o château ficou em silêncio. Eliane se apressou escada abaixo para ajudar madame Boin na cozinha, pegando um escorredor com ervilhas e retirando suas pontas. Alguns minutos depois, ouviu lentos passos e o bater de uma bengala, anunciando a chegada do conde, que sorriu diante daquela cena de pacífica domesticidade ao adentrar a cozinha.

– Madame Boin, você me faria a gentileza de preparar minha tisana desta manhã? Acho que vou querer de hortelã hoje.

– *Oui,* monsieur – respondeu a cozinheira, colocando a chaleira para ferver. – Mas, Eliane, onde está a hortelã? Eu lhe pedi para trazer um pouco esta manhã.

– Eu me esqueci? Ah, me desculpe, madame. Vou lá agora mesmo.

Eliane pegou então a cesta de vime que estava perto da porta da cozinha e saiu. Tão logo ficou fora do campo de visão de madame Boin, abaixou a cesta e tirou o lenço de seu avental. Era uma das coisas mais lindas que ela já havia visto: um quadrado de seda escarlate estampado com flores e pássaros exóticos. Balançando o pesado lenço, Eliane juntou uma ponta à outra, formando um triângulo, para cobrir seus cabelos. Ela o amarrou atrás da nuca, no estilo camponês, e pegou sua cesta outra vez, iniciando a volta ao redor dos muros, no sentido horário, conforme o conde havia lhe instruído. Eliane sentia-se constrangida por saber que, em algum lugar, alguém a observava. De fato, sentia-se exposta e conspícua enquanto progredia em sua caminhada fora dos muros do horto, ciente de que poderia ser vista de Coulliac, onde os alemães estavam, assim como das terras vizinhas. Seu couro cabeludo se arrepiava de medo sob a cobertura do lenço, mas Eliane seguia em frente, determinada.

Após completar o circuito, tirou o lenço e o dobrou com cuidado, colocando-o de volta no bolso. Abrindo o portão, apressadamente colheu um punhado de perfumadas folhas de hortelã para entregar à madame Boin.

Por volta de meia hora depois, ouviu-se o som de um veículo passando e estacionando em frente à entrada principal.

– É melhor não ser um daqueles *Boches* de volta e querendo almoçar – repreendeu madame Boin.

Esticando o pescoço para olhar, Eliane se surpreendeu ao ver a caminhonete do pai.

– É o papa! – exclamou.

Gustave saiu da caminhonete, assobiando com animação, e tirou uma saca de farinha da carroceria, colocando-a no ombro. Ao chegar à cozinha, bateu forte na porta.

– Bom dia, madame Boin. *Et re-bonjour, ma fille.* – disse, sorrindo para Eliane. – Depois de todas as minhas entregas de hoje, descobri que levei uma saca a mais, que posso acidentalmente ter me esquecido de entregar no depósito. E então pensei: por que, em vez de desperdiçar meu precioso combustível fazendo o trajeto de volta, eu não poderia vir aqui e ver se é de alguma utilidade para vocês? Sei que há um número grande de "hóspedes" para ser atendido aqui nos últimos tempos.

Eliane achou estranho o pai usar o mesmo termo jocoso que monsieur Le Comte usou para se referir aos alemães. Também pensou ter ouvido a porta da caminhonete abrir e fechar suavemente, mas Gustave ainda estava na cozinha conversando com madame Boin, então talvez estivesse enganada. O pai de Eliane não parecia ter pressa de ir embora, discutindo as últimas notícias e repassando fragmentos de fofocas locais colhidos em suas rondas naquela manhã.

– Lisette teve um dia cansativo ontem. O parto de madame Leblanc durou dezessete horas! Ela ficou acordada a noite toda. Mas está tudo bem. Um animado garotinho finalmente chegou ao mundo às cinco da manhã de hoje. Lisette colocava o sono em dia quando saí.

Ele se interrompeu quando o conde apareceu:

– *Bonjour*, monsieur Le Comte.

Os dois homens se deram as mãos.

– Como o senhor pode ver – disse Gustave, apontando para a saca encostada em uma cadeira –, acabei de fazer uma entrega extra.

– E a recebemos de muito bom grado, Gustave. Agradeço por pensar em nós. Está tudo em ordem aqui.

Isso soou para Eliane mais como a declaração de um fato do que uma questão.

O moleiro assentiu:

– Bom, é melhor eu ir. Se Lisette acordar, ela ficará preocupada por que estou demorando tanto para terminar minhas rondas. Tenham um bom dia, monsieur, madame Boin.

Ao partir, Gustave parou e beijou a cabeça da filha:

– Até logo, *ma fille.*

Subindo de volta em sua caminhonete, acenou com animação para todos enquanto dirigia de volta para casa.

* * *

Ao voltar para o moinho, Eliane parou ao lado do rio por alguns minutos, sob o abrigo dos galhos do salgueiro. Passou a ser um hábito quase diário desde a partida de Mathieu. Eliane passava alguns minutos pensando nele e recordando o tempo juntos às margens do rio.

Ela olhou para os campos do outro lado do rio e depois para a floresta além dos campos, perceptíveis apenas como sombras ao luar. Atravessando a floresta, o fraco retumbar de um trem passando desaparecia ao longe.

Mathieu estava lá fora – em algum lugar, além da floresta, da linha de trem e de outros campos; além dos vales estreitos e íngremes do Périgord, onde as terras mais altas se abriam em prados e pastagens do Corrèze –, ajudando o pai e o irmão a administrar a fazenda, e Eliane desejava tanto receber uma mensagem de Mathieu. Apenas algumas palavras seriam suficientes, dizendo estar bem, dizendo ainda pensar nela. Mais uma vez, vieram as lembranças dos dias em que passaram juntos ao lado do rio, fazendo piqueniques e planos para um futuro que tinham absoluta certeza de compartilhar um com o outro. Quem diria que a França se tornaria um país dividido por uma linha desenhada em um mapa? E que essa linha de demarcação se tornaria uma barreira intransponível em tão pouco tempo?

Neste exato momento, a escuridão foi iluminada. A porta da casa do moinho se abriu e a luz de seu interior se espalhou pela grama, chegando até onde Eliane estava, oculta, por trás do véu das folhas do salgueiro.

Lisette saiu, fechando rapidamente a porta e, enquanto a filha observava, a mãe caminhou até o celeiro carregando algo com cuidado em frente ao corpo. Eliane ouviu o tilintar suave de porcelana chacoalhando em uma bandeja de alumínio e sentiu um aroma vago, de algo saboroso. Sopa? Ou talvez um cozido?

Que estranho. Sua mãe levando comida para o celeiro! Mas Eliane então se lembrou de como aquele dia como um todo foi estranho, com sua caminhada matinal usando o lenço e o pai aparecendo no château daquele jeito. Saindo do abrigo do salgueiro, deparou-se com a mãe, que voltava às pressas, agora de mãos vazias.

– Nossa! – disse Lisette de sobressalto, pressionando a mão contra a garganta. – É você, Eliane. Que susto!

– Desculpe, maman. Não tive a intenção.

– Como foi seu dia?

– Foi bem. Como de costume.

Embora Eliane estivesse curiosa de quem estaria jantando no celeiro da família Martin, no fundo, sabia ser melhor não perguntar, já que a mãe não quis lhe dizer.

– Papa está na cozinha. Acho que ele quer conversar com você.

Eliane seguiu a mãe para dentro de casa, piscando contra a luz ao atravessar a porta.

– Aí está ela! – exclamou Gustave, puxando uma cadeira próxima à dele e sinalizando para que Eliane se sentasse.

– Você fez um ótimo trabalho hoje, *ma fille*. Aquela caminhada foi muito importante.

Eliane deu de ombros.

– Foi apenas uma caminhada.

O pai sorriu, bagunçando o cabelo da filha.

– Foi uma caminhada que possibilitou outras coisas de acontecerem. Coisas que precisam ser mantidas por baixo dos panos por enquanto. Mas que farão toda diferença.

Eliane devolveu o sorriso, colocando suas mechas lisas e cor de mel de volta atrás das orelhas.

– E estaria uma dessas coisas jantando no celeiro agora?

Lisette levou outro susto.

– Falei que era muito arriscado recebê-lo aqui – disse, repreendendo o esposo.

– Não se preocupe, *chérie.* Eliane já executou seu papel no plano e sabe que não deve falar nada para ninguém fora desta casa. É justo que ela seja informada. De todo modo, ele já está de partida. Irá embora amanhã, quando eu e Yves o entregaremos à nova acomodação dele, junto da farinha para a padaria. Já passou do horário do toque de recolher, portanto, tarde demais para transportá-lo em segurança esta noite.

Gustave se virou para olhar para a filha.

– Como você percebeu, temos um "hóspede" aqui esta noite. E, assim como seus "hóspedes" no château, é um estrangeiro, no caso, inglês. Ele atravessou o açude hoje. Na noite passada, pousou de paraquedas na zona não ocupada. Ele ficará por aqui durante um tempo, ajudando, nos bastidores. Você não precisa saber mais do que isso.

– Sim – assentiu Eliane, pensativa. – E minha caminhada de hoje teve algo a ver com a chegada dele?

– Teve. Você avisou certas pessoas que o caminho estava livre. Ajudou a mantê-lo, e a outras pessoas também, a salvo.

– Posso então lhe fazer mais uma pergunta, papa?

– Só mais uma. Mas não posso prometer que responderei.

– O senhor entregou mais do que uma saca de farinha quando foi ao Château Bellevue mais cedo?

Gustave olhou para os cândidos olhos acinzentados da filha, ponderando o que dizer:

– A resposta para sua pergunta é "sim", Eliane. Mas não posso lhe dizer mais do que isso.

– Está tudo bem. Eu entendo, papa. Não farei mais perguntas.

Após subir para seu quarto no sótão, Eliane tirou o lenço escarlate do bolso, abrindo-o sobre sua cama e passando as pontas dos dedos na seda macia e ricamente estampada. Ela sabia que aquele lenço era um sinal, que enviara mais cedo uma importante mensagem do alto da colina. Contrastando com a colcha branca, aquele lenço parecia resplandecer com uma triunfante mensagem de esperança. Eliane desejava que ele fosse capaz de manter o estranho no celeiro em segurança, assim como de proteger sua família aqui e em Paris. Pensou também em monsieur Le Comte, cuja mãe um dia usara aquele lenço, esperando que o envolvesse de luz, lá em cima, no castelo, protegendo-o do que quer que o conde estivesse fazendo, rodeado por todos aqueles soldados alemães; e, acima de tudo, rezou para que aquele lenço fosse uma espécie de farol, como o feixe luminoso que varre o oceano escuro, levando seu amor a Mathieu do outro lado da linha divisória.

* * *

Havia um homem estranho sentado à mesa quando Eliane chegou à cozinha na manhã seguinte. Suas roupas eram genéricas, mas seus traços, distintos: o nariz aquilino e o queixo quadrado sugeriam uma força física, suavizada pela expressão leve em seus olhos, de um azul-escuro, como as centáureas que cresciam às margens das plantações de trigo. Ao ver Eliane, o homem pousou sua caneca de café sobre a mesa e se levantou. Eliane se inclinou para beijar o pai, que se sentava na ponta da mesa, próximo à porta.

– *Bonjour*, papa.

– *Bonjour*, Eliane. Deixe-me apresentá-la a Jacques Lemaître.

O estranho estendeu a mão para cumprimentá-la.

– *Enchanté*, mademoiselle. *Je suis ravi de faire votre connaissance.*

Seu francês era impecável, com apenas um leve sotaque, difícil de definir. Sem saber sua origem, seria perfeitamente possível presumir que ele vinha de algum lugar mais ao sul – País Basco, talvez, ou Languedoc.

– Jacques trabalhará na padaria de Coulliac e morará no apartamento que fica em cima da loja. É um amigo da família que veio dar uma mão, com a piora na artrite de monsieur Fournier.

Eliane assentiu.

– Sua ajuda será muito bem-vinda para eles, *m'sieur*.

Jacques sorriu.

– Que lenço bonito este que está usando, Eliane.

– Obrigada. Foi um presente da minha irmã, de Paris.

Os dois pareciam encenar seus papéis, uma espécie de ensaio particular em preparação para a futura performance pública.

Ao terminar seu café, Gustave tirou do bolso um grande lenço manchado, enxugando seu bigode.

– Bom, vamos então, Jacques? Monsieur Fournier vai querer sua entrega de farinha antes que o resto de Coulliac acorde.

– *Au revoir*, Eliane – o estranho despediu-se. – Espero vê-la em breve.

– Bem-vindo a Coulliac, monsieur Lemaître. Espero que se adapte bem.

Abi: 2017

Hoje é segunda-feira – o dia de folga da equipe do Château Bellevue –, e estou sentada às margens do rio, molhando meus pés. Thomas e Jean--Marc trabalharam na casa do moinho pela manhã, mas subiram a colina para almoçar. Está quente demais para trabalhos externos no meio do dia.

A essa altura, já criei coragem o bastante para nadar no rio. Jean-Marc me mostrou ser possível caminhar até o açude e mergulhar na piscina profunda que há na parte de cima do rio, contanto que se fique no meio dele, longe dos canais da comporta. A roda do moinho não está em movimento, parada no tempo e no espaço, um testemunho silencioso dos dias de guerra, quando moía os grãos para o pão de cada dia da comunidade. Mas o portão da comporta no desvio está aberto, e a água é atraída para dentro dele, formando uma faixa escura que se transforma em espuma branca conforme volta para o curso do rio abaixo do açude. No centro dele, a água da piscina profunda é escura e gelada. Ela então salta sobre o açude, cascateando alegremente na piscina marrom-dourada abaixo, onde os peixes nadam nos redemoinhos sob o salgueiro enquanto as águas do rio se acumulam antes de seguirem em frente, para se juntar a outros cursos d'água maiores e, por fim, derramarem-se no oceano. Caminho sobre as pedras do rio, perto da margem, e me sento com as costas apoiadas no tronco do salgueiro. A casca é áspera, repleta de rachaduras e fendas. Sara me contou que essa casca é a fonte do principal componente da aspirina, e que Eliane e Lisette usavam-na para preparar um analgésico leve durante os anos de guerra, época em que medicamentos manufaturados estavam com seus estoques em baixa. Recosto minha cabeça naquela casca medicinal e fecho meus olhos, deixando os raios de sol filtrados pelas elegantes folhas do salgueiro formarem padrões de calor e luz e brincar por cima de minhas pálpebras. Imagino Eliane, sob o abrigo desta árvore, pensando em Mathieu, na mesma noite em que Jacques chegou ao moinho. Qual seria a sensação, pergunto-me, de ser amada por um homem como Mathieu Dubosq? Ou Jacques Lemaître? Enfim, por um homem alguém de bom coração.

O som de um trem passando ao longe pulsa, fazendo-me despertar dos meus devaneios. Tudo é tão silencioso (agora que a betoneira de Thomas, felizmente, calou-se) que é possível ouvir cada camada de som: o canto aflautado de um pássaro; a batida distante do trem passante; o suspiro das folhas do salgueiro; o sussurrar das águas do rio. Tão diferente da minha visão do Tâmisa, através das janelas do apartamento em Londres, cujos sons eram engolidos pelo barulho da cidade ao redor, por sua vez selado pelas vidraças herméticas das altas janelas, deixando apenas um silêncio que podia ser tudo, menos tranquilizante.

Costumava colocar alguma música ou ouvir o rádio o tempo todo quando estava sozinha para fugir do silêncio.

Zac deve ter sentido o quão solitária eu me sentia. E algo mudou naquela noite em que ele sugeriu tentarmos começar uma família. Mesmo externamente achando que eu parecia a mesma de sempre, já não era mais a colaboradora passiva do início do nosso casamento. Aquele meu pequeno e secreto ato de rebeldia ao esconder meus anticoncepcionais me fortalecia a cada dia quando eu pegava a pequena bolsa dentro do guarda-roupa e de lá tirava uma pílula, engolindo-a com a água que deixava ao lado da cama.

Talvez, de alguma maneira, Zac também tenha sentido essa mudança, uma pequena perda de controle em algo que ele não podia tocar. De todo modo, quaisquer fossem suas razões, certo dia ele chegou com a ideia de eu retomar meus estudos, inflado, com um ar de triunfante benevolência. Mas por que será que, todas as vezes em que Zac me dava alguma coisa, eu sentia que outra estava sendo tirada de mim?

– Você poderia fazer uma graduação enquanto tentamos formar nossa família. O que acha? Você disse que sempre se arrependeu de não ter seguido com os estudos depois do ensino médio.

Senti-me impressionada, e depois grata. Então ele realmente pensava no melhor para mim, afinal.

– Nossa, Zac! Mesmo? Eu *amaria* isso! – respondi, sorrindo.

Já conseguia me ver em um auditório lotado, tomando café com outros alunos (eu seria mais velha do que a maioria, claro, mas não tanto assim), vindo para casa de metrô, carregando uma mochila repleta de livros, preparando-me para escrever um ensaio...

Percebi meu erro imediatamente, quando a expressão de Zac, antes calorosa, tornou-se fria. Deixei minha guarda baixar, deixei que ele visse um lampejo dos meus verdadeiros sentimentos, o que lhe deu poder.

– Só que, claro, isso custaria uma fortuna. Mas eu estava olhando algo online na Universidade Aberta. Fica mais barato, e você não vai ter todos aqueles custos adicionais de deslocamento. Não sou um pé de dinheiro, afinal de contas.

E aí estava, mais uma vez.

Dando com uma mão, tirando com a outra.

Embora a ideia de fazer uma graduação, ainda que a distância, me preenchesse de entusiasmo, por que eu sentia as paredes do apartamento se fecharem à minha volta e o horizonte da cidade se distanciar, tornando-se ainda mais inacessível atrás daquelas enormes janelas?

Contudo, disse a mim mesma: se me formar, eu me empoderarei. Poderia arrumar um bom emprego, caminhar com minhas próprias pernas. E então aquela vozinha suave do meu Eu perdido sussurrou no meu ouvido:

e poderia juntar dinheiro o bastante para ir embora.

Era um passo. Naquele momento, qualquer passo era melhor do que permanecer sentada, congelada atrás daquelas vidraças.

Eliane: 1940

Em vez de se recolher ao chalé para seu cochilo habitual, o conde começou a passar a maior parte das tardes na capela. Àquela hora do dia, após o término do almoço, a tendência era o château cair no silêncio, com a maioria dos alemães ou em seus postos em Coulliac ou, nos seus dias de folga, depois de se esbaldar com os vinhos da adega do château, que aproveitavam em seus almoços como cortesia do anfitrião.

– Sirva uma garrafa ou mais garrafas por dia – monsieur Le Comte instruiu Eliane. – Como suas abelhas, nossos "hóspedes" precisam de um suprimento regular de néctar para ficarem felizes.

Para madame Boin, era impossível subir e descer os degraus que levavam à adega, localizados em um dos cantos da cozinha. A inclinação deles a deixava zonza, ela dizia. Portanto, era função de Eliane descer até a fria escuridão debaixo do leito de rocha sobre o qual o castelo fora construído e buscar o vinho.

– Comece pelo lado esquerdo das prateleiras – explicou o conde. – As melhores garrafas ficam do lado direito. Essas, somos nós quem tomaremos para comemorar, se Deus quiser.

Três barris se enfileiravam em uma das extremidades da adega, presos por calços de madeira para evitar que rolassem. Na primeira vez em que

Eliane desceu, o conde a instruiu a olhar atentamente para os barris e dizer se notou algo de diferente neles.

– O do meio está um pouco mais baixo do que os outros dois, o que é estranho, já que eles parecem ter o mesmo tamanho – disse Eliane ao voltar.

Monsieur Le Comte assentiu.

– Na próxima vez em que for lá, Eliane, olhe de novo. Você chegou a ouvir os rumores de um túnel secreto que liga o château ao moinho? Bem, não são apenas boatos. A barrica do meio fica em um alçapão, por isso está um pouco mais baixa.

Eliane jamais havia entrado no túnel, mas passou a pensar nisso com frequência ao buscar os vinhos: uma passagem oculta que ligava seu local de trabalho à sua casa.

Certa tarde, ao descer os degraus que levavam à adega para buscar algumas garrafas, de modo que o vinho descansasse acima do solo e gradualmente atingisse a temperatura ideal para ser servido naquela noite, Eliane percebeu que as prateleiras da esquerda estavam quase vazias, graças à generosidade do conde. Havia algumas caixas empilhadas em frente às prateleiras à direita, impressas com o nome de um produtor de vinho local e o ano de 1937. Fariam elas parte dos vinhos mais finos? Ou ela poderia colocar as garrafas nas prateleiras da esquerda para reabastecer o lugar das já consumidas? Seria preciso verificar com o conde.

Um pouco mais tarde, quando estava a caminho do horto, onde passaria uma hora ou duas antes de ajudar madame Boin a preparar o jantar, Eliane pensou em ir à capela para perguntar ao conde sobre o vinho. Era um dos locais mais antigos do château, e sua alvenaria de pedra repousava sob o sol da tarde, amadurecida pelo tempo e pela oração. A velha cruz no topo do telhado triangular apontava para o céu, elevando-se acima dos telhados das construções adjacentes. Eliane bateu suavemente na madeira envelhecida da porta, não querendo perturbar o conde caso ele estivesse orando. Estranhamente, pensou ter ouvido vozes distintas lá dentro, mas, ao abrir a porta, monsieur Le Comte se levantou de onde estava sentado, evidentemente em uma pacífica solitude, ao lado do altar, bem em frente à estátua de Cristo na cruz. *Ele devia estar rezando em voz alta*, ela pensou.

Após Eliane explicar a situação da adega, o conde sorriu largamente, os olhos enrugando-se em divertimento.

– Ah, sim, eu havia me esquecido dessas caixas. A safra de 1937 foi terrível, tânica e desagradável. Seria impossível para o enólogo vender aqueles vinhos, então acabou me dando alguns como parte de outro pedido. Ainda não começou a envelhecer e, mesmo quando isso acontecer, é possível que continue intragável. É o vinho ideal para servir aos nossos visitantes alemães, a solução perfeita! Absolutamente, Eliane, pode transferir aquelas garrafas para as prateleiras vazias. Apenas se certifique de não me servir nenhuma delas!

O conde voltou para seu assento ao lado do altar. E, como se tivesse lhe ocorrido de súbito, acrescentou:

– Ah, Eliane, talvez eu precise que você faça mais uma de suas caminhadas amanhã, então peço que esteja com o lenço.

Passando a mão sobre a seda vermelha ao redor de seu pescoço, Eliane assentiu.

– Eu lhe avisarei – disse o conde.

Eliane o deixou na quietude da capela, sentado onde um raio de sol se infiltrava através da janela com grades de estilo diamante, acima da estátua de Jesus Cristo. A luz fazia as partículas de poeira dançarem ao redor da cabeça do conde no ar frio e iluminava-lhe as mãos, que descansavam cruzadas sobre seu colo. Ao fechar delicadamente a porta, Eliane voltou a ouvir a voz de monsieur Le Comte, um murmúrio indistinto do outro lado das grossas paredes.

Ela estaria preparada para a caminhada de amanhã, como fizera desde aquela primeira vez, não com frequência, mas em várias ocasiões. A direção e o número de circuitos que deveria fazer variava, embora Eliane jamais soubesse o que comunicava nem para quem. Mas ela esperava que – junto das orações vespertinas do conde – as mensagens que enviava para o vasto azul pudessem, de alguma forma, fazer a diferença.

Abi: 2017

Karen e eu estamos limpando a capela esta manhã. O sol de verão aumentou o termostato para o nível "alto", então é um verdadeiro alívio passar pela porta e entrar na fresca meia-luz do lugar. Varremos o piso, recolhendo o que restou do último casamento em nossas pás: umas poucas pétalas desidratadas que Sara fornece como alternativa aos confetes; alguns roteiros descartados; a poeira das solas de muitos e muitos pares de sapatos novíssimos, comprados especialmente para a ocasião. A madeira polida dos bancos brilha onde um raio de luz penetra pelas janelas de vidro.

Juntas, Karen e eu sacudimos a toalha de linho lavado que cobre o pequeno altar diante da estátua de Cristo, e a estendemos sobre ela. Karen flexiona o pulso, que ainda dói às vezes, mas já se curou muito bem. Ela então olha para meu braço. Percebo e finjo alisar uma ruga no tecido para encobrir meu constrangimento. No calor, precisei me desfazer das minhas usuais camisas de manga longa pela primeira vez. Sei que não é uma visão bonita. Meus ossos se estilhaçaram ao quebrar, rasgando minha pele. Os pinos que colocaram criaram mais tecido cicatricial, deixando meu braço deformado. As cicatrizes das lacerações se destacam como pápulas brancas e rijas contra o leve bronzeado que peguei enquanto me sentava à beira do rio com meu traje de banho em meus dias de folga.

Karen me encara com seu olhar cândido.

– Eu aqui sentindo pena de mim porque meu pulso está doendo um pouco. Isso deve ter te machucado muito mais.

Eu me encolho, tentando não me lembrar. Tentando apagar as imagens que surgem, involuntariamente, em minha cabeça.

– Acho que sim. Mas já faz um tempo. Quase curada agora.

Karen me olha com atenção por um momento.

– Você está indo bem, sabe, Abi? Já vi um bocado de pessoas ir e vir durante o tempo em que estou aqui, e, olha, você é das boas.

Não sei ao certo se ela está se referindo ao meu trabalho no château ou falando sobre outra coisa, mas sua colocação gentil traz lágrimas aos meus olhos. Abaixo a cabeça e me curvo, pegando minha pá e minha escova, esperando me recompor. Ouço o som do cortador de Jean-Marc, que passa pelo quintal, aumentando e depois diminuindo. Ele deve estar indo guardá-lo no galpão, a caminho do almoço.

Quando me levanto, Karen ainda me observa, e então sorri.

– E acho que não sou a única aqui que pensa isso, sabe?

Ao sairmos da capela, paro por um momento antes de voltar para o calor do meio-dia, e penso no conde passando suas tardes aqui. Naquele momento, sob a meia-luz silenciosa da capela, é como se eu pudesse ouvir leves sussurros, transmitindo mensagens do passado.

Eliane: 1942

A palavra rapidamente se espalhou pelo mercado de Coulliac: o mel da nova estação estava disponível. A escassez de alimentos tornou-se grave, mesmo com um estrito racionamento em vigor. O açúcar era uma das *commodities* mais preciosas de todas, uma das mais escassas também, então uma fila rapidamente se formou em frente à barraca de Francine e Eliane.

As pessoas já haviam se acostumado a fazer filas para tudo: filas na *mairie* para autorizações de viagem e cupons de combustível; filas na padaria para coletar as porções diárias de pão, cada vez menores, e no açougue para pegar uma parca porção de carne de cavalo; e filas nos postos de controle que surgiam nas estradas onde, antes, as pessoas podiam ir e vir livremente, cuidando de seus afazeres do dia a dia. O povo complementava sua alimentação o melhor que podia com o que estava disponível na natureza: peixes do rio, às vezes; folhas de salada selvagem das sebes – dente-de-leão, morrião-dos-passarinhos e *mâche*. E, quando os suprimentos de trigo diminuíam, como passou a acontecer com frequência, Gustave e Yves trituravam castanhas até formar uma farinha grossa que poderia ser transformada em pesados pães amarelos que assentavam no estômago como tijolos. Mas ninguém reclamava. Depois de um inverno sobrevivendo principalmente de nabos e alcachofras, todos deram boas-vindas às relativas abundância e variedade que vieram com a primavera e o início do verão. O denso pão de castanha preenchia buracos em estômagos vazios. Mas, acompanhado de um pouco de mel, até mesmo as pontas bolorentas de um pão poderiam ser transformadas em iguaria.

Em vez de pedir uma fortuna por um pote – que, a bem da verdade, a maioria das pessoas estaria disposta a pagar, se pudesse –, as meninas cobravam apenas uma quantia simbólica, distribuindo seus preciosos suprimentos o mais que podiam entre as famílias de Coulliac. Em alguns casos, não eram avessas a participar do *marché amical* (nome muito mais cordial do que "mercado negro") e discretamente trocavam um pote de mel por um pedaço de linguiça seca ou algumas maçãs murchas, as últimas da safra do ano anterior, que escondiam às pressas atrás da barraca.

Por fora, Francine aparentava seu usual estado de espírito alegre. No entanto, há alguns dias, fora requisitada a comparecer à *mairie*, onde, após aguardar por mais de duas horas em uma fila obrigatória, recebera uma estrela amarela, acompanhada da orientação de usá-la pregada em sua roupa o tempo todo. Eliane podia sentir a crescente ansiedade da amiga. Não sem razão. Os jornais traziam notícias frequentes de deportação. Os judeus, em particular, eram pegos e enviados a campos de concentração no leste, e o tom das reportagens tornava-se cada vez mais abertamente antissemita.

Quando Farber parou na barraca para comprar – a preço cheio – uma das poucas jarras de geleia que conseguiram produzir este ano (com o racionamento do açúcar limitando a produção), as mãos de Francine tremeram tanto que acabaram por esparramar o troco dele pelas pedras da praça. Jacques Lemaître, o próximo da fila, ajudou a recolher algumas das moedas e as entregou ao soldado.

– *Merci*, monsieur – agradeceu Farber.

Jacques apenas acenou com a cabeça de maneira simpática e então, após esperar o soldado se afastar em direção à *mairie*, virou-se para Eliane e Francine.

– Um pote do seu melhor mel, *mesdemoiselles* – pediu galantemente. – E como estão seus pais, Eliane? Seu irmão? Teve alguma notícia recente de sua irmã em Paris?

Stéphanie, que estava atrás dele e atenta observava as trocas entre os dois homens, passou à frente de Jacques com o pretexto de olhar os últimos potes de geleia, feitos de ameixas silvestres que as meninas colheram na beira da estrada na primavera.

– Permita-me, *mademoiselle* – disse ele de modo educado, entregando o pote a Stephanie.

– Obrigada, *m'sieur*. Acredito que não nos conhecemos, não é? Embora eu pense já tê-lo visto na padaria. – Stéphanie se apresentou e estendeu sua mão com unhas bem-feitas, sorrindo afetadamente como de costume.

– *Enchanté*. Você está certa. Sou assistente de monsieur Fournier.

– Olá, Eliane – cumprimentou Stéphanie, subitamente mudando seu foco. – Mas que lenço lindo é este? Vejo que você o tem usado bastante e me pergunto onde será que conseguiu algo do tipo?

– Da minha irmã, Mireille.

– Mesmo? Não de um de seus gratos soldados alemães no château?

Recusando-se a cair na provocação, Eliane respondeu com firmeza.

– Não. Um grato cliente em Paris o deu a Mireille, que me presenteou em meu aniversário.

– Entendi – respondeu Stéphanie, com uma risada entrecortada pela falsidade. – Será que esse cliente era um homem ou uma mulher, hein? E aquela linda bebê que sua mãe pegou para criar com tanto carinho? Deve estar bem crescidinha.

Eliane pôde sentir a raiva crescendo dentro de Francine. Sorrindo, com toda calma, respondeu a Stéphanie.

– Sim, Blanche está muito bem. É uma criança feliz, cheia de vontade própria.

Stéphanie fungou e, em seguida, devolveu o pote de geleia a Jacques, mais uma vez voltando todo o foco de sua atenção para ele.

– Você me faria a grande gentileza de trocá-lo para mim?

Francine lançou um olhar fulminante para Stéphanie, que descaradamente jogava charme na direção de Jacques.

– Somente um pote de mel, por favor, Eliane.

Stéphanie correu os olhos em Francine, demorando-se, de propósito, na estrela amarela presa na frente de sua blusa. Após colocar o mel na cesta, Stéphanie estendeu a mão para Jacques mais uma vez.

– Até a próxima, monsieur.

E foi-se embora, jogando seus cabelos pretos e brilhantes para trás.

– Adeus, então, Eliane, Francine – despediu-se Jacques, sorrindo para as duas. Quando saía, a secretária do prefeito correu até ele.

– Bom dia, monsieur Lemaître. Eu trouxe aquele artigo de jornal sobre o qual me perguntou no outro dia. Espero que ache interessante.

– Obrigado, madame. Muito gentil de sua parte e muito bem-recebido. Tenho certeza de que acharei interessante.

Ao pegar o jornal enrolado que a secretária tirou de uma sacola, Jacques o colocou debaixo do braço.

– Desejo um bom dia para as damas.

E então ele se foi, atravessou rápido a praça, dirigindo-se de maneira resoluta para a porta de seu minúsculo apartamento acima da padaria.

* * *

No dia seguinte, um domingo, Eliane espalhava algumas sobras para as galinhas, auxiliada por Blanche, agora uma vigorosa garotinha de dois anos e meio. Blanche sorriu quando o galo bateu as asas, tentando fazer valer sua autoridade sobre as galinhas – que o ignoravam, bicando o chão com empenho. As duas se surpreenderam ao avistar Jacques Lemaître descendo a trilha em direção ao moinho.

– Bom dia, Blanche e Eliane. Seus pais e Yves estão em casa? – ele perguntou ao se aproximar.

– Sim, me acompanhe, por favor.

Após conduzi-lo para dentro de casa, Eliane foi chamar Lisette, Yves e Gustave.

– Eles já estão vindo – disse ao retornar. – Aceita algo para beber? Nosso chamado café hoje em dia é feito de bolotas, infelizmente. Mas temos tisanas de tília ou erva-cidreira.

Jacques aceitou o chá de tília, absorvendo o aroma de verão da flor desidratada após Eliane colocá-la em sua frente para infusão. Ela então puxou uma cadeira e colocou Blanche virada para ela. Jacques observava a dupla enquanto as duas brincavam de bate-mão. Blanche sorria, pedindo "De novo, de novo" assim que acabavam.

Quando seus pais entraram, Eliane pôs Blanche nos braços e se levantou, com a intenção de deixá-los a sós, mas Jacques gesticulou para que ela se sentasse novamente.

– O que vou lhes dizer agora é do interesse de todos vocês – começou Jacques, em tom sério. – Ah, *bonjour*, Yves. – Ele levantou-se logo em seguida para cumprimentar Yves com um aperto de mão, dando tapinhas no ombro do irmão de Eliane, implicando um grau de amizade maior do que ela imaginava existir entre os dois jovens.

– Recebi uma cópia de uma lista – Jacques se virou, olhando para todos e continuou, sem preâmbulos. – Todos os judeus registrados na comuna de Coulliac serão presos e deportados para campos ao leste. Isso faz parte de um programa maior planejado para a zona ocupada.

Eliane arquejou e, sem intenção, acabou abraçando Blanche com tamanha força que a menina se contorceu e protestou.

– Há muitas pessoas nesta lista que ou são seus amigos ou seus vizinhos.

Os olhos de Jacques encontraram os de Eliane.

– Francine – Eliane sussurrou o nome da amiga, com seu sangue subitamente gelando, mesmo no calor intenso do dia.

Jacques confirmou.

– Ela e outros dois nas áreas mais próximas. Também estamos tentando entrar em contato com outras pessoas da lista para alertá-los.

Neste momento, Jacques se interrompeu e olhou para Yves, que assentiu.

– É só me falar quem são. Vou me encontrar com um amigo para andar de bicicleta hoje à tarde. Daremos um jeito de passar por suas portas.

À medida que Yves falava, Eliane olhava para ele com surpresa. Assim, tão de repente, seu irmãozinho se tornou alguém que ela mal reconhecia.

Jacques balançou a cabeça.

– Obrigado, Yves. Temos pouquíssimo tempo, mas lembre-se: não corra riscos.

– Sei como se deve fazer. Não se preocupe.

– Mas em relação a Francine e aos outros dois – continuou Jacques, voltando-se para Gustave e Lisette –, consegui conversar com um *passeur*, um agente que os guiará. De lá, serão movidos pela rede até chegarem a um lugar seguro. Porém, para isso, precisamos que eles atravessem tanto o rio quanto uma parte da zona não ocupada sob patrulha. Os alemães intensificaram a vigilância recentemente, então fazer isso é mais arriscado do que nunca.

Gustave olhou de relance para Lisette, que ouvia com a cabeça baixa.

– Podemos ajudá-los a cruzar o rio – disse ele –, mas como eles conseguirão chegar ao ponto de encontro?

Intencionalmente, Lisette evitou devolver o olhar do marido e, em vez disso, levantou a cabeça, encontrando o olhar fixo de Jacques.

– Sou eu quem tem permissão para ir até a zona não ocupada. E, coincidentemente, tenho uma paciente em uma fazenda perto de Les Lèves. Inclusive, estou atrasada para fazer uma visita à madame Desclins. Quando vocês estão planejando a ida deles?

Jacques estendeu o braço, apertando as mãos de Lisette, que estavam entrelaçadas sobre a mesa, como se em oração.

– Obrigado, Lisette. A senhora sabe que não lhe pediríamos isso se houvesse outra opção. Mas precisamos ser rápidos. Esta noite.

– Será uma visita de emergência, então. Madame Desclins ficará contente em me ver, é uma ansiosa mãe de primeira viagem.

Lisette sorriu ao desenlaçar suas mãos das dele e se levantar.

– Nada fora do normal. Faremos o que temos de fazer.

– Não! – A voz de Gustave falhou enquanto dava um passo à frente e agarrava o braço da esposa para impedi-la de se afastar dele. – Lisette, não posso deixá-la fazer isso. Os riscos são altos.

Pousando gentilmente a mão sobre a dele, Lisette sorriu, embora com uma tristeza oculta.

– Você sabe, Gustave, minha atitude sempre foi tentar levar as coisas como normalmente eram, ignorando a guerra o máximo possível, apenas me concentrando em manter minha família e minhas pacientes a salvo enquanto isso. Mas há uma pergunta que me faço todos os dias. – Ela olhou pela janela, na direção do açude. – Quando chegamos a uma encruzilhada? Ter seu país ameaçado? Seu modo de viver? Os lares de seus vizinhos? O seu próprio? Seus amigos correndo perigo? Seus filhos?

Lisette continua, voltando a olhar para Gustave:

– Todos temos que tomar decisões por conta própria. E, independentemente de ganharmos ou perdermos esta guerra, teremos que viver com as consequências das nossas decisões. Eu então me perguntei: "O que estará em sua consciência quando tudo isso acabar, Lisette? Qual será sua decisão quando chegar a uma encruzilhada?". Bem, cheguei a ela agora. E tomei minha decisão. Assim como todos vocês tomaram as suas – disse, olhando também para Eliane, Yves e Jacques.

Gustave soltou o braço da esposa e assentiu, mas Eliane jamais vira tamanha angústia no rosto do pai.

* * *

Um jovem casal entrou furtivamente na casa do moinho no momento em que a noite caía. Eliane os reconheceu do mercado – um rapaz que ganhava a vida consertando relógios, antes de a guerra pôr fim a tais luxos, e sua bela e vivaz esposa. Lisette os cumprimentou calorosamente.

– Olá, Daniel. E, Amélie, como estão os enjoos matinais agora?

– Muito melhor, graças às tisanas que a senhora me deu – respondeu a garota. Olhando mais de perto, Eliane notou apenas um leve arredondamento na barriga de Amélie; embora, como a maioria deles agora, ela estivesse tão magra que a caixa torácica e os ossos do quadril se projetavam do seu corpo.

Houve uma gentil batida na porta, e Eliane foi atendê-la. Sem dizer uma palavra sequer, envolveu Francine em seus braços e a levou à cozinha, fechando rapidamente a porta. Abraçando forte a amiga, Eliane sussurrou enquanto Francine chorava:

– *Courage*. Vocês precisarão se ajudar para continuarem fortes e também para ajudar minha mãe a fazer isso.

Francine assentiu, enxugando as lágrimas e esforçando-se para se recompor. Ela se virou para Lisette, que colocava suas botas.

– Madame Martin, não tenho palavras para lhe agradecer.

Lisette respondeu com um sorriso tranquilizador:

– Não se preocupe, minha querida. Você estará a salvo. A jornada rumo à liberdade não será fácil para vocês, mas sei que conseguirão – disse, pegando logo em seguida sua cesta de óleos essenciais e o estojo de couro contendo seu kit de obstetrícia.

Yves colocou a cabeça para dentro da porta e disse baixo:

– O carro está pronto, maman. Colocamos a lona no lugar.

Eliane mal pôde assistir enquanto o pai abraçava a mãe antes de ela subir na caminhonete. O olhar de Gustave lhe rasgava o coração, uma mistura torturante de dor e medo. Lisette apenas sorriu para ele enquanto saía com o carro e estendeu a mão pela janela para acariciar o ombro do marido. Ela parecia a mulher calma e capaz de sempre.

– Estarei de volta em breve – prometeu.

Os outros aguardaram alguns minutos, abrigando-se na cozinha e esperando o tempo necessário para que Lisette passasse pelo posto de controle na ponte de Coulliac. Ela teria seus documentos examinados minuciosamente quando chegasse sua vez de atravessar, e era bastante provável que a caminhonete também fosse revistada. Tudo estaria em ordem: apenas a parteira local fazendo uma visita urgente a uma de suas futuras mães do outro lado do rio.

Quando a hora finalmente chegou, Francine abraçou Eliane como se jamais fosse deixá-la ir.

– Eu nunca me esquecerei do que você e sua família fizeram por mim, minha amiga. Por todos nós – disse com dificuldade.

– Vá, vá – Eliane a apressou –, maman estará esperando por vocês na estrada do outro lado do campo a qualquer minuto. Boa sorte. E, Francine, sei que nos reencontraremos um dia.

Francine, Daniel e Amélie tiraram seus sapatos e atravessaram o açude. Gustave foi à frente, estendendo a mão para ajudar Amélie enquanto ela subia a margem do outro lado. Após a travessia, apressados voltaram a calçar seus sapatos.

– Andem sob as árvores ao longo das margens do campo – sussurrou Gustave. Um par de faróis baixos podia ser visto vindo pela estrada do outro lado. Eles piscaram por um segundo e depois ligaram novamente. – É ela. Vão, *dépêchez-vous*!

As três sombras deslizaram ao lado da fileira de acácias que delimitava o campo e, com cuidado, caminharam ao longo da cerca viva, curvando-se para manter a cabeça abaixo da linha cortada de arbustos espinhentos. A caminhonete parou ao lado da porteira e seus faróis se apagaram, de modo que a única luz agora presente vinha das estrelas. Lisette saiu do carro e foi até a parte de trás para afrouxar a lona. Daniel foi o primeiro a subir, ajudando Francine e Amélie a fazerem o mesmo. Rápida e silenciosamente, Lisette recolocou a lona. Sem dizer uma palavra, voltou para a caminhonete e deu partida no carro, acendendo os faróis mais uma vez enquanto dirigia pelas estradas vicinais que conhecia tão bem.

Enquanto isso, no moinho, Gustave atravessava de volta o açude e chegava à porta da cozinha, onde Eliane e Yves esperavam às escuras. E, acenando com a cabeça para os filhos, disse:

– Agora, esperamos. E oramos.

Abi: 2017

Não consigo nem dimensionar a coragem necessária a Francine e aos outros para irem embora daquele jeito. Imagino que tenham chegado a uma encruzilhada, assim como Lisette descreveu. No entanto, para eles também significava um caminho sem volta: fugirem ou serem mandados a campos de extermínio. A possibilidade de viver ou a certeza de morrer. Não havia muito o que escolher.

Sei como viver em um estado constante de medo causa inércia. Exaure sua força e drena sua energia, até o ponto em que você se torna uma mosca em uma teia de aranha. Quanto mais luta no início, mais firmemente os fios de seda são tecidos ao seu redor, até que, por fim, a fuga se torna algo impossível.

Por que não deixei Zac? É um questionamento que me fiz com frequência. Vejo outras pessoas pensando nisso também, nas clínicas de fisioterapia e nos grupos de apoio. Os conselheiros e psicólogos explicam isso para mim em termos clínicos de codependência, baixa autoestima e uma crença secreta, vergonhosa, de que eu merecia aqueles abusos físicos e emocionais, desferidos com uma mistura viciante de atenção e amor (ou algo do tipo) para me manter ali.

Mas, talvez, minha realidade fosse mais simples do que isso: a verdade é que eu não tinha para onde ir. Não tinha família, emprego, amigos. E, no momento em que as coisas ficaram tão ruins que eu não poderia ter deixado de ir, perdi minhas forças também. O medo do mundo desconhecido do outro lado das vidraças se tornou maior que o medo do que poderia acontecer dentro das quatro paredes do apartamento. Por isso permaneci.

Isso e, talvez, também, um fio de esperança dentro de mim, que nunca chegou a se arrebentar: a esperança de que as coisas poderiam melhorar. De que, se eu continuasse fazendo ou vestindo isso ou aquilo, do jeito que ele queria, Zac alguma hora mudaria.

Eliane: 1942

Foram as duas horas mais longas de suas vidas. Um sentimento de pânico começava a se agitar no peito de Eliane, como o bater de asas de um pássaro enclausurado, quando finalmente ouviram o barulho dos pneus da caminhonete no cascalho.

Yves e Eliane se levantaram às pressas.

– Esperem! – ordenou Gustave. Os irmãos se entreolharam, assustados, ao perceber que a mãe deles talvez tivesse sido seguida ou que nem mesmo fosse ela dirigindo o veículo, caso tivesse sido pega.

Após o que pareceu ser mais uma eternidade, ouviram passos e então a porta se abrindo. Lisette colocou suas bolsas no chão e trancou a porta com cuidado.

E sorriu, um sorriso exausto, enquanto acenava para os três e dizia:

– Outra chegada bem-sucedida proporcionada pela parteira local.

* * *

Na meia hora dourada antes do crepúsculo, enquanto Eliane afugentava a última galinha rebelde na direção do galinheiro, e Gustave e Yves fechavam o moinho, os alemães chegaram.

De uma janela na parte mais alta do celeiro, Yves avistou o jipe e o caminhão do exército vindo rápido pela estrada. Os veículos diminuíram a velocidade e pegaram a pista para o moinho, mais uma vez ganhando acelerando.

– Papa! As comportas! – gritou Yves, quase caindo das escadas na pressa para fechá-las. Foi preciso a força combinada dos dois para mover as engrenagens contra a poderosa força da água, mas, assim que os alemães pararam em frente ao celeiro, o rio já se erguia acima do topo do açude em uma violenta torrente.

As mãos de Eliane tremiam enquanto trancava o galinheiro. Respirando fundo, ela se aproximou dos soldados, dando um tempo a mais para que o pai e o irmão terminassem o que estivessem fazendo. O general saiu do jipe, acompanhado por Farber. Meia dúzia de soldados saiu do caminhão, com seus rifles carregados em riste.

– Boa noite, *mademoiselle* Martin – o tradutor a cumprimentou. O tom de sua voz era brando, mas seu olhar, sério.

– *Messieurs.*

Oberleutnant Farber cumprimentou então Gustave e Yves.

– Madame Martin está em casa?

Lisette apareceu na porta, acalmando Blanche, que se assustou com o repentino rugido das águas quando as comportas se fecharam, além do barulho de freios e portas batendo.

– Por gentileza, madame Martin, queira nos acompanhar – disse o oficial, aproximando-se.

– Posso saber do que se trata? – perguntou Lisette, calmamente. Eliane mal pôde ouvir o que a mãe disse, com a correnteza do rio e as batidas frenéticas de seu coração.

– Esperamos que a senhora possa nos dizer – as palavras de Farber saíam quase em um tom conversacional, agradável, embora o olhar carrancudo do general parado atrás dele contrastasse notavelmente.

– Eliane – Lisette acenou para a filha. – Por favor, pegue Blanche e a apronte para dormir.

Gustave deu um passo à frente enquanto a esposa caminhava em direção ao jipe.

– Eu irei também.

Um dos soldados levantou seu rifle, tirando a trava de segurança, e mirou no moinho. Lisette se assustou.

– Abaixe sua arma, sargento – a voz de Farber ainda era calma e sensata. – Monsieur Martin, isso não será possível no momento. Este grupo – disse, apontando para os soldados atrás dele – tem um trabalho a fazer. Seria do interesse de todos que o senhor não os impedisse. Estamos tomando precauções extras para bloquear outros potenciais pontos de travessia ao longo da linha de demarcação.

Os soldados começaram então a descarregar rolos de arame farpado.

– Mas é impossível atravessar aqui, como vocês podem ver – contestou Yves.

– De um jeito ou de outro – respondeu Farber –, o rio será isolado aqui. Afinal, todo cuidado é pouco durante esses dias.

Gustave, Yves e Eliane assistiram, impotentes, ao jipe desaparecer, levando Lisette para longe deles.

Quando os soldados que ali ficaram começaram a cravar estacas na margem do rio e esticar o arame de aparência cruel e pontiaguda ao longo dela, os soluços de Blanche se misturaram aos sons dos golpes e ao rugido do rio.

* * *

A primeira noite em que levaram Lisette foi de insônia para Eliane, Gustave e Yves, deixados no moinho.

No dia seguinte, Eliane tentou acalmar Blanche e niná-la, mas a garotinha estava assustada e maldisposta pelo estresse de ter assistido à sua "maman" ser levada pelos soldados, assim como pelos sons das marteladas, que continuaram mesmo com o cair da noite.

Por fim, os homens subiram no caminhão militar e partiram. Cuidadosamente, Eliane abriu a cortina e olhou para fora. Seu pai estava parado, parecendo acabado, com suas mãos fortes penduradas inutilmente ao lado do corpo enquanto observava a margem do rio. Sob o luar, as farpas do arame piscavam com malícia, refletindo sua ameaçadora mensagem na escuridão, que não necessitava de tradução: tente atravessar aqui, e você será destruído.

* * *

Sem a presença de Lisette, a sensação era de que o coração daquela casa fora arrancado. O coração da própria Eliane estava apertado, pesado e acelerado diante do medo do que aconteceria com sua mãe. Onde ela estava? O que fariam? Será que alguém a viu atravessando Francine, Daniel e Amélie pela zona desocupada para o encontro com o *passeur*? Não se podia confiar em mais ninguém naqueles dias. Vizinhos denunciariam vizinhos por diversas razões: ganhar privilégios, acertar velhas contas, proteger membros de suas famílias ou salvar a própria pele. Contudo, se os alemães tivessem certeza de que o açude fora usado como um ponto de travessia, então também teriam prendido Gustave e, provavelmente, Yves.

Outro pensamento ocorreu a Eliane, fazendo-a tremer de medo: talvez Francine e os outros tenham sido pegos e revelado o nome de Lisette para a Gestapo. Certamente, Francine não o teria feito, mas e quanto a Daniel? Se na cabeça dele isso fosse salvar a esposa e o bebê que estava a caminho, ele não conseguiria manter o segredo. E se foram torturados?

Os ponteiros do relógio da cozinha giravam com uma lentidão agonizante, fazendo Eliane querer arrancá-lo da parede. Mas tudo o que restava a ela era fazer o que a mãe teria desejado: cuidar de Gustave, Yves e Blanche, apoiando-os o melhor que podia e continuando firme e forte. Esse pensamento, e a repentina visão do rosto da mãe – calmo, sereno, sorridente – ajudaram Eliane a se recompor. Eles tinham que seguir em frente, pelo bem de Lisette, e pela esperança fervorosa de que ela voltaria para eles em breve.

* * *

Os alemães mantiveram Lisette no quartel da Gestapo, em Castillon, por três longas noites e dias. E então o milagre pelo qual a família Martin tanto orava finalmente aconteceu.

Foi durante a tarde do terceiro dia desde que Lisette fora levada. Eliane estava no château, tendo deixado Blanche aos cuidados do pai, na esperança de que cuidar da garotinha seria uma boa distração para ele, em vez de ficar sentado com as mãos na cabeça, desamparado e desesperado.

Ao ver a expressão tensa e as faces pálidas de Eliane, madame Boin insistiu que conseguiria dar conta dos afazeres na cozinha, dizendo-lhe para sair e tomar um ar fresco.

Longe da atmosfera opressiva e angustiante do moinho – mesmo que por poucas horas –, Eliane se esforçou para se concentrar no trabalho. Ao pegar a enxada, sentiu uma espécie de consolo vindo das abelhas, que continuavam com suas tarefas rotineiras.

Estar no horto a fez manter os pés no chão e a sentir que poderia respirar um pouco melhor enquanto se concentrava em seus afazeres, capinando e regando, cuidando de suas ervas plantadas com tanto amor. Os aromas de tomilho, alecrim e hortelã a lembravam dos preparos medicinais de Lisette, e então, subitamente, Eliane soube que sua mãe voltaria. Ela podia sentir isso em seus ossos e no sangue que corria em suas veias. Ia além da esperança: era uma certeza absoluta.

Ela retirava pétalas mortas das roseiras que se penduravam na parede perto do portão do horto quando levantou os olhos, assustada, ao ouvir o som de um veículo. Suas mãos começaram a tremer ao avistar um uniforme cinza. *Oberleutnant* Farber se inclinou para fora do carro e acenou para ela com urgência.

Agarrando com força a tesoura que segurava, Eliane caminhou na direção dele, que não havia desligado o veículo.

– Acompanhe-me, *mademoiselle*. Não tenha medo. Sua mãe foi liberada. Ela está em Coulliac, e vou buscá-la.

Eliane hesitou por um instante, mas então levantou seus olhos, encontrando os dele. Até aquele momento, ela mal o havia olhado diretamente – ou para qualquer um dos soldados –, mas ali viu, por trás daquela sombria farda, um rosto franco e olhos – quase tão azuis quanto os de Jacques Lemaître – carregados de uma gentil compaixão. Suas mãos ainda tremiam, mas Eliane colocou a tesoura no chão e entrou no carro. Ela tinha certeza de que se tratava do mesmo veículo que levara sua mãe três dias atrás, e, por um instante, um arrepio de medo lhe atravessou o corpo. Poderia ela acreditar nas palavras de Farber ou, assim como a mãe, também acabaria presa? Contudo, a expressão no rosto dele era tão honesta e humana que, instintivamente, Eliane sabia que podia confiar nele.

Lisette estava sentada na mureta ao lado do chafariz, localizado no centro da praça. Como ela havia vindo de Castillon, ninguém sabia. Lisette simplesmente apareceu mancando, sem olhar para os lados, enquanto ia em direção à água que jorrava na *bassin* de pedra em volta do chafariz. As mulheres que se enfileiravam do lado de fora da padaria para coletar as parcas porções de pão para suas famílias a observavam com cautela, lançando olhares de soslaio em sua direção. Stéphanie, que carregava uma sacola de compras vazia, sussurrou algo para a mulher ao lado dela.

O cabelo de Lisette tinha se soltado de sua habitual trança bem-feita, e sua roupa estava desgrenhada. Embora não houvesse sinais claros de agressão física, tudo em Lisette parecia estar quebrado. Formando uma concha com as mãos, ela lavou o rosto.

Foi então que uma das mulheres na fila saiu de seu lugar, indo ao encontro da parteira. Sentando-se ao seu lado, a mulher lhe ofereceu um lenço puído, antes de pegar as mãos de Lisette e sussurrar palavras de conforto e encorajamento.

Quando o jipe chegou à praça, a mulher rapidamente se levantou, mas, ao ver Eliane, pareceu aliviada.

– Veja só, Lisette, sua filha veio lhe buscar.

Lisette continuou imóvel, com o olhar vazio nas águas, que reluziam onde a luz do sol brincava com as gotas que caíam do chafariz.

Eliane a pegou nos braços.

– Maman – disse, sussurrando –, estou aqui. Volte para nós. Eles a levaram, maman, mas você pode voltar para nós agora.

Lentamente, os olhos de Lisette focalizaram Eliane. Ela levantou a mão, apalpando o rosto da filha. Não disse nada, mas assentiu, de um jeito quase imperceptível, permitindo que a filha a levasse na direção do jipe. Sentaram-se uma ao lado da outra no banco de trás. Eliane envolveu seu braço com firmeza no corpo da mãe, como se aquele gesto fosse fazer com que a força e a vida fluíssem de volta para ela, mas Lisette arquejava e estremecia, então Eliane rapidamente diminuiu a intensidade de seu abraço.

Oberleutnant Farber, que havia permanecido no veículo, deu partida e saiu da praça, levando-as para casa. Ao passarem pela fila ao lado da padaria, Stéphanie virou-se para olhar.

– Ora, ora, tratamento especial para certas pessoas – comentou, alto o bastante para que todos ouvissem. A maioria das mulheres da fila a ignorou, mas uma e outra franziram os lábios, em sinal de desaprovação, e balançaram suas cabeças.

Quando Farber as deixou em casa, Gustave chegou à porta ao ouvir o som do jipe. Carinhosamente, envolveu Lisette em seus braços, abraçando-a por um longo tempo, os dois parados ao lado da cerca que cobria a margem do rio. Eliane levou Blanche para dentro e começou a esquentar água, que levou ao banheiro para uso da mãe.

Apenas depois de se lavar e vestir as roupas limpas, que Eliane havia preparado para ela, é que Lisette começou a voltar para a família também em espírito. Pegou Blanche, colocando-a em seu colo. Gustave beijou seus cabelos molhados, e gentilmente começou a desembaraçá-los. Blanche apertou o rosto de sua maman com suas duas mãozinhas, dando-lhe um beijo na face. Enquanto Lisette abraçava a menina, e, à medida que o amor de sua família a preenchia, o brilho de seus olhos começou a voltar, assim como a coloração de sua face.

– Gostaria de falar sobre o que aconteceu? – Gustave a perguntou mais tarde naquele dia, quando Blanche já estava na cama e Yves havia saído para fechar o moinho. Eliane congelou enquanto tirava a mesa e o jantar que a mãe mal tocou.

Após um momento de hesitação, Lisette começou a chorar, lágrimas de desespero. E então finalmente falou, em uma voz baixa, que falhava em alguns momentos.

– Eles espancaram um garoto na sala ao lado de onde eu estava. Ouvia os gritos dele e não parava de pensar: *poderia ser o Yves ali*. Eu queria tanto que aquele som parasse, mas, quando isso finalmente aconteceu, o silêncio era ainda mais terrível.

As lágrimas rolaram pelo rosto de Eliane, enquanto ela observava estática a mãe, com receio de que Lisette parasse de falar novamente.

– E você? – Gustave perguntou em voz baixa. – O que fizeram com você?

Balançando a cabeça, Lisette o olhou com uma expressão determinada.

– Eles não fizeram nada comigo, Gustave, porque não os deixei. O que quer que tenham feito, não me atingiu. Decidi que não estava ali, naquela sala de paredes cinzas. Eu estava aqui, no moinho, com vocês.

As lágrimas de Gustave então rolaram, também, e Lisette o abraçou e o embalou, ninando-o como um bebê.

Quando as lágrimas já haviam secado, Lisette sorriu para os dois.

– Mas sabem de uma coisa? Eles conseguiram. Conseguiram! Francine, Amélie e Daniel. Os outros também. Ficou óbvio pelas perguntas que a Gestapo fez para mim. E, no final, tiveram de aceitar minha história. Afinal de contas, a caminhonete foi revistada quando fui e voltei passando pela ponte e estava vazia. Mandaram a polícia até a casa de madame Desclins, que confirmou minha visita no domingo à noite e mostrou a eles os medicamentos que deixei com ela. Eles tiveram de me liberar.

Yves retornou após fechar o moinho, e Lisette se virou para o filho, com os olhos de repente mais brilhantes do que nunca, a mulher que tanto adoravam finalmente devolvida à sua família.

– Eles conseguiram escapar, Yves! Todos eles.

Abi: 2017

Dissociação, é como penso que chamam, quando se vai a algum lugar da mente para suportar o insuportável. Foi o que Lisette fez durante aqueles três dias e noites de horror indescritível enquanto era interrogada pela Gestapo. Sara me contou que Lisette foi capaz de se isolar do que estava sendo feito com ela, imaginando estar em outro lugar, transportando-se para longe da sala de paredes cinzas; de volta ao amor do moinho. Isso é força.

Resiliência. Mais um termo que os terapeutas frequentemente usam.

– Você precisa construir sua resiliência, é o que dizem. Mais fácil para uns do que para outros, imagino. Mas penso que Lisette é um bom exemplo do que resiliência significa.

Costumava fazer o mesmo algumas vezes: sair do meu corpo. Ir para a cama com Zac começava como uma mistura inebriante de ternura e paixão, que logo se tornava outra coisa, raivosa, sem amor, opressora. E, nesse momento, minha mente deixava meu corpo, e eu me imaginava em outro lugar, qualquer outro que não fosse ali, com ele.

Eu podia sentir a necessidade dele de dominar, possuir, controlar. Ele dava afeto, apenas para tirá-lo, até eu me tornar uma pessoa confusa e aterrorizada. Passei a ser uma vigilante perpétua, incapaz de relaxar por um segundo sequer, aguardando pelo próximo ataque de raiva, ou comentário depreciativo, ou olhar na minha direção que me fazia gelar, sabendo que, o que quer que eu dissesse ou fizesse, seria um gatilho para a fúria dele.

Quando entrei para a Universidade Aberta, não me sentia mais tão presa assim ao apartamento, pois tinha outros lugares para ir – mesmo que estivessem principalmente em minha cabeça. Entrei para o curso de Letras e, embora eu me aventurasse cada vez menos fora dos confins do apartamento, comprar meus livros, estudar online e ler autores como Charles Dickens, Jane Austen e George Eliot me ajudaram a escapar para mundos diversos. Tirava boas notas nos trabalhos também e, pouco a pouco, comecei a acreditar que poderia mesmo me formar.

Vez ou outra, havia seminários. Eu poderia optar por fazê-los online, mas os vi como uma oportunidade para fugir de minhas estranhas noites no apartamento, então disse a Zac que eram obrigatoriamente presenciais. Outra mentira. Outro pequeno ato de desafio. Naquela época, pôr os pés fora do apartamento sozinha parecia uma provação terrível, mas eu sabia que precisaria me esforçar. Só que, quando os colegas do grupo, que pareciam muito amigáveis, convidavam-me para um café, eu dava alguma desculpa e voltava correndo. Eu sabia que Zac estaria de olho no relógio e checando minha localização em seu celular. Qualquer atraso inexplicável era sinônimo de problemas.

Ainda assim, com isso, fui capaz de eliminar um ou dois fios da teia que me prendia. E foi quando senti aquela centelha do meu Eu interior reacender, uma pequena e cálida chama.

Eliane: 1942

Levantando cedo no sábado seguinte, Eliane colocou seus potes de mel em cestas, deixando-as prontas para Gustave e Yves carregá-las na caminhonete e levá-las ao mercado. Gerenciar a barraca não era nem de longe o mesmo sem Francine, mas Eliane sabia que precisava seguir em frente e continuar distribuindo os suprimentos de mel da forma mais justa possível. O racionamento estava pior do que nunca.

Em Coulliac, o rio e a floresta em volta ofereciam fontes úteis de peixe e caça para complementar as minguadas porções que os moradores levavam tantas horas para receber na fila do açougue e da padaria. E a maioria deles tinha ao menos um pequeno terreno onde plantava os produtos frescos que podia. Mas Eliane sabia que as coisas eram mais difíceis para os que moravam em cidades maiores. Até mesmo em Coulliac, demandas estritas ainda prevaleciam para todos: um terço de tudo o que era produzido deveria ser entregue ao depósito dos alemães. Acumular era uma infração passível de prisão, e, apenas alguns dias atrás, um aviso fora colocado em frente à *mairie* declarando que qualquer um pego secretamente criando porcos seria sumariamente mandado à prisão e teria o animal confiscado.

Portanto, o chiqueiro do moinho precisou ser desativado. Contudo, escondidos no túnel atrás da porta, ainda oculto pelo cocho vazio e uma pilha casualmente empilhada de chapas de ferro, havia um par de presuntos curados envoltos em musselina e um estoque de patês, *rillettes* e *grattons* conservados em vidros. A família Martin poupava, consumindo-os com moderação, e com Lisette ocasionalmente compartilhando um pouco com gestantes desnutridas.

Em uma de suas caminhadas matinais para colher os cogumelos selvagens cujas cabeças despontavam no húmus que atapetava o solo da floresta, Eliane se deparou com um cercado improvisado, protegido por galhos, onde dois porcos rechonchudos fungavam e murmuravam alegres um para o outro enquanto procuravam por bolotas. Eliane sorriu e então cobriu cuidadosamente seus rastros. Alguém comeria porco assado no Natal daquele ano.

Enquanto ajudava Gustave e Yves a carregar as cestas de mel na caminhonete, Eliane se assustou ao avistar um grupo de soldados alemães aparecer entre as árvores na outra margem do rio. Foi preciso espiar por cima do emaranhado de arame farpado para conseguir ver o que faziam.

Um dos homens acenou para ela, animadamente, talvez reconhecendo a *mädchen* que trabalhava no château. Eliane usava o lenço escarlate em estilo camponês para manter suas belas madeixas loiro mel afastadas dos olhos. Em seguida, os soldados tiraram suas jaquetas e começaram a trabalhar com machados e serras de dois homens.

– O que estão fazendo, papa?

– Receberam ordens para cortar todas as árvores em volta. Ainda suspeitam que talvez as pessoas estejam atravessando, mesmo com aquela maldita cerca estragando meu rio. Jacques me disse que vão desobstruir toda a margem e montar patrulhas regulares.

Eliane se perguntava como Jacques tinha conhecimento de todas essas coisas, mas sabia ser melhor não perguntar.

Pegou então um dos potes de mel de acácia que havia enchido com todo cuidado. Era límpido como champanhe. Do outro lado do rio, uma árvore caiu, provocando um estrondo alto e uma rajada de folhas, arrancadas de seus galhos como confete. Colocando o frasco de volta na cesta, Eliane suspirou. Sem as flores de acácia, as abelhas encontrariam outras fontes de néctar entre as flores silvestres e as das macieiras: mesmo elas teriam que se adaptar com o que tinham, assim como o restante da comunidade.

* * *

Os negócios estavam fracos no mercado. Poucas pessoas ainda podiam se dar ao luxo de comprar itens como mel, ainda que a quantidade de açúcar estivesse escassa. Muitos feirantes acabaram por desistir de ir ao mercado. Já não tinham mais o que vender, com tanto devendo ser entregue ao depósito e o rigoroso racionamento. Com o que produziam, praticamente apenas conseguiam se alimentar e alimentar suas famílias. Uma ou duas barracas apresentavam perfeitas pirâmides de alcachofras, batatas, abobrinhas e nabos, mas pareciam incolores e pouco apetitosos em comparação aos de antes. Sem contar que todos já estavam cansados de comer as mesmas coisas, dia após dia.

Trocas clandestinas ainda aconteciam: algumas pessoas visitavam a barraca de Eliane e esperavam até que não houvesse mais ninguém para ser atendido, e então se esgueiravam para colocar alguns ovos ou algumas peles de coelho sob o tampo da barraca, coberto por uma toalha em guingão, em troca de um pequeno pote de mel. Mais frequentemente, entregavam a Eliane algumas poucas moedas para comprar os maiores potes de cera de abelha. Lustrar já há muito deixara de estar na lista de prioridades da maioria das pessoas, mas o querosene para as lamparinas também era escasso, tornando a cera útil para a fabricação de velas, a serem usadas durante os cortes de energia, cada vez mais frequentes. Dois garotos, que pareciam ter entre dez e doze anos, apareceram ao lado da barraca. As roupas que vestiam, pequenas demais para eles, foram remendadas e cerzidas. Suas peles se esticavam sobre os ossos de seus franzinos pulsos, que se projetavam vários centímetros além das pontas gastas das mangas das camisas. O mais velho tirou da jaqueta uma úmida oferta embrulhada em jornal.

– A senhorita por um acaso daria para a gente um pote de mel em troca desses belos peixes frescos?

O garotinho desfez o embrulho, exibindo dois pequeninos peixes que Eliane sabia serem cheios de espinhas.

– A gente pescou esta manhã – acrescentou o garotinho mais novo. – E a gente também guardou segredo. É aniversário da maman, e queremos dar um presente para ela.

Com um sorriso, Eliane lhes deu um de seus preciosos potes de mel e embalou os peixes de volta.

– Leve-os para sua maman também. Um agrado a mais para o almoço de aniversário dela. E digam a ela que desejo um feliz aniversário.

– Obrigado, Moça do Mel. – Os garotos sorriram. O mais velho então voltou a esconder o pacote sob sua jaqueta, e os dois correram para casa, com o mais jovem segurando o pote de mel à sua frente com todos cuidado, como se fosse um baú de tesouros.

Quando os últimos potes se foram, Eliane começou a desmontar a barraca e pegou os artigos que trocou no *marché amical*, colocando-os em sua cesta e cobrindo-a com a toalha cuidadosamente dobrada.

– Bom dia, *mademoiselle* Martin. – A voz de *Oberleutnant* Farber a assustou, mas Eliane rapidamente se recompôs.

– Bom dia, monsieur.

– Que pena, acho que cheguei tarde hoje para comprar um pote do seu delicioso mel.

Eliane assentiu.

– Sim, infelizmente. E não há geleia para oferecê-lo também, pois não temos mais açúcar suficiente. Mas o senhor não precisa comprar mel de mim. É meu dever servi-lo a você e a seus colegas todas as manhãs no Château Bellevue.

– Mesmo assim, gosto de apoiar o comércio local – disse ele, fazendo uma pausa logo depois. – Como está sua mãe? – perguntou então, com educação.

– Está melhor, obrigada. Bem o bastante para voltar ao trabalho.

– Que bom.

Sem mudar de expressão, ele completou:

– Você deve sentir muito a falta de sua amiga. Aquela que costumava lhe ajudar a cuidar da barraca.

Seu tom era suave, no entanto, ao olhar para ele, Eliane notou como Farber a observava com intensidade.

Ela assentiu energicamente.

– Sinto mesmo. É o dobro do trabalho sem ela. Se o senhor me permite, preciso continuar aqui.

Ele sorriu.

– Claro, *mademoiselle*, não quero atrasá-la quando está tão ocupada. Tenha um bom dia.

– *Bonne journée,* monsieur.

As mãos de Eliane tremiam após o diálogo. Por que será que ele mencionou a ausência de Francine logo após perguntar sobre Lisette? Normalmente, Eliane era uma avaliadora astuta do caráter das pessoas, mas, quando se tratava de Farber, era incapaz de decifrá-lo. Ele era uma pessoa verdadeira? Ou estava apenas tentando enganá-la para que Eliane entregasse alguma informação? O quanto ele sabia? O que ele vira? Inconscientemente, enquanto o assistia desaparecer ao subir os degraus da *mairie*, Eliane levantou a mão, pousando-a sobre o lenço de seda, que hoje usava amarrado em seu pescoço.

E foi apenas então que percebeu alguém a observando do outro lado da praça. Um jovem, grande como um urso, de cabelos escuros e desgrenhados.

O coração de Eliane parecia querer sair pela boca, e seus olhos se encheram de lágrimas de alegria.

– Mathieu! – ela gritou, correndo na direção dele, que avançava para envolvê-la em seus braços.

* * *

Os dois se sentaram no Café de la Paix para aguardar a chegada de Gustave com a caminhonete, dando-se as mãos firmemente enquanto suas xícaras do amargo substituto do café esfriavam na mesa.

Eliane tinha tantas perguntas a fazer, e tanto a contar. Mas, ao mesmo tempo, havia tanto também que não se podia dizer. Ela não poderia contar que Blanche não era realmente filha de um primo de seu pai; não poderia contar como Jacques Lemaître apareceu do outro lado do açude uma noite dessas – e que não era apenas o assistente do padeiro; não poderia contar como Yves alertou vários vizinhos judeus sobre suas iminentes deportações, dando a eles tempo para escapar; não poderia contar o que Lisette fizera nem para onde Francine fora. E não poderia contar sobre suas caminhadas em volta dos muros do horto no château. De certa forma, todos esses segredos a fizeram se sentir ainda distante de Mathieu, mesmo com ele agora ali, ao seu lado.

– Não consigo acreditar que você está mesmo aqui! – ela exclamou, acariciando a palma calejada de uma das mãos dele, e a pele macia do dorso, bronzeada pelas horas trabalhadas sob o sol. Uma mão que parecia tão familiar e estranha ao mesmo tempo. – Como você conseguiu? Como chegou até aqui?

– Cruzando a ponte, claro – respondeu Mathieu, sorrindo. – Tudo dentro da lei, posso lhe garantir. Meus documentos estão todos em ordem.

Ele então tirou uma autorização de viagem do bolso da frente de sua jaqueta utilitária de algodão.

– Estou a caminho de Bordeaux. Treinamento para meu novo emprego. Consegui trabalho nas ferrovias, no *Service de Surveillance des Voies*.

Eliane olhou para ele, confusa.

– O Serviço de Vigilância de Ferrovias? E qual será sua função?

Os olhos de Mathieu não encontraram os dela ao responder.

– Farei parte da equipe de patrulha, para garantir que nenhuma ação subversiva aconteça na linha entre Brive e Limoges.

– Ação subversiva? O que você quer dizer com isso, Mathieu?

– Nos últimos tempos, as atividades da Resistência se tornaram mais intensas. A linha que mencionei faz parte de uma ferrovia estratégica entre Paris e Toulouse. Meu trabalho será assegurar que os trens sigam suas rotas em segurança. O treinamento será em Bordeaux, mas consegui persuadir meus superiores de que este seria o melhor caminho para chegar lá. Então tenho este fim de semana e o próximo para ficar com você, mas depois precisarei voltar para Tulle. Tentei enviar um cartão-postal para avisar, mas eles me devolveram com a palavra "*Inadmis*" carimbada nele, porque coloquei o motivo de minha visita e, aparentemente, isso não é permitido entre as zonas ocupadas e não ocupadas. Mas aqui estou! Dois finais de semana para ficar junto de você, depois de todo esse tempo: parece um milagre!

Nesse instante, Gustave e Yves chegaram com a caminhonete para buscar Eliane. Os dois ficaram pasmos e bastante contentes ao ver Mathieu, com muitos abraços e viris tapas nas costas sendo trocados entre eles.

– Vamos – chamou Gustave, após Mathieu explicar brevemente como chegou a Coulliac. – Não podemos desperdiçar um minuto sequer de sua visita. Vamos para o moinho. Lisette ficará tão feliz em vê-lo. E me conte, como está seu pai? Luc?

Após colocarem as cestas de Eliane na carroceria, todos entraram no carro e seguiram para casa.

* * *

Naquela noite, Eliane e Mathieu se sentaram próximos ao salgueiro, como haviam feito com tanta frequência no passado. Agora, no entanto, devido às cercas de arame farpado, já não era mais possível se sentar às margens do rio, sob a copa de seus galhos. Os dois então abriram uma lona tirada do celeiro e se sentaram na parte mais alta da margem, levantando seus rostos, sentindo o calor daquela noite de verão.

Mathieu assobiou quando avistou pela primeira vez as mudanças empreendidas pelos alemães no Moulin de Coulliac: embora o emaranhado espinhoso dos arames de aparência brutal obscurecesse parcialmente a vista através do rio, os tocos de árvores abatidos ainda podiam ser vistos na margem oposta, além de outra barricada, instalada naquela manhã assim que os soldados terminaram com seu trabalho de fazer as acácias desaparecerem.

– Quando fizeram isso com as árvores? – perguntou Mathieu.

– Hoje mesmo. E colocaram aquela cerca lá do outro lado, também. Estão reforçando a segurança.

Mathieu balançou a cabeça, e então se voltou para Eliane.

– Tentei vir antes. Em uma noite, no ano passado, consegui uma carona até Sainte-Foy. Fiz o resto do trajeto a pé, me esquivando das patrulhas do outro lado porque, naquela época, ainda não tinha minha autorização. Eu sabia que se fosse pego iria para a prisão ou seria deportado para um campo de concentração. Mas eu precisava correr o risco, ao menos para tentar vê-la. Consegui chegar até aqui, mas aí então percebi que alguém havia fechado as comportas, então ficou impossível atravessar o açude. Eu tentei, mas fui forçado a voltar.

Eliane se aproximou dele, beijando-lhe a face.

– Ah, Mathieu. Mas eu sempre soube que você estava lá fora. Mesmo com seus cartões não chegando, e os meus próprios voltando, não importava. Eu sabia que você estava lá.

– Esses malditos cartões com suas caixinhas para assinalar e, então, apenas treze linhas para tentar dizer o que está no seu coração. Isso sabendo que o cartão será lido e, na maioria das vezes, devolvido ou destruído. É terrível que essa guerra tenha nos impedido de falar livremente. Tiraram nosso país, e até nossas vozes.

– Mas algumas coisas eles jamais conseguirão tirar de nós. Nosso rio, por exemplo. Eles podem colocar essas cercas de arame farpado e cortar as árvores, mas veja só isso – e, com a palma da mão esticada, Eliane apontou para a água, que a luz do entardecer mais uma vez transformava em ouro. Os dois assistiram à dança das donzelinhas azuis-safira por alguns instantes. – E eles não podem nos tirar nossas esperanças e sonhos. Não importa quantas regras nos imponham, não importa o quanto nos privem das coisas.

Mathieu respondeu:

– Esbarrei com um amigo em Sainte-Foy, o cara que costumava testar os vinhos do Château de la Chapelle. Ele me disse que os Cortinis estão indo bem. Mas também me contou alguns rumores sobre atividades da Resistência aqui, na zona ocupada. Ele acredita haver uma rede secreta que envia mensagens às Forças Francesas Livres do general de Gaulle, assim como recebe mensagens de volta, em apoio aos Aliados. Dizem que conseguiram até fazer algumas pessoas atravessarem a linha, de alguma forma e, depois, da zona não ocupada para um local seguro. Você já ouviu falar de algo assim por aqui?

Eliane balançou a cabeça e deu de ombros, ainda mantendo seus olhos fixos no rio.

– Coulliac é o mesmo lugar pacato de sempre. Apenas continuamos tentando nos alimentar. Não há muito tempo para mais do que isso.

Uma repentina imagem de monsieur Le Comte sentado próximo ao altar da capela do Château Bellevue surgiu na mente de Eliane. Ela recordou pensar ter ouvido vozes, mas, logo depois, o encontrou sozinho. De repente, Eliane teve certeza de que suas caminhadas estavam entregando mensagens de Londres para os guerrilheiros da Resistência no alto das colinas de Coulliac, direcionando seus movimentos, ajudando-os a planejar seus atos. E ela sabia que aquele era mais um segredo que precisaria guardar de Mathieu. Mesmo sentada ao lado dele, segurando-lhe a mão, Eliane sentia a cunha de todos aqueles segredos sendo empurrada um pouco mais fundo, forçando-os a se separar.

No ar parado da noite, o som de um trem passante veio em boa hora, dando a Eliane a oportunidade de mudar de assunto.

– Conte-me mais sobre esse trabalho que você fará.

– É uma função bastante nova. As ferrovias estão contratando mais e mais gente, pois precisam manter as linhas funcionando. Há cada vez mais atos de sabotagem pela Resistência, então meu trabalho é vigiar essas linhas e, ou tentar prevenir esses atos de acontecerem, ou consertar as ferrovias, caso já tenham acontecido, para que os trens continuem a rodar. Já faz tanto tempo que venho tentando encontrar uma forma de encontrá-la e continuar ajudando meu pai. Ele está com um problema sério de coluna. A dor é tanta em alguns dias que ele mal consegue se levantar. E Luc não dá conta de administrar a fazenda sozinho. Então preciso estar lá com eles. Você me entende, Eliane?

Eliane assentiu.

– Mas é claro que sim. – Após um momento de hesitação, continuou: – Mathieu, os trens que passam por aquelas linhas carregam o quê?

Mathieu baixou os olhos e arrancou um pedaço de grama, dividindo-o cuidadosamente com o polegar.

– Levam e trazem suprimentos vitais para eles de Paris.

Eliane pegou a mão de Mathieu gentilmente.

– Mas também carregam armas e munições que os alemães usam para matar mais de nosso povo. E algumas vezes até levam o nosso povo dentro deles. Você deve ter visto com seus próprios olhos os vagões de gado de que todos ouvimos falar, levando nossos compatriotas embora. Essas pessoas nunca mais voltam – ela concluiu. – Elas são levadas para campos de concentração.

Eliane balançou a cabeça, com tristeza.

– Mulheres e crianças, famílias inteiras vão para campos onde as condições são tão terríveis que podem não conseguir sobreviver.

– Como você sabe disso? São apenas rumores.

Os olhos cinza-claros dela encontraram os suplicantes olhos castanho-escuros dele. E ela então repetiu:

– Essas pessoas nunca mais voltam, Mathieu.

O rosto de Mathieu ficou corado – se pela culpa ou pela raiva, difícil dizer – e sua expressão, magoada.

– Aceitei esse trabalho para poder ver você, Eliane. Já fazia dois anos. Odeio ficar longe de você. Apenas significa uma forma de eu poder viajar com mais facilidade. Vou ter de me virar com dois empregos agora, trabalhando na fazenda durante o dia e nas ferrovias à noite. E farei isso por nós, e também para tentar pôr comida na mesa de minha família. Estamos realmente lutando para sobreviver, agora que boa parte do que produzimos é destinada ao esforço de guerra.

Eliane olhou mais uma vez para o rio, mas a luz havia mudado e a água, voltado ao seu tom marrom opaco. As donzelinhas se foram e, preso em sua gaiola de espinhos de metal, o rio agora parecia sem vida.

– Eu sei, Mathieu. Eu entendo.

– Todos temos que assumir riscos nesses tempos. Não significa que estou do lado dos alemães. Eu preciso fazer isso, por você e por meu pai e Luc.

Um leve arrepio passou pelo corpo de Eliane, mesmo com o ar quente e pesado do verão o envolvendo.

– Hora de entrar – disse ela, sorrindo para ele.

Enquanto recolhiam a lona em que estavam sentados e a devolviam ao celeiro, nenhum dos dois conseguiu olhar para o outro.

No dia seguinte, ao sair para pegar o trem que o levaria para Bordeaux, Mathieu a abraçou forte, como se não conseguisse suportar deixá-la ir.

Eliane o beijou e disse, sorrindo:

– Boa sorte em seu treinamento. Te vejo no próximo fim de semana.

Mathieu assentiu, incapaz de falar no momento, e rapidamente se virou e partiu, sem olhar para trás.

Abi: 2017

Uma tempestade está se formando, exatamente como aquela que me trouxe até aqui. É possível senti-la se aproximar: o calor é sufocante e o céu noturno, tão escuro, que a sensação é de se estar dentro de uma caverna. Nuvens espessas e ameaçadoras apagaram as estrelas. Deitei-me com as venezianas abertas, esperando que a noite trouxesse ao menos um pouco de frescor. Mas o ar quente me pressiona de todos os lados, tornando impossível dormir.

De repente, o quarto é iluminado totalmente pelo clarão de um relâmpago, e, poucos segundos depois, um trovão ribomba, ameaçador, no céu enegrecido. Afasto o mosquiteiro e vou até a janela. Um outro clarão ilumina a imagem do rio e das árvores, em minhas retinas como o filme de uma câmera, e me inclino para juntar as venezianas enquanto praguejo a trava de metal quebrada. Pego então uma de minhas camisas e uso suas mangas para amarrar as duas partes, isolando-me do próximo trovão que ressoará no ar como a explosão de uma bomba.

Volto para a cama. E agora, atrás da dupla barreira formada pelas venezianas e pelo mosquiteiro, sinto-me segura, sabendo que a tempestade não pode me atingir aqui. Por quantas vezes Eliane e Mireille devem ter passado pelo mesmo, ouvindo as tempestades, vendo os clarões dos relâmpagos e escutando as gotas de chuva se chocando contra o telhado da casa do moinho.

Para Eliane, a guerra deve ter soado um pouco como esta tempestade, imagino. A princípio, algo distante, perceptível apenas no horizonte, incapaz de atingi-la. No entanto, conforme se alastrava, ano após ano, e os engolia, Eliane escolheu sair da segurança de seu quarto no sótão e encará-la, indo ao encontro de outras pessoas pegas por ela, ajudando-as.

Finalmente, o intervalo entre o relâmpago e o trovão aumenta conforme a tempestade passa. A chuva se transforma em um suave tamborilar no telhado. Enquanto vagueio em algum estado entre a vigília e o sono, Eliane aparece para mim.

– É sua escolha, Abi – ela me diz. – O mundo está lá fora só esperando por você, quando estiver pronta. Você é mais forte do que imagina.

Ela sorri ao partir, deixando para trás um leve rastro de cera de abelha e lavanda.

Eliane: 1942

Durante a semana, enquanto Mathieu estava em Bordeaux para seu treinamento no Serviço de Vigilância de Ferrovias, Eliane teve dificuldades para se concentrar em suas tarefas no château. Era início de agosto, e o ar quente e úmido parecia drenar a energia de seu corpo. A sensação era de estar caminhando dentro de uma sopa grossa enquanto regava as ervas no horto. Até mesmo as abelhas pareciam se mover mais lentamente, embriagadas pela generosidade do néctar de verão enquanto trabalhavam para preencher os quadros superiores das colmeias. Eliane coletava o mel com a maior frequência possível, mas tinha consciência de que, no decorrer de poucas semanas, com a chegada do outono, aqueles preciosos suprimentos diminuiriam. E sabia também que precisaria ter um cuidado especial de deixar mel o bastante para as abelhas passarem o inverno – agora que não havia açúcar para complementar os estoques de mel caso ficassem baixos.

Contudo, não era apenas o calor que tirava suas forças. A lembrança da conversa com Mathieu a distraía. Ele estava certo: havia aceitado um trabalho que ajudaria a família dele a enfrentar aquele período difícil, além de lhe dar mais liberdade para atravessar a linha de demarcação, e, assim, encontrar-se com ela de tempos em tempos. Por quê, então, isso a perturbava tanto? O pensamento naqueles trens levando pessoas para os campos a deixava horrorizada. Parecia que, de repente, os dois se encontravam em lados diferentes de uma linha invisível. Não era apenas a linha demarcada pelos alemães que os separava. Eles agora trabalhavam um contra o outro, puxados em direções opostas pelas correntes da guerra.

E todas as coisas que Eliane não podia revelar para ele continuavam ali, entre os dois, tão impenetráveis quanto uma barricada de arame farpado.

* * *

Mathieu apareceu no mercado no meio da manhã. Chegou à barraca de Eliane e deu-lhe um forte abraço. Ela o beijou e afundou o rosto em seu peito por um momento, sentindo os aromas de sua jaqueta, que, normalmente, cheirava a ar fresco e feno da fazenda. Após a semana passada em Bordeaux, porém, sua roupa havia absorvido os cheiros da ferrovia: óleo de motor e fumaças de cigarro e diesel. Os cheiros de um estranho.

– Vou me sentar ali no café – disse Mathieu, quando o próximo cliente de Eliane apareceu. Ele cruzou a praça até o Café de la Paix, onde colocou sua bolsa de lona nas pedras do calçamento e puxou uma cadeira de uma das mesas redondas.

Ficou sentado, observando Eliane sorrir e conversar enquanto atendia à pequena fila de clientes formada, mas seu devaneio foi rapidamente interrompido.

– Olha só quem está aqui. Olá, Mathieu! Que prazer ver *você* depois de tanto tempo.

– Stéphanie. Olá. Bom vê-la também – respondeu Mathieu, levantando-se para cumprimentá-la com dois beijos na face.

Sem esperar ser convidada, Stéphanie foi logo se sentando à mesa.

– Então me conte – perguntou, com seus olhos arregalados e inocentes, enquanto tocava o braço de Mathieu –, o que o traz aqui a Coulliac? Uau, nossa, tenho tantas perguntas a fazer. Você precisa me contar todas as suas novidades. Está tudo tão chato aqui hoje em dia, ter que economizar e escarafunchar por aí para ter o que comer, e nem sei lhe dizer quantas horas passo nessas filas toda semana. Suponho que a situação esteja melhor em Tulle, sem alemães soprando em seu cangote todas as horas do dia.

– Mas temos a polícia e os guardas civis, impondo as regras do governo de Vichy – Mathieu respondeu de modo ameno, quando teve chance de falar. – Suspeito que seja quase o mesmo.

– Olhe como fiquei magra – Stéphanie continuou, como se Mathieu nada tivesse dito. – Tenho certeza de que estou horrível, não estou? – perguntou, enquanto alisava os cabelos longos e pretos e sorria, dissimulada, esperando por um elogio da parte dele.

Mathieu olhou para a esguia figura de Eliane atrás da barraca. As tiras de seu avental estavam firmemente amarradas em volta da cintura, segurando também a blusa folgada em seu corpo, e a pochete de couro, onde guardava o dinheiro, havia ganho alguns orifícios novos para que não acabasse escorregando pelos seus quadris.

– Acho que todos mudamos bastante nos últimos dois anos.

Seguindo o olhar de Mathieu, Stéphanie deu-lhe um petulante tapinha no braço, na tentativa de ganhar sua atenção.

– E veja como meu vestido ficou surrado, Mathieu. Mas acredito que cada um tem que fazer o melhor com o que se tem, não é mesmo?

Mais uma vez, lançando a isca para pescar elogios.

– Você está muito bem, Stéphanie, como sempre – respondeu Mathieu educadamente.

Ela sorriu, jogando charme, e então perguntou:

– E você não vai me oferecer um café, Mathieu?

Enquanto suas amargas bebidas eram servidas em xícaras pequenas e grossas, Stéphanie avistou Jacques Lemaître saindo da padaria para seu horário de intervalo, indo até o chafariz para conversar com Yves Martin, que havia chegado de bicicleta.

– Quem é? – perguntou Mathieu. – Acho que não o reconheço.

Stéphanie se virou para ele, como se estivesse surpresa.

– Jacques? É o assistente do padeiro. Já faz um tempo que está aqui. Como você pode ver, é um grande amigo da família Martin. Não falaram nada sobre ele? Está sempre por aí com Yves. E Eliane também – ela não pôde resistir a acrescentar.

– Não, ninguém falou nada sobre ele. – Mathieu deu de ombros. – Mas na verdade mal tivemos tempo de conversar.

– Então me conte: o que o tem deixado tão ocupado assim? – perguntou Stéphanie, voltando toda sua atenção para Mathieu, inclinando-se na direção dele enquanto o ouvia falar sobre o treinamento nas ferrovias.

– Ah, Mathieu. É tão reconfortante saber que está cuidando da segurança de todos. Não que eu tenha ido para algum lugar de trem esses dias. Aliás, não tenho ido para lugar algum, seja de trem ou outro meio de transporte. E Bordeaux, como é? Belíssima?

Mathieu deu de ombros mais uma vez.

– Se você gosta daquele tipo de coisa, suponho que sim. É uma cidade. Pessoas demais para meu gosto.

Cada vez mais irritada com a incapacidade dele de entrar na dança em suas tentativas de flerte, Stéphanie voltou se recostar na cadeira, olhando a praça. Nesse momento, *Oberleutnant* Farber saiu da *mairie*. Dando um cutucão em Mathieu, ela continuou:

– Ali está outro dos novos amigos da família Martin, que aposto que Eliane não mencionou.

Uma fagulha de malícia brilhou nos olhos dela, mas Mathieu não percebeu, observando, em vez disso, o soldado alemão se aproximar da barraca.

Farber disse algo para Eliane, e Mathieu a viu sorrir e balançar a cabeça. Ela então se abaixou para alcançar uma cesta embaixo da mesa, pegando um pote de mel. Eliane o pôs na frente dele. Farber contou o dinheiro e o passou para ela, que o colocou em sua pochete. Mas o soldado não parecia estar com a mínima pressa de ir embora. Não havia outros clientes na barraca, e ele então ficou e conversou por mais algum tempo. Mathieu a viu sorrir outra vez, ajeitando o chamativo lenço amarrado em volta do pescoço.

Finalmente, Farber pegou seu pote de mel e caminhou lentamente na direção da *mairie*, parando para falar com um dos guardas alemães nas escadarias, antes de desaparecer prédio adentro.

– Deve ser bom ter amigos do alto escalão – comentou Stéphanie, com um calculado tom de despreocupação. – Ela tem uma vantagem, claro, por se relacionar com os alemães todos os dias no Château Bellevue. Muito útil ter tais permissões especiais. Os Martins parecem se alimentar melhor do que o resto de nós por aqui. Estão sempre por aí se exibindo e distribuindo restos nos cestos de caridade. E, enquanto todo mundo precisa entregar o que produz, *mademoiselle* Eliane é permitida a ficar com seu mel e vendê-lo. Também ouvi dizer que ela ganha cupons extras de abastecimento para que o pai a traga e a leve em sua caminhonete.

Mathieu terminou com seu café amargo e colocou a xícara, chacoalhando, de volta no pires.

– Não acho que isso proceda, Stéphanie.

Mas ela pôde ver que seus comentários começavam a surtir efeito, e aquela fagulha mais uma vez dançou em seus olhos. Stéphanie suspirou, como se sentisse grande pena.

– Ah, Mathieu... – e pousou gentilmente sua mão no braço dele mais uma vez –, odeio ser a pessoa a lhe contar isso, sei o quão próximo de Eliane você era antes de partir. Mas, como sua amiga, sinto que devo falar a verdade.

– A verdade? O que você quer dizer com isso?

Naquele momento, Stéphanie de certo tinha toda a atenção de Mathieu:

– Olha lá – disse, apontando a cabeça na direção de Jacques Lemaître, que se aproximava da barraca de Eliane. – Veja como ela flerta com todo mundo. O assistente do padeiro, o soldado alemão, e posso lhe garantir que não esperou muito após sua partida.

O rosto de Mathieu ficou vermelho de raiva.

– Isso não é verdade! Eliane não é assim.

– Acredito que, hoje, ela é assim, Mathieu. Claro, devemos não tentar julgar o próximo tão duramente, a guerra provoca coisas terríveis e faz as pessoas mudarem. Mas você vê aquele lenço ali que ela está usando?

Mathieu assentiu. Ela o usava na semana passada também, ele recordou.

– Bem, dizem por aí que foi dado pelo seu admirador alemão. Onde mais Eliane conseguiria um lenço como aquele? Ela o exibe por todo lugar aonde vai.

– Mas ela me contou ter sido um presente da irmã, de Paris – Mathieu replicou.

Stéphanie sorriu. Levemente, mas com desdém.

– Foi isso o que ela disse? O único presente que os Martins receberam de Mireille é aquela bebê com quem ela apareceu. Dizem que Eliane não é a única se relacionando com os alemães. Mireille largou a filha ilegítima com a família e depois voltou correndo para Paris, o mais rápido que pôde. Todo mundo achou estranho, ela querer voltar para lá tão de repente, mas, claro, as tentações de uma vida luxuosa, sendo regada a vinho e boas comidas por soldados alemães nos melhores restaurantes, devem ter sido irresistíveis depois de ter se livrado da criança. E aí inventaram aquela história toda sobre a menina ser filha de um primo de Gustave para encobrir a vergonha da família.

O sangue se esvaiu do rosto de Mathieu, e sua pele ficou coberta de suor, úmida e pálida, apesar do bronzeado por seus dias de trabalho na fazenda.

– Não acredito em nada do que você falou, Stéphanie – disse, parecendo nauseado.

Stéphanie encolheu seus estreitos ombros.

– Então não acredite em mim, Mathieu. Sei que deve ser chocante para você ouvir a verdade. Tudo o que posso fazer é lhe contar o que realmente está acontecendo, para o seu próprio bem. Odeio ver um amigo sendo feito de idiota. Mas para mim não muda nada se você acredita ou não.

Stéphanie se levantou, ajeitou a saia de seu vestido e passou a mão pelos cabelos.

– Obrigada pelo café, Mathieu. E boa sorte com o trabalho. Venha me ver algum dia desses, caso passe por aqui.

Com os olhos voltados para Eliane, certificando-se de que ela visse na companhia de quem Mathieu estava, Stéphanie se inclinou e deu-lhe um beijo de despedida. Mathieu continuou sentado, chocado, ecoando as palavras de Stéphanie na cabeça.

Após alguns minutos, Yves apareceu em sua bicicleta.

– *Salut*, Mathieu! Posso me sentar com você?

– Claro, por favor. Uma companhia sã vai ser muito bem-vinda agora.

Yves sorriu para ele.

– Pois é. Vi Stéphanie se jogando para cima de você. Aquela garota não desiste nunca. Isso eu tenho que reconhecer!

– Quem é aquele cara com quem você conversava no chafariz?

– Jacques? É um cara legal. Trabalha na padaria. Eu o conheci fazendo as entregas de farinha por lá.

Foi então que Mathieu percebeu: Yves, normalmente tão sincero e direto, não conseguiu encontrar o olhar indagador dele ao responder.

– Não que haja muita farinha para entregar esses dias, é claro – Yves continuou. – Estamos moendo castanhas agora. Milho e aveia também. O que nos restou foi comer ração animal. Mas imagino que seja o mesmo do outro lado da linha também, não é mesmo? Tempos difíceis para todos.

E agora Mathieu notou como a conversa foi completamente desviada do assunto "Jacques Lemaître". Por alguma razão, Yves não queria falar sobre seu novo grande amigo.

Mathieu olhou para o outro lado da *place*. Eliane percebeu seu olhar e acenou. Ajustando o lenço de seda para que ficasse mais firme, ela começou a desmontar a barraca.

E, em vez de ir até lá ajudá-la, como normalmente o faria, Mathieu permaneceu imóvel, observando-a atentamente e deixando a tagarelice de Yves entrar por um ouvido e sair pelo outro.

Durante o percurso de volta à casa do moinho, Mathieu não abriu a boca e, ao chegar lá, mal tocou no almoço que Lisette havia feito usando hortaliças da *potager* de Eliane para preparar um nutritivo caldo servido com pão de castanha, um macio queijo de cabra e, para celebrar a visita de Mathieu, algumas fatias do precioso presunto curado da caverna atrás do chiqueiro.

E aquela boa comida acabou por virar serragem na boca de Mathieu, envenenada pelas dúvidas que Stéphanie plantou em sua cabeça.

Ao terminarem a refeição, ele disse:

– Venha, Eliane. Vamos dar uma volta às margens do rio.

Eliane pegou na mão de Mathieu, que mal correspondeu, enroscando seus dedos em volta dos grandes nós dos dedos dele. Enquanto caminhavam pela margem do rio, pegando um caminho estreito e poeirento que contornava as espirais de arame farpado, Eliane perguntou:

– Mathieu? Há algo de errado?

Ele parou e se virou para encará-la. E então tocou a rica seda do lenço que ela ainda usava, agora preso frouxamente em volta do pescoço.

– Quem lhe deu isso? – ele perguntou, com a voz beirando a um sussurro.

Eliane baixou os olhos.

– Eu já disse. Foi um presente de Mireille.

– Eliane – o tom de Mathieu era de súplica –, me conte a verdade. Onde você conseguiu isso?

Ela então levantou os olhos, mais uma vez encontrando os dele.

– Sinto muito, Mathieu. Não posso lhe contar.

– Entendo – ele disse, serenamente. – E Blanche? Quem são os pais dela de verdade?

Eliane fez uma leve careta, confusa pela repentina mudança de assunto.

– Desculpe me, Mathieu. Mas não posso lhe contar isso também. Quero dizer a verdade. Mas a verdade é que há coisas que não posso dizer.

Mathieu se virou para o rio, onde a água estava encarcerada em sua gaiola de aço. Ele parecia ter dificuldades para falar, engolindo em seco várias vezes antes de finalmente dizer:

– Ah, Eliane, o que esta guerra fez com você?

A voz de Mathieu tremia com a insuportável dor que partia seu coração ao meio.

Eliane tentou se aproximar para abraçá-lo, mas ele recuou.

– Mathieu, olhe para mim, por favor.

Com esforço, Mathieu voltou a encará-la. Ele mordia o lábio com força, e seus olhos estavam vermelhos, ardendo pelas lágrimas que se recusava a deixar cair.

– Esta guerra fez a mim o mesmo que a você – disse Eliane. Sua voz era calma e firme; ao contrário da dele, carregada de emoção. – Tive que fazer escolhas e tomar decisões, assim como você. Estamos todos apenas tentando sobreviver.

– Mas, Eliane, esta guerra não pode durar para sempre. E o que acontecerá depois? Quando ela acabar, teremos que conviver com o que fizemos.

– Sim, Mathieu. Teremos que conviver com o que fizemos. Do mesmo modo, todos teremos de conviver com o que *não* fizemos.

Os dois permaneceram em silêncio por um instante, virando-se logo depois e seguindo o caminho na direção do moinho, cada um encasulado em seus próprios pensamentos.

– O que você quer fazer agora? – Eliane o perguntou, ao chegarem ao final do caminho que levava à casa.

Mathieu deu de ombros.

– Já estou há muito tempo longe do meu pai e de Luc. Se eu partir agora, há um trem saindo de Sainte-Foy. Chegarei em Tulle ainda à noite.

Uma lágrima rolou pela face de Eliane, caindo em seu lenço, fazendo a borda de seda escarlate ganhar um tom vermelho-sangue.

– Mathieu – ela disse com dificuldade –, eu sinto muito.

Mathieu assentiu, incapaz de falar naquele momento. Um tempo depois, disse:

– Você se lembra do que falei semana passada? Que tiraram de nós nossas vozes, assim como nosso país?

Eliane levantou os olhos, encontrando os dele.

– Mas eles não podem nos silenciar para sempre. Chegará o dia em que, finalmente, a verdade poderá ser contada.

Mathieu balançou a cabeça.

– De repente, a verdade pareceu se tornar algo tão complicado. Sinto muito, Eliane, mas é melhor eu pegar minhas coisas e ir embora agora.

Eliane o acompanhou até a ponte e o observou mostrar seus documentos aos guardas, que gesticularam permitindo-lhe a passagem. E, enquanto Mathieu se afastava, incapaz de olhar para ela, a linha que os separava se tornou mais impossível do que nunca de ser cruzada.

Parte 3

Eliane: 1943

Em novembro de 1942, as forças alemãs assumiram o controle de toda a França, movendo suas tropas para a zona até então desocupada. Contudo, em Coulliac, pouco fez diferença a retirada da linha de demarcação – na verdade, parecia haver mais bloqueios nas estradas do que nunca, e os postos de controle nas pontes permaneceram onde estavam. Transitar por diferentes regiões do país ainda era proibido sem os documentos exigidos, e continuava a ser tão difícil obter um *ausweis* como antes.

Dia após dia, Eliane esperou por um cartão-postal de Mathieu. Os que ela o enviava desapareciam no limbo, não respondidos. Qualquer resposta, mesmo as treze linhas censuradas, com notícias insípidas sobre a colheita da última temporada, mostrariam que Mathieu a havia perdoado por ela não ter lhe contado tudo. E que confiava nela novamente. Contudo, nada chegou. Eliane disse a si mesma que talvez ele tivesse escrito, mas a entrega, sido recusada, mesmo não acreditando muito nisso.

A geada cortava o ar noturno, e a névoa envolvia o rio quando Eliane saiu para o trabalho em uma manhã de fevereiro. Foi então que ouviu vozes – Gustave e Yves faziam algo na altura das comportas –, mas ela mal podia distinguir suas figuras. Pareciam tentar retirar algo pesado do rio, e ela então se aproximou para ver se precisavam de sua ajuda. A névoa mudou de direção, redemoinhando e se dissipando por um momento. Eliane arquejou. Ao ouvi-la se aproximar, Gustave se virou, gritando:

– Fique aí! Não chegue mais perto.

A essa altura, no entanto, Eliane já havia visto o corpo de um homem preso na entrada de um dos canais da comporta. Yves usava o canivete dado por Mireille para cortar as roupas do homem, presas ao arame farpado que as seguravam com suas afiadas garras.

Juntos, pai e filho içaram o corpo. A água do rio escorria da jaqueta e das calças saturadas do homem, e, enquanto Eliane observava, a água ficou rosa, escurecendo rapidamente para um vermelho profundo. O torso do homem estava crivado de buracos de bala.

Gustave rasgou uma saca vazia de farinha, usando-a para cobrir o corpo o melhor que podia.

– Quem é ele, papa? – Eliane perguntou. Ela não conseguia ver claramente o rosto do homem, descorado e inchado pelo tempo submerso. Por um terrível instante, pensou se tratar de Jacques Lemaître.

Gustave balançou a cabeça, a expressão sombria.

– Ninguém que eu reconheça. Mas um *maquisard*, tenho certeza. Os alemães querem acabar com a Resistência. Devem tê-lo pego e o executado.

Yves, que estava de joelhos ao lado do corpo, virou-se subitamente para o lado e vomitou na grama. Gustave deu um tapa de leve nas costas do filho, murmurando suavemente e então, quando a ânsia de Yves passou, ajudou-o a se levantar.

– Eliane, acompanhe seu irmão até em casa e conte à maman o que aconteceu.

– O que fazemos agora, papa?

– Esperarei até às nove, e então reportarei à *mairie*.

O rosto dele estava quase tão pálido quanto o de Yves.

– Está se sentindo bem o bastante para trabalhar, Eliane? Acho que seria melhor tentarmos prosseguir com nossos afazeres quanto mais normalmente pudermos.

Eliane assentiu.

– Ficarei bem.

– E Eliane?

– Sim, papa.

– Você está com seu lenço? Tenho a sensação de que talvez você precise fazer uma caminhada hoje depois que essa névoa passar.

Eliane tirou o lenço do bolso de seu avental, mostrando-o para o pai. Sem dizer uma palavra, amarrou-o firmemente em volta da cabeça e pegou o irmão pelo braço, ajudando-o a voltar para casa.

Abi: 2017

Enquanto me apronto para dormir, penso na parte da história de Eliane que Sara me contou hoje. Inclino-me na janela para alcançar as venezianas e fechá-las, e, sob luar, o rio passa, avançando silenciosamente em direção ao mar. Ouço o bater das asas dos morcegos na escuridão enquanto sobrevoam as águas escuras da piscina acima do açude, e estremeço. É até difícil imaginar o horror de um cadáver boiando ali; Gustave e Yves o retirando; Eliane ajudando o irmão a voltar para casa.

Coloco a pesada trava de ferro no lugar para fechar as venezianas, com firmeza contra essas imagens. Jean-Marc esteve aqui hoje para consertá-las, e agora elas se encaixam perfeitamente, bloqueando morcegos, mariposas e demais criaturas aladas da noite. Jean-Marc também me ofereceu um chá de lima desidratada, que trouxe para meu quarto no sótão. Seu cheiro é doce como os dias de verão.

Estico languidamente minhas pernas sob o lençol enquanto tomo minha tisana. Isso é uma novidade para mim: sentir-me capaz de ocupar tanto espaço. Quando compartilhava a cama de Zac, costumava ficar do meu lado, o direito, ocupando o menor espaço possível. Esforçava-me para não correr o risco de tocá-lo sem perceber. Não queria acordá-lo.

Fui diminuindo cada vez mais, até que me perguntei se um dia eu poderia desaparecer por completo.

Termino meu chá, coloco a xícara na mesinha ao lado da cama e apago a luz. Na escuridão, além das venezianas, ouço o leve respingo de um peixe pulando e mergulhando de volta nas misteriosas profundezas do rio.

Quando começo a pegar no sono, pensamentos e memórias emergem e submergem da minha mente. Um cadáver parece algo feito de cera. O que permanece parece irreal, quando a vida que ocupava aquele corpo se esvai. Pergunto-me o que seria essa centelha de vida que se extingue. O que constitui o nosso Eu. Cheguei perto de perdê-lo, o meu Eu interior. Achei que havia morrido. No entanto, de alguma forma, aquela centelha sobreviveu. De alguma forma, no último instante, quando meu Eu estava prestes a ser extinto para todo o sempre, ela reacendeu.

Eliane: 1943

Gustave tinha razão: no dia em que retiraram o corpo do *maquisard* do rio, o conde pediu a Eliane mais uma vez, para caminhar ao redor dos muros do horto, após o pálido sol de inverno eliminar a névoa do vale do rio. A caminhada daquele dia, no entanto, foi mais longa – três voltas, e no sentido anti-horário. Por baixo do lenço, apesar do frio, seu couro cabeludo formigava com o suor, e, mais do que nunca, Eliane se sentiu exposta aos olhos de quem quer fossem os vigilantes que a observavam lá fora, de algum lugar. Ela não conseguia tirar da cabeça a imagem do corpo daquele homem, preso ao arame farpado, e se sentiu maldisposta e pouco à vontade enquanto fazia sua caminhada. Uma sensação de alívio inundou seu corpo ao adentrar a cozinha do château, onde se ocupou amarrando um maço de plantas que colhera e mais tarde penduraria próximo ao fogão da casa do moinho para secar.

Ao chegar em casa à noite, não havia ninguém na cozinha.

– Papa? Maman? Yves? – chamou Eliane, que então ouviu o ranger das tábuas do assoalho acima de sua cabeça, com passos rápidos que iam e voltavam. Subindo as escadas, Eliane encontrou Lisette no quarto de Yves, indo de um lado para o outro, retirando peças de seu guarda-roupa e colocando-as em uma bolsa de lona. Blanche começou a chorar, de sua pequena cama no canto do quarto de Lisette e Gustave.

– O que está acontecendo? – perguntou Eliane, confusa.

– Yves está de partida – respondeu Lisette. A angústia imprimia rugas em seu rosto que a fizeram parecer muito mais velha, repentinamente. – Quando seu pai foi até a *mairie* esta manhã para reportar o corpo encontrado no rio, a secretária do prefeito lhe entregou um recado para repassar a Yves, a respeito de uma nova lei: *Service du travail obligatoire*. Também afixaram hoje na praça uma portaria sobre este Serviço de Trabalho Obrigatório. Agora, em vez de enviarem trabalhadores com habilidades particulares, eles mandarão grupos inteiros aos campos de concentração, por faixa etária. Yves foi convocado a se apresentar em alguns dias.

– Yves... – sussurrou Eliane, imediatamente lembrando-se dos trens que ressoavam ao longe. E foi então que outro pensamento lhe ocorreu. – E Mathieu? Essa lei se aplicará a ele também.

Lisette fez uma pausa enquanto dobrava um suéter de lã.

– Sim, mas não se preocupe. Mathieu não precisará ir. A portaria dizia que algumas classes de trabalhadores estão dispensadas, como a polícia e os bombeiros. E quem trabalha no Serviço de Vigilância de Ferrovias.

Um turbilhão de emoções acertou Eliane em cheio, tornando difícil pensar direito.

– Mas Yves em um campo de concentração.

Lisette apertou os lábios e balançou a cabeça.

– Seu irmão não vai para lá.

– Por que a senhora está fazendo as malas dele, então?

– Ele decidiu se esconder com os *maquisards*. Esta noite. Ele e seu pai estão resolvendo algumas coisas no moinho, de modo que fique mais fácil para seu pai administrar as coisas sozinho, então eu disse que faria as malas do seu irmão. Yves não pode levar muito, na verdade.

Lisette desabou, incapaz de continuar a falar quando um soluço lhe apertou a garganta.

Eliane deu um passo à frente e envolveu a mãe com os braços, enquanto Lisette derramava suas lágrimas nas dobras do suéter que ainda segurava, com os ombros pesados.

– O que posso fazer? – perguntou Eliane.

Os choros de Blanche ficaram mais agitados, e Lisette sorriu, enxugando suas lágrimas com as costas da mão.

– Vá confortar Blanche. Leve a pequena para a cozinha e dê a ela uma infusão de camomila. Desço em um minuto. E, Eliane, precisamos nos manter fortes ao dizer adeus para Yves. Como presente de despedida, vamos deixar a memória dos nossos sorrisos e do nosso amor. Daqui para frente, Yves precisará de toda a força que pudermos dar a ele.

Os cachinhos escuros de Blanche estavam encharcados pelas lágrimas, e a garotinha estendeu os braços quando Eliane se inclinou para pegá-la, fechando as mãozinhas atrás do seu pescoço e apertando-o com firmeza, como se jamais fosse soltá-lo.

Eliane a tranquilizou.

– Calminha, *ma petite.* Vai ficar tudo bem.

– Eian, cadê Yves? – perguntou Blanche. Ela vinha lentamente aprendendo a falar ("O que não era de se surpreender, depois de tudo pelo que passou", dizia Lisette), mas começava a fazer progressos em seu vocabulário – embora "Eian" fosse o mais próximo de "Eliane" que conseguia chegar.

– Ele está vindo. Está ajudando o papa, mas já vem para lhe dar um abraço bem grandão. Yves precisará ficar longe de nós por um tempo, mas ele voltará.

Eliane fervorosamente esperava que o que dizia fosse verdade, tanto para seu próprio bem quanto para o de Blanche.

– Yves já volta? – perguntou Blanche, com os cílios em volta de seus grandes olhos castanhos ainda úmidos e espetados pelas lágrimas que havia derramado.

– Espero que sim.

– Espero que sim – repetiu Blanche, balançando a cabeça de maneira enfática. – Já.

Eliane mergulhou algumas flores de camomila desidratadas em um pouco de água morna e depois coou o líquido em uma pequena xícara decorada com borboletas, que Blanche adorava. Ela se sentou e embalou a menina em seu colo, cantarolando baixinho enquanto Blanche bebia seu chá calmante.

A porta se abriu, deixando uma rajada de ar frio invadir o calor da cozinha por um instante, quando pai e filho entraram. Gustave se esforçava para parecer tranquilo e otimista, concentrando-se em assuntos práticos e dando a Yves pequenos conselhos.

– Mantenha seus pés sempre secos, ou você vai se arrepender. Engraxei bem suas botas para você. Ouça o que os outros disserem, eles são experientes. E tenho certeza de que haverá muitos como você se juntando a eles em breve, homens que pensam ser melhor sobreviver nas florestas do que viver encarcerado em um campo de concentração.

Yves estava quieto, muito mais contido do que de costume, e de repente parecia tão mais velho para Eliane, mas, ao mesmo tempo, assustadoramente jovem. Eliane queria chorar por ele, seu irmãozinho, forçado a fazer essa escolha, forçado a abandonar o conforto e o amor de seu lar para viver em fuga e dormir sem nenhum conforto ao lado de estranhos. Foi quando se lembrou das palavras da mãe e então se esforçou para sorrir. Ainda assim, não se atreveu a falar, temendo desmoronar. Em vez disso, acenou para o irmão e começou a cantar, em tom suave, uma das canções favoritas de Blanche – tanto para Yves quanto para a garotinha em seu colo:

– *Il y a longtemps que je t'aime* –, Há tanto tempo lhe amo.

Yves tocou o ombro da irmã, fazendo a voz de Eliane vacilar por um instante. Ela respirou fundo e continuou quando Yves se abaixou para dar um beijo na cabeça de Blanche. A garotinha se esticou, envolvendo o pescoço de Yves com seus bracinhos, sorrindo e acompanhando a letra da música com Eliane enquanto o abraçava.

Quando a música acabou, Yves se desvencilhou dos braços da pequena Blanche e saiu da cozinha abruptamente, subindo as escadas de dois em dois degraus com seus passos largos e galopantes.

Em poucos minutos, reapareceu, carregando sua bolsa em uma das mãos e, com a outra, abraçando a cintura de Lisette, que pouco antes havia secado as lágrimas derramadas e, como Gustave, tentava manter um semblante positivo.

Houve uma leve batida na porta, e Eliane girou em sua cadeira, vendo Jacques Lemaître na soleira, que acenou com a cabeça para todos eles e apertou com firmeza a mão de Yves.

– Tudo pronto? – perguntou, sem preâmbulos. – É hora de partir.

Yves assentiu, com a garganta apertando de tal forma que não conseguiu pronunciar uma palavra para dizer adeus à família. Ele então abraçou cada um, segurando a mãe em seus braços por vários e silenciosos segundos. Por sobre o ombro do irmão, Eliane viu os olhos da mãe se fecharem, e um tremor momentâneo, pela intensa dor da separação, atravessar o rosto de Lisette. Por fim, Yves se desenlaçou da mãe e colocou a bolsa no ombro. Jacques deu um tapinha nas costas do amigo e então sorriu para a família que ficava.

– Não se preocupem. Vamos cuidar bem dele, e, sempre que puder, avisarei como ele está indo.

– Obrigado, Jacques. Que Deus os acompanhe – disse Lisette, estendendo a mão na direção de Yves, para poder tocar o filho uma última vez. Mas Yves já havia se virado e começado a caminhar em direção à porta. Lisette deixou a mão cair, puxando seu avental. Eliane a alcançou e a pegou, apertando-a forte para dar força às duas.

E então a porta se fechou, com Yves e Jacques desaparecendo na noite congelante.

* * *

Desde o início do ano, um novo tipo de força policial francesa, a Milícia, havia sido contratada para trabalhar ao lado da Gestapo. No mercado, enquanto organizava os poucos potes de mel e cera de abelha restantes ao lado de alguns potes de compota de maçã – aos quais adicionou sementes de cominho para mitigar o azedume da fruta, agora na ausência de qualquer açúcar –, Eliane notou um par de milicianos, com seus trajes marrons e azuis, parados ao lado do chafariz, assistindo ao ir e vir das pessoas no mercado. Ela reconheceu um deles vagamente. Era natural de Coulliac.

Stephanie passou por eles carregando sua cesta e sorriu, enquanto jogava os cabelos por sobre os ombros. O mais jovem dos dois se endireitou, comentando algo que a fez parar e se virar na direção deles, aparentemente mostrando o conteúdo de sua cesta. Ela sorria de modo exagerado durante a conversa. Enquanto Eliane observava, Stéphanie aproximou-se dos dois, como se confidenciasse algo a eles, e então olhou por cima do ombro na direção da barraca. Os policiais seguiram os olhos de Stéphanie, avaliando Eliane. Após mais algumas trocas de palavras, Stéphanie seguiu seu caminho e, ao passar pela barraca de mel, sacudiu casualmente uma partícula imaginária de sujeira do punho de sua blusa, evitando olhar para Eliane.

Os milicianos vieram caminhando, sem pressa, com suas baforadas formando pequenas nuvens no ar gelado da manhã.

– Bom dia, *messieurs* – Eliane os cumprimentou educadamente, quando os dois chegaram.

– *Mademoiselle* Martin, não é isso? – perguntou o homem cujo rosto Eliane reconhecia.

– *Oui,* monsieur.

– Diga-nos, *mademoiselle* – o homem falou em voz baixa, mas com maldade suficiente para fazer as mãos de Eliane tremerem enquanto ajustava a toalha de algodão na mesa –, onde poderíamos encontrar seu irmão esses tempos?

Eliane o olhou diretamente nos olhos, e o brilho de seu olhar cinza e firme pareceu perturbá-lo um pouco.

– Quem dera eu soubesse, *m'sieur*. Não o vemos há muito.

Eliane continuou a fitá-lo, recusando-se a ser a primeira a desviar o olhar. Por fim, o homem piscou e baixou a cabeça para a esparsa coleção de potes da barraca.

O outro soldado olhava de um lado a outro e lambia os lábios rachados e escamosos repetidas vezes, lembrando-lhe uma cobra.

– E seu namorado? Mathieu Dubosq, estou certo? Dele você ouviu falar?

Eliane o olhou de relance, assustada. O que é que Mathieu tem a ver com Yves? Com certeza, ele estava ocupado trabalhando para proteger as ferrovias. Respirando fundo, calmamente, e lembrando-se de ser cuidadosa para nada revelar, Eliane respondeu:

– Não tive notícias de Mathieu desde que partiu de Coulliac a última vez. Acredito que tenha voltado para Tulle. E ele não é mais meu namorado.

A cobra comentou com ar zombeteiro:

– Essa daí mente muito bem, não mente?

O primeiro miliciano fez uma careta.

– Bem, então, caso tenha notícias de qualquer um deles, você se assegurará de nos contar, não é mesmo, *mademoiselle* Martin? Temos alguns questionamentos a fazer para os dois, relacionados a atos de subterfúgio, incluindo destruição de propriedade estatal.

O par se afastou, parando aqui e ali para questionar outros feirantes. Os poucos moradores de Coulliac que se aventuraram a sair naquela fria manhã se dispersavam ao ver os policiais. A Milícia já havia recebido a fama de ser pior do que a Gestapo, pela brutalidade com que tratava seus compatriotas. A fluência no idioma e os conhecimentos sobre a região – incluindo cada informante – acabavam por torná-los uma ameaça ainda maior.

Eliane observou o caminhar dos dois em volta do mercado. As barracas também haviam diminuído bastante em número, com pouco a ser compartilhado ao fim de mais um intenso inverno. Os alimentos tornaram-se tão escassos que quase todas as famílias tinham seus *jours sans* – "dias sem" –, quando mal comiam qualquer coisa. No moinho, o que restava dos suprimentos dos Martins chegava ao fim, e Eliane colhera as últimas batatas e os últimos nabos de sua *potager* à beira do rio no dia anterior. Seu estômago roncava enquanto olhava para o céu cinzento, ansiando pelos primeiros sinais da primavera, quando as florestas e os campos despertariam – tornando-se, mais uma vez, uma despensa ao ar livre – e suas abelhas começariam a trabalhar para criar novos estoques de mel com a ajuda das flores das árvores frutíferas.

E foi então que Eliane ouviu o som, milagrosamente, como se o tivesse conjurado dos céus: o ranger enferrujado dos primeiros grous voando acima de sua cabeça. Havia apenas alguns, a vanguarda dos machos fazendo sua jornada de milhares de quilômetros rumo ao norte. As fêmeas e os jovens iriam depois, de uma só vez, em bandos de milhares de pássaros que apareceriam no horizonte, preenchendo o céu azul da primavera com seus brados. O coração de Eliane bateu mais forte. O sinal enviado por aqueles *grues* era uma mensagem de esperança. Continue firme: a primavera mais uma vez desabrochará.

Eliane esperava que, de onde quer que fosse, Yves também os visse. E esperava que voassem sobre Mathieu enquanto ele arava os campos lamacentos da fazenda e preparava o terreno para as safras daquele ano. Enquanto os assistia desaparecer ao norte, Eliane desejou ainda que tomassem um curso oriental e sobrevoassem Paris, criando uma linha de conexão entre ela e Mireille.

– Ainda estamos aqui – Eliane sussurrou para si. – Continue firme: a primavera mais uma vez desabrochará.

Abi: 2017

Como encontramos resiliência para seguir em frente? Todos aqueles anos de inanição e isolamento do mundo exterior devem ter pesado tanto sobre Eliane e sua família. Mas os Martins tinham tanto ao que se apegar. Tinham uma comunidade, tinham um ao outro.

Na fase mais solitária da minha vida, em que me sentia murchando e morrendo como uma planta que necessita de água, luz e nutrientes, algo dentro de mim me fez estender a mão. Algum instinto profundo de sobrevivência entrou em ação no instante em que senti o resto de minhas forças se esvaindo.

Não foi nada dramático. É provável até que parecesse insignificante aos olhos de um observador casual. Quando Sam, uma garota alegre e amigável do meu grupo no seminário da faculdade, chamou-me para tomar um café, em vez de dar minhas costumeiras desculpas e fugir, vi-me respondendo:

– Vamos. Seria ótimo.

Fiquei surpresa comigo mesma. Eu não pretendia dizer sim. Quando nosso pequeno grupo atravessou a rua na direção de um café, minha mente foi a mil por hora. O que eu estava fazendo? Zac ficaria furioso. O que eu diria para ele? Ainda assim, algo me fez permanecer com o grupo. Seguir meus colegas e passar com eles pela porta daquele aconchegante café, puxar uma cadeira, pedir um *latte*. E, pelos quarenta e cinco minutos seguintes, lembrei como era a sensação de rir fácil na companhia de pessoas gentis, juntando-me ao coro de reclamações sobre a impossibilidade de ler *Ulisses* do início ao fim – muito menos escrever um ensaio coerente sobre a obra – e ouvindo recortes das vidas de outras pessoas.

Durante aqueles quarenta e cinco minutos, lembrei como era a sensação de me sentir eu mesma. Mas, claro, houve problemas ao chegar em casa. Senti isso no momento em que coloquei a chave na fechadura. Zac estava sentado no sofá de frente para a entrada do apartamento, com uma garrafa de vinho tinto quase vazia na mesa de café em frente a ele. A televisão estava ligada, mas Zac não olhava para ela. Ele olhava para o vazio, e seus olhos eram tão intensamente frios e escuros quanto a noite de inverno do outro lado da janela de vidro.

Ele não me olhou, apenas continuou sentado ali, deliberadamente me esperando fazer o primeiro movimento. Gato e rato.

Pendurei meu casaco, tirei minhas botas e me aproximei dele com um sorriso que, esperava eu, camuflasse de maneira convincente meu medo interior. Senti meus ombros tensionando e desenrolei minhas mãos ao perceber a força com que cerrava meus punhos.

Antes, no caminho para casa, pensei em várias desculpas. De que havia acontecido um "incidente" no trem (quantas vezes me imaginei dando um passo a mais naquela plataforma, na direção daquele vão que acenava para mim, buscando o esquecimento na celeridade do trem que se aproximava?). Ou que, por impulso, acabei decidindo pegar um ônibus ("Grande erro, o trânsito estava um verdadeiro pesadelo!", eu me ouvia dizendo para ele). Mas foi então que aquela pequena centelha do meu Eu, intensificada um pouco mais pelos três quartos de hora de café e conversas, simplesmente me fez dizer a verdade.

– Desculpe por eu chegar um pouco atrasada. Alguns de nós fomos para um café depois do seminário.

Meu tom de voz era leve e alegre. Quem sabe eu não conseguiria me livrar dessa vez? Afinal de contas, não havia feito algo de errado.

No entanto, lá no fundo, eu sabia que não me livraria. Sabia o que estava por vir. Eu sabia. Sabia que jamais voltaria a tomar uma xícara de café depois de um seminário.

Sim, com certeza é esse mesmo o termo: dissociação. Quando sua mente deixa seu corpo – um meio de suportar o insuportável.

Eliane: 1943

Apesar da profunda sombra lançada por aquela guerra aparentemente interminável, monsieur Le Comte se mantinha o cavalheiro de sempre com seus "hóspedes" alemães, que continuavam a deixar o velho homem a usar sua biblioteca e capela todos os dias. Na cozinha, os resmungos de madame Boin vez ou outra transbordavam em frustração pela falta de ingredientes decentes e a monotonia da comida que tinha de preparar: quase sempre, restos de carne de cavalo eram tudo o que havia disponível no açougue, e madame Boin jurou que, uma vez que a guerra estivesse acabada, ela jamais, nunca mais, comeria nabo ou *topinambour* na vida outra vez.

Com frequência cada vez maior, o conde continuava a pedir para Eliane fazer suas caminhadas vespertinas em volta dos muros do horto. O lenço de seda havia perdido um pouco de sua cor e se desgastado levemente nas pontas, mesmo com Eliane o lavando, passando e remendando com o maior cuidado do mundo todos os finais de semana. Sua rica estampa, porém, permanecia bem distinta.

Nas últimas caminhadas de Eliane, sua sensação de mal-estar só aumentava. Os olhos de quem a vigiavam? Ela tentava tirar da cabeça os milicianos que a visitaram em sua barraca havia tantos meses, o homem natural de Coulliac e seu colega, de língua afiada e olhos de cobra, dizendo a si mesma que Yves e seus colegas *maquisards* estavam olhando por ela.

Jacques se tornou um visitante frequente do moinho após a partida de Yves. Eliane era grata pela ajuda que ele dava ao seu pai quando podia, assim como pelas notícias que ocasionalmente trazia de que Yves ia bem com seus novos camaradas. Yves queria que a família soubesse que ele estava mantendo os pés secos e trocando sua roupa de baixo regularmente, assim como instruído por seu papa e sua maman. As últimas notícias fizeram Lisette gargalhar.

– Essas palavras são puro Yves! – exclamou. – Aquele jeito atrevido dele!

Eliane também percebeu que Jacques não parecia ter a menor pressa para ir embora da casa do moinho após entregar suas mensagens ou trazer um pouco de pão da padaria. Com frequência, permanecia na casa do moinho, tomando uma tisana e perguntando a Eliane como ela havia passado o dia. Embora nunca parecessem conversar sobre temas de grande relevância, Eliane sentia um estreitamento da conexão entre os dois e não pôde deixar de notar os beijos de despedida que Jacques passou a lhe dar nos últimos dias e a aparente relutância dele em voltar para seu solitário apartamento sobre a padaria.

Da parte de Eliane, ela se via pensando nele vez ou outra, enquanto fazia suas tarefas no château ou brincava com Blanche no moinho. O jeito com que o cabelo dele caía sobre um de seus olhos azuis; como o rosto dele se iluminava ao vê-la; como a expressão dele mudava de séria e focada para relaxada e sorridente em rápida sucessão: facetas de Jacques que faziam-na sentir como em um dia de verão, mesmo sob um céu encoberto. Jacques desempenhava seu papel com maestria, bem entrosado com a comunidade já há três anos, fazendo Eliane quase se esquecer de que era um cidadão inglês que poderia simplesmente desaparecer de volta para sua terra natal a qualquer hora.

Conforme o frio intenso do inverno ia perdendo controle sobre a terra, e os primeiros narcisos selvagens abriram caminho pela grama lamacenta ao longo da margem do rio, os Martins respiraram aliviados que agora, pelo menos, as coisas melhorariam um pouco para Yves – em qualquer caverna na encosta ou clareira na floresta que fosse atualmente seu lar.

Nos jornais, eram publicados relatos crescentes de atos da Resistência: pontes e linhas férreas sendo sabotadas, o depósito de alimentos dos alemães, invadido. Mesmo as notícias descrevendo os incidentes nos termos mais desaprovadores, também traziam esperanças de que os rumos da guerra poderiam estar mudando. Esses atos subversivos, contudo, nunca ficavam sem punição: pessoas eram levadas pela Milícia ou pela Gestapo para interrogatório. Algumas voltavam para suas casas, espancadas e acabadas, incapazes de olhar seus vizinhos nos olhos, forçadas a entregar informações – reais ou supostas – sob tortura. Outras jamais voltavam. Por vezes, famílias inteiras eram levadas.

E, ao longe, os ruidosos trens continuavam a passar, ameaçadores, cruéis, carregados com suas cargas de sofrimento humano. Naquela primavera, rumores começaram a reverberar por toda a França sobre uma iminente invasão aliada. O exército de ocupação permanecia em alerta máximo, forçado a manter suas bases na França, enquanto os russos lançavam ataques planejados na frente oriental. Semanas se passaram, no entanto, e nenhuma invasão aconteceu. Eliane sentia a tensão crescente entre os soldados no Château Bellevue, embora ainda bebessem satisfeitos os vinhos da adega do conde, acompanhados das refeições que madame Boin preparava com quaisquer alimentos disponíveis.

O país passava fome, e os cortes de energia eram frequentes. O preço dos alimentos estava nas alturas, mas os Martins seguravam as pontas pescando nos canais das comportas e andando na floresta e nas sebes à procura de alimentos. Mas logo a relativa generosidade da primavera acabou por secar sob o intenso brilho do sol de verão. Apenas as abelhas de Eliane prosseguiam sem ser afetadas, colhendo a todo vapor o néctar das flores silvestres que eram resistentes o bastante para suportar o calor.

* * *

– Papa! O que o senhor está fazendo aqui? – perguntou Eliane, assustada ao ver o pai surgir à porta da cozinha do château. Ele respirava pesadamente, como se tivesse corrido, e transpirava com o calor. Havia farinha grudada em suas roupas, que pendiam frouxamente de seu corpo outrora robusto, além de uma sujeira em seu rosto.

Gustave se recostou no batente, recuperando o fôlego.

– Monsieur Le Comte, ele está aqui? Preciso falar com ele, é urgente.

– Está, sim, acho que na capela.

– Você pode chamá-lo para mim, minha filha? Mais seguro eu ficar aqui, no caso de ter alguém por perto.

Eliane presumiu que por "alguém" seu pai se referia aos alemães, alguns dos quais estavam de folga naquela tarde e se retiraram para a sombra do terraço para um cochilo após o almoço.

Eliane assentiu e correu quintal afora na direção da capela, onde bateu na porta e girou a maçaneta. A porta estava trancada. Mais uma vez, ela ouviu um leve murmúrio de vozes vindas lá de dentro, e então o arrastar de uma cadeira e os lentos passos do conde no corredor, acompanhados pelas batidas de sua muleta nas antigas lajotas do piso da capela.

– Desculpe-me por incomodá-lo, mas meu pai está aqui. Ele disse que precisa falar com o senhor urgentemente.

O conde balançou a cabeça, puxando a grossa porta de madeira e trancando-a com uma pesada chave de ferro, que recolocou no bolso do paletó.

– Você primeiro, minha querida.

Na porta da cozinha, Eliane hesitou, incerta se deveria deixá-los a sós. Mas o conde a chamou.

– Vamos precisar de uma de suas caminhadas, Eliane. De qualquer forma, penso que agora você já sabe de boa parte do que está acontecendo – disse ele sorrindo para ela, gentilmente.

Eliane confirmou.

– É o Jacques – disse Gustave sem introduções, como se já estivessem no meio da conversa. – Ele está comprometido.

O conde assentiu.

– Sabíamos que provavelmente isso era apenas questão de tempo. A Milícia há meses vem fazendo investigações, e, como é de nosso conhecimento, seus métodos para extrair informações podem ser brutalmente persuasivos.

– Precisamos tirá-lo de Coulliac imediatamente.

– Onde ele está agora?

Gustave olhou de relance para a filha.

– Hoje, nas montanhas... ele teve um encontro com nossos amigos de lá. Já deve estar voltando, mas os alemães esperam por ele na padaria. Fui até lá entregar a farinha e os vi. Havia um oficial da Gestapo observando da janela do apartamento de Jacques, além de soldados na praça.

– Nesse caso, é imperativo que comuniquemos isso a ele. Ainda não é tarde para nossos amigos o interceptarem. Eliane, você se importaria de fazer uma pequena caminhada?

Eliane não respondeu com palavras, apenas desamarrou o lenço de seu pescoço e o prendeu à cabeça.

– Hoje, o padrão da caminhada será diferente – explicou o conde. – Gostaria que você fosse para o outro lado do muro e andasse de um lado para o outro. Por favor, faça isso sem parar até que eu vá até lá e dê o sinal. Você pode fazer isso, Eliane?

Assentindo, ela pegou sua cesta.

– Se alguém perguntar, direi que estou colhendo cerefólios. Eles crescem mesmo naquele lado e nos seriam úteis em todo caso.

Madame Boin usava suas sementes e folhas no lugar do açúcar, a fim de diminuir a acidez de quaisquer frutas que conseguissem colher.

Lá, as flores brancas dos cerefólios formavam uma espuma acima de suas finas folhas, semelhantes as samambaias. Eliane ia e voltava, ia e voltava, mal parando enquanto colhia as plantas e as colocava na cesta que levava no braço. De um lado a outro ela seguia, mantendo a cabeça erguida.

O terreno se inclinava abruptamente naquele lado do château, e o vale abaixo era coberto por uma densa floresta que poderia esconder o quê?

Um bando de *maquisards*? Ou uma dupla de milicianos? Uma patrulha de soldados alemães? Ou Jacques Lemaître? Eliane tentava não pensar em quem possivelmente a observava. Do outro lado do vale, o terreno subia abruptamente mais uma vez, com as árvores dando lugar ao matagal seco – o "maquis", de onde os guerrilheiros da Resistência tiraram seu nome. Enquanto caminhava, Eliane pensou ter visto uma luz tremeluzente vinda do terreno elevado, como se algo refletisse, fugazmente, os raios de sol vespertinos na direção do château. Pouco depois, monsieur Le Comte apareceu, apoiado em sua bengala.

– Obrigado, Eliane. Conseguiu colher o suficiente para deixar madame Boin contente?

Eliane então mostrou a ele sua cesta cheia de plantas.

Monsieur Le Comte balançou a cabeça em sinal de aprovação.

– Leve-as de volta para a cozinha agora, minha querida. Seu pai já foi para casa. Está tudo bem.

Afastando-se dela, monsieur Le Comte voltou para a capela. Apesar do calor daquela tarde, um leve tremor de mau presságio atravessou o corpo de Eliane, enquanto o observava ir. O conde parecia tão frágil, de repente, em um estado de tamanha vulnerabilidade envolvendo-se em incomensuráveis atos de coragem bem embaixo do nariz do exército alemão.

* * *

Nada parecia fora do comum enquanto Eliane voltava para o moinho no fim da tarde. Para além das cercas de arame farpado, o rio corria lentamente em seu curso, e os insetos que costumavam aparecer naquele horário tremulavam suas asas acima da superfície da água, sob os últimos raios de sol. Aqui e ali, um peixe emergia para pegar um dos minúsculos insetos voadores, desaparecendo tão rápido quanto um sonho e deixando apenas um círculo de ondulações concêntricas cada vez maiores como evidência de suas aparições.

No entanto, ao entrar na cozinha, encontrou o pai indo de um lado a outro, agitado.

– Ai, graças a Deus você finalmente chegou, Eliane! – exclamou Gustave.

– Cheguei no horário de sempre, papa – respondeu ela, sorrindo calmamente.

– Eu sei, mas acontece que a Milícia nos fará uma visita mais tarde. Estão tentando encontrar o paradeiro de Jacques, já que ele não voltou para seu apartamento esta tarde. Vão querer falar em especial comigo, mas talvez queiram questionar você e sua mãe também. Seria melhor se você não estivesse aqui quando chegarem.

– Onde está maman?

– Lá em cima, colocando Blanche para dormir.

– Mas papa… – Eliane começou a protestar. Gustave a silenciou.

– Sem objeções, *ma chérie*. Em todo caso, tenho outro trabalho para você. Preciso que ajude a esconder o Jacques.

– Mas onde? E onde ele está agora?

– No celeiro. Precisamos tirá-lo daqui, e agora.

– E onde podemos escondê-lo?

Gustave sorriu, um pouco soturnamente.

– Temos o lugar perfeito. E está bem debaixo dos pés dos alemães.

– O túnel?

Gustave confirmou.

– Sim, o túnel. Vamos, leve esta cesta de mantimentos que sua mãe preparou. Tem uma garrafa de água também. Precisamos ir. Agora.

Chegando ao celeiro, Gustave abriu a porta e chamou baixinho.

– Olá, Eliane – disse Jacques, ao emergir do interior escuro do celeiro. – Você foi muito bem hoje. Eu lhe devo minha vida.

Jacques carregava uma mala que parecia pesada, com o peso o fazendo inclinar ligeiramente para o lado.

– Conseguiu retirar algumas coisas do apartamento, pelo menos?

Jacques balançou a cabeça.

– Não, Eliane. Isso é um transceptor. Felizmente, nós o usamos para transmitir mensagens à rede esta tarde, então ele estava comigo. Eles não devem ter achado nada suspeito quando invadiram meu apartamento. E conseguimos salvar um recurso muito valioso, assim como ocultar uma prova bastante incriminadora.

Gustave já havia escancarado a rústica porta de madeira do chiqueiro e afastava as pilhas de pranchas de madeira e chapas de ferro encostadas na parede do fundo. Podia-se ver uma porta improvisada, inserida na parede de rocha na parte de trás da pequena caverna onde os porcos costumavam ser alojados. Gustave tirou uma chave do bolso, enfiando-a na enferrujada fechadura. Com um pouco de força, virou-se e empurrou a porta, acenando para que o seguissem. Ao acender uma lamparina que ficava em uma prateleira escavada na rocha, o grupo pôde ver os depósitos de vinho e farinha escondidos ali – agora, infelizmente, esgotados. Já não havia mais presunto na despensa secreta, e os potes de patê e *grattons*, igualmente, há muito esgotados.

Nos fundos daquele pequeno espaço, uma estreita abertura conduzia à escuridão. Gustave entregou a lamparina a Eliane e apontou.

– Sigam para cima. O caminho dá voltas e mais voltas, mas, quando chegar a uma bifurcação, mantenham-se à esquerda. Vocês caminharão mais um pouco e então chegarão à grande caverna que fica exatamente embaixo do château. Fiquem lá. Há querosene o bastante na lamparina para umas duas horas, além de fósforos e velas na cesta. Viremos lhe buscar quando for seguro, Eliane. Mas esteja preparada para passar a noite aqui, se necessário. Você sabe o quão persistentes nossos amigos da Milícia podem ser.

Gustave deu um abraço apertado na filha, e Eliane notou o quão finos seus braços estavam; ainda assim, fortes como aço, dando a ela a coragem necessária para pegar a lamparina e levar Jacques escuridão adentro. Antes de partir, Gustave apontou para um robusto ferrolho do lado de dentro da porta.

– Tranquem quando passarem – instruiu a Jacques, dando-lhe um aperto de mão. Jacques assentiu.

– *Bon courage*, Gustave.

– Para vocês também – respondeu Gustave, virando-se abruptamente e partindo.

Assim que Jacques trancou a porta por dentro, os dois deslizaram pela abertura nos fundos do depósito e entraram no túnel, onde o caminho se tornou bastante íngreme. Eliane ergueu a lamparina para iluminar o caminho. Essa parte do túnel era estreita, e, atrás dela, Jacques carregava de modo desajeitado a pesada bolsa à frente do corpo para conseguir passar, espremendo-se. Contudo, conforme subiam, por vezes seguindo um caminho aplainado, entalhado há milênios no calcário pela água corrente, por vezes transpondo degraus íngremes e irregulares escavados nas rochas pelas mãos dos homens, finalmente, o túnel começou a se tornar mais largo. A escuridão era silenciosa e fria, e a sensação era de terem se afastado uma centena de quilômetros do calor da noite lá fora em apenas algumas centenas de passos. O ar ali, porém, era surpreendentemente seco. Chegaram então à bifurcação, exatamente como Gustave havia descrito, e viraram à esquerda, continuando a subir. O túnel ficava cada vez maior e menos inclinado, até ser possível caminhar praticamente eretos ao longo do caminho de pedra calcária. Por fim, o espaço se abriu na frente deles, e, iluminados pela lamparina de Eliane, os dois se viram em uma espaçosa caverna. O chão estava seco, polvilhado por uma fina camada de poeira, e a luz exibia um teto curvo e abobadado vários metros acima de suas cabeças.

– Ufa! – Jacques grunhiu, ao colocar o transceptor no chão, alongando-se para aliviar a dor em suas costas por carregar, curvado, a pesada bolsa pelo túnel durante grande parte do trajeto.

No final da caverna havia mais alguns degraus íngremes e irregulares entalhados na rocha. Eliane foi até eles e ergueu sua lamparina, sorrindo ao avistar as aduelas arredondadas de uma barrica de vinho cobrindo a abertura no topo da escada. Ela então colocou um dedo nos lábios, gesticulando para que Jacques se mantivesse em silêncio, e apontou para cima.

– A adega do château. A cozinha fica bem em cima dela, e os alemães também.

– Não se preocupe. Não conseguem nos ouvir daqui. Há muitos metros de rochas nos separando, sem contar o espaço da adega – disse Jacques, com a luz da lamparina projetando sombras em seu rosto enquanto ele sorria para ela e pegava em sua mão. – Que lugar! Parece que saímos do mundo real e chegamos a outro completamente diferente. Como é estranho, e maravilhoso, estar neste casulo. E, sim, você tem razão: bem embaixo do nariz do exército alemão. Tem certeza de que ninguém mais sabe sobre o túnel?

– De que se tem memória, apenas o conde de Bellevue esteve aqui, e isso deve ter sido há muitos e muitos anos. Hoje, é impossível para ele descer as escadas até a adega, muito menos os degraus que trazem até aqui. Papa usa apenas os primeiros metros do túnel na outra ponta, mas, como você viu, ele mantém a entrada bem escondida. Você estará a salvo aqui até virem lhe buscar.

– E você? – Jacques perguntou, acariciando a mão de Eliane com o dedão, tentando confortá-la.

Ela sorriu de volta.

– Está tudo bem para você ficar aqui comigo, Eliane? Imagino que deva ser difícil, mas, como você sabe, a Milícia e a Gestapo farão buscas no moinho. É melhor que você não esteja lá quando isso acontecer.

Uma expressão de medo se impôs no rosto de Eliane.

– Papa… e maman, não parece certo eu não estar lá com eles.

A mão de Jacques pousou no ombro dela.

– Se seus pais forem interrogados, você não acha que ajudará mais o fato de eles saberem que você está segura? Seu pai virá lhe buscar assim que possível, como ele disse.

Eliane balançou a cabeça, relutantemente concordando com Jacques.

Jacques tirou sua jaqueta, colocando-a no chão da caverna.

– Não se preocupe, seus pais ficarão bem. Não há nenhuma evidência contra eles. Enquanto este túnel permanecer em segredo, todos ficaremos a salvo – disse, agora envolvendo os ombros de Eliane com seu braço. – Prometo lhe proteger, Eliane.

Seu peitoral era largo, e sua camisa carregava os aromas da floresta – ar fresco, resina de pinho e húmus –, foi o que sentiu ao pressionar seu rosto contra o corpo dele, respirando o cheiro deste estranho familiar que passou a viver entre eles, arriscando tanto para ajudar a coordenar e fortalecer a Resistência francesa.

– Você esteve com Yves mais cedo? – ela lhe perguntou.

Quando Eliane o fitou, os olhos azuis de Jacques a encaravam, tomados por uma expressão de tamanha ternura que fez seu coração descompassar. Ela tinha ciência do quanto os dois se tornaram próximos, no entanto, até este momento, não havia percebido os sentimentos dele.

Jacques sorriu e sussurrou, como se alguém os pudesse ouvir.

– Sim, estive. Yves está em boa forma. Agora, é um dos mais experientes do grupo. O pessoal anda bem ocupado, planejando, e não posso lhe dizer nada mais – respondeu, interrompendo-se logo depois. Mas talvez Jacques tenha sentido, assim como Eliane, que havia algo na sensação transcendental proporcionada por aquele lugar, além do fato de estarem escondidos juntos e em segurança, que o fizeram baixar a guarda.

– Eu sei – respondeu Eliane.

E foi nesse instante que ela ficou na ponta dos pés e seus lábios encostaram nos dele.

Isolados da guerra por este breve encantamento, longe da luta diária cercada por perigos e privações, Eliane, também, baixou sua guarda por um momento. Mas então recuou, confusa e envergonhada, diante daquele seu ato de ousadia tão fora do comum.

Com uma formalidade zombeteira, na tentativa de abrandar o constrangimento dela, Jacques apontou para sua jaqueta no chão e disse:

– *Mademoiselle* Martin, queira, por gentileza, se sentar para jantarmos juntos. Afinal, nos encontramos em um restaurante exclusivíssimo. Acredito que a comida daqui seja excelente.

Eliane sorriu, mais uma vez relaxada, e se acomodou no chão, desamarrando o lenço de seda e deixando seu cabelo loiro mel cair sobre os ombros. Depois, pegou a cesta que Lisette havia preparado para eles. Com uma faca de combate, de aparência letal, que puxou de um bolso oculto costurado na parte interna de sua jaqueta, Jacques cortou fatias do denso pão de castanha amarelado, espalhando sobre elas queijo de cabra cremoso salpicado de ervas. Havia também na cesta dois dos enormes tomates vermelhos amadurecidos sob o sol na *potager* de Eliane ao lado do rio, e Jacques os cortou em fatias, colocando-as por cima.

– Sua *tartine, mademoiselle.* Espero que esteja do seu gosto – Jacques a presenteou com um floreio.

– Deliciosa – respondeu Eliane, após dar uma mordida. – Mas, espere, falta algo.

Eliane subiu as rústicas escadas, empurrando com cuidado um dos lados da robusta barriga da barrica até que ela rolasse lentamente, encostando-se na barrica vizinha. Foi então para a adega escura e, iluminada apenas pela lamparina na caverna abaixo dela, tateou até alcançar as prateleiras de vinho. Eliane pegou uma modesta garrafa – não um dos vinhos mais finos do conde, mas também não um dos desprezados vinhos da safra de 1937 – e desceu os degraus com cuidado, parando para alcançar a corda cheia de nós presa ao batoque da barrica. Com um puxão suave, a barrica rolou de volta ao seu lugar, tampando mais uma vez a escada.

Com o canivete de Eliane, os dois conseguiram tirar a rolha.

– Agora, isso *é mesmo* o que eu chamo de jantar fino de verdade – comentou Jacques, novamente envolvendo Eliane com o braço. – Não consigo pensar em uma maneira melhor de passar uma noite.

Após terminarem a refeição, apagaram a lamparina, reservando o querosene restante para a manhã. Os dois deitaram sobre a jaqueta de Jacques, que segurou Eliane próxima de seu corpo.

Levando as pontas dos dedos ao rosto dele, traçando suavemente suas feições no breu, Eliane sussurrou:

– Qual é seu verdadeiro nome?

Ele hesitou por um momento. E então sussurrou de volta.

– Jack Connelly.

As palavras saíram de sua boca com sotaque britânico, o que a assustou um pouco. A pronúncia francesa de Jacques Lemaître evaporou, subitamente, e, em inglês, ele parecia uma pessoa completamente diferente.

– Jack Connelly – repetiu Eliane, pressionando seu dedo contra os lábios dele, como se selasse novamente aquele segredo.

Ele a beijou, ao encontrar os lábios dela na escuridão. E então sussurrou, naquele mesmo sotaque:

– Jack Connelly ama Eliane Martin.

Abi: 2017

Sara e eu estamos preparando as hortaliças para o jantar desta noite. A lista de convidados para o casamento do próximo fim de semana inclui dois vegetarianos, um vegano, uma pessoa com grave alergia a castanhas e três pessoas que não comem peixe. Sara consultou sua extensa coleção de livros de receita e conseguiu encontrar uma saída com sua costumeira criatividade e suas deliciosas sugestões de menu, e, agora, estou aqui espiralando abobrinhas suficientes para alimentar um pequeno exército.

– Então, Sara, você me contava que Eliane e Jacques passaram a noite se escondendo aqui, bem embaixo de onde estamos agora? – pergunto, impressionada.

Sara sorri.

– Isso mesmo. Depois que acabarmos aqui, posso te mostrar o lugar se quiser.

Enquanto faço uma pausa dos cortes em espirais para cortar as pontas das últimas abobrinhas, Sara lava as mãos e abre a porta da adega. Pegando uma tocha de uma prateleira ao lado da porta e olhando por cima do ombro, ela sorri para mim.

– E então, vem ver a caverna ou não?

É tudo exatamente como ela descreveu: três barricas no canto da adega; degraus íngremes entalhados na rocha levando à caverna abaixo; a luz da tocha refletindo na rocha abobadada acima de nós; o chão seco e empoeirado, repleto de pegadas – quem sabe algumas delas não pertençam a Eliane e Jacques, me pergunto?

Sara me chama para um dos lados da caverna e leva a tocha na direção da parede de rocha. Sem nada dizer, ela aponta.

– São eles! – digo, de sobressalto.

Há um coração entalhado na rocha, tão nítido como se tivesse sido esculpido ontem, protegido das intempéries da natureza na escuridão da caverna. E, claramente legíveis, vejo as iniciais dentro do coração: E. M. e J. C.

Passo as pontas de meus dedos sobre ele, traçando seu contorno e tentando imaginar o que os dois devem ter sentido ao se esconder aqui, com soldados alemães poucos metros acima de suas cabeças. Medo, talvez? No entanto, pelo relato de Sara, o que eles sentiram foi segurança neste outro mundo, subterrâneo, longe da desafiadora realidade do mundo exterior.

Então, talvez, apenas por aquela noite, puderam sentir apenas amor.

Eliane: 1943

Eliane não esperava dormir, deitando-se ao lado de Jack no chão da caverna poeirenta, mas, ao acordar, descobriu que tinha se saído surpreendentemente bem nisso, aninhada contra o calor do corpo dele, e os braços de Jack em volta dela. Ele estava acordado, e Eliane se perguntou quantas horas ele já havia passado olhando por ela na escuridão. Jack procurou pelos fósforos na cesta e acendeu a lamparina.

– São quantas horas agora? – perguntou Eliane. Normalmente, ela não precisaria de um relógio. Podia sentir a hora do dia pela intensidade da luz, pelo tamanho das sombras e pelos cantos dos insetos e pássaros ao redor, que informavam a ela as horas de maneira tão apurada quanto um relógio. Mas aqui, na escuridão da caverna, Eliane não tinha a mínima noção.

Jack inclinou seu relógio em direção à luz para que pudesse ver.

– Acabou de passar das seis. Na padaria, eu já estaria acordado há horas. Uma das vantagens de estar em fuga é poder ficar na cama até mais tarde com uma bela mulher!

Eliane enrubesceu. Por sorte, a iluminação proporcionada pela lamparina não era forte o bastante para entregá-la. Ela jamais havia passado uma noite sozinha com um homem – nem mesmo Mathieu. E, ao pensar no nome dele, suas faces coraram com ainda mais intensidade. Mesmo sem notícias de Mathieu há mais de um ano, ainda assim, de alguma forma, ela se sentia infiel à memória dele.

Jack se levantou e caminhou alguns metros para a parte de trás do túnel para se aliviar. Após terminar, em vez de sentar ao lado de Eliane novamente, caminhou até a parede da caverna, alisada pelo correr de outrora das águas, e pegou sua faca de combate. Eliane esticou o pescoço para enxergar o que ele fazia riscando algo na rocha. Levantando-se, ela se aproximou dele com a lamparina para ver melhor. Jack havia entalhado um coração na rocha e, com a ponta de sua faca, agora desenhava dois conjuntos de iniciais no centro: E. M. e J. C.

Ele então se virou e beijou Eliane na cabeça, voltando logo depois para admirar seu trabalho e dizendo:

– Aí está. A prova de que isso não foi um sonho. Prova de que nós dois realmente estivemos aqui, você e eu. E prova de que, no meio dessa guerra repleta de medo e ódio, encontramos o amor. Que este seja um sinal para lembrar a todos que um dia passarem por esta caverna que o amor é o que há de mais importante no mundo.

Eliane o abraçou forte, sem querer ser lembrada do mundo lá fora, desejando que este momento durasse para todo o sempre.

Mas então os dois congelam. Passos fracos, mas nítidos, foram ouvidos vindo da adega acima deles.

Jack segurou sua faca com mais firmeza e se colocou na frente de Eliane para protegê-la.

– Volte para o túnel – ele sussurrou com urgência.

A barrica que tampava o topo dos degraus de pedra retumbou ao ser rolada para trás, e Jack ficou tenso, preparando-se para atacar.

Um par de pernas robusto e com varizes apareceu, acompanhado de uma respiração pesada, ruidosa, e um resmungo murmurado.

– Madame Boin! – exclamou Eliane, saindo das sombras.

A cozinheira se inclinou com alguma dificuldade, pois sua ampla circunferência a atrapalhava, e olhou para eles à luz fraca da lamparina.

– Ah, *mon Dieu* – reclamou madame Boin. – Nunca achei que desceria esses degraus outra vez, ainda mais nessa idade. Eles quase foram a morte para mim! As coisas que tenho de fazer Eliane, o conde disse que você não deve voltar para o moinho. Ainda não é seguro. A milícia está lá agora. Mas suba para a cozinha, de modo que esteja trabalhando como de costume caso vierem verificar o château. Assim, ninguém suspeitará de que sabe algo sobre o paradeiro de monsieur Lemaître. Bom dia, monsieur – acrescentou madame Boin, em uma reflexão tardia, como se acabasse de notar a presença dele, embora claramente estivesse aqui para falar com os dois. – O conde disse para que continue aqui até que possam mandar alguém do moinho para lhe pegar. Não deve demorar muito, os milicianos não encontrarão nada e logo ficarão entediados, procurando outro lugar para causar problemas.

Não pela primeira vez, Eliane ficou impressionada ao pensar na rede de pessoas trabalhando em segredo para transmitir mensagens vitais, maravilhando-se silenciosamente com a competência de madame Boin. Ela sabia, claro, que a cozinheira podia estar dando suas próprias contribuições às atividades secretas que aconteciam ao redor do château, mas, em três anos, as duas jamais tocaram no assunto. Como madame Boin uma vez dissera, o grupo formava uma aliança secreta improvável. E, talvez, tenha sido justamente isso o que os tornava tão efetivos.

Obediente, Eliane começou a subir os degraus da caverna em direção à adega, e, enquanto fazia isso, madame Boin disse:

– Você precisará me ajudar a subir os degraus, Eliane. É melhor que vá primeiro e me dê uma mãozinha, caso eu fique emperrada. Só Deus sabe, vou acabar lhe esmagando se for na frente e tiver uma de minhas tonturas.

Eliane parou para olhar para a caverna. Jack sorriu para ela, levantou o polegar e então mandou-lhe um beijo. Ela não tinha ideia de quando o veria novamente, mas fixou seus olhos claros nos dele por um último e longo instante, guardando em sua memória as feições harmoniosas de Jacques, seus ombros largos, a força de seus braços e a forma como seus olhos brilhavam como o céu de verão sempre que a olhava.

Por fim, Eliane rolou a barrica de volta ao seu lugar e subiu as escadas do porão na frente de madame Boin.

A cozinha do château era clara e aquecida, depois da fria escuridão da caverna, e Eliane piscou contra a luminosidade ao sair da adega, pegando na mão de madame Boin para ajudá-la a subir os últimos degraus.

– Vá lavar o rosto se quiser, minha querida, que lhe prepararei algo para comer e uma xícara quentinha de café. Ter de passar uma noite inteira em uma caverna escura, o que virá a seguir?

Enquanto ajeitava os cabelos e amarrava o lenço, Eliane sorriu por dentro, lembrando-se de Jack a segurando naquele outro mundo, embaixo de seus pés: um mundo onde o amor era algo simples, entalhado em pedra. Um mundo tão distante das complexidades da vida real.

* * *

Mais tarde naquele dia, enquanto Eliane e madame Boin preparavam o jantar, um carro preto estacionou em frente à entrada principal do château. O general saiu do banco de trás, acompanhado de Farber e mais dois homens.

Diferentemente dos soldados, esses últimos vestiam camisas pretas e sobretudos, mesmo sob o calor escaldante que fazia. Seus chapéus, no entanto, carregavam a mesma insígnia do uniforme do exército – uma águia prateada de asas abertas –, e, circulando a parte superior de suas mangas esquerdas, uma braçadeira vermelha e chamativa que exibia uma suástica preta em um círculo de fundo branco.

Madame Boin os observou da janela da cozinha, torcendo o nariz, e então se virou para Eliane enquanto limpava as mãos em seu avental.

– Parece que a Gestapo veio nos fazer uma visita. Fique calma, minha menina. Lembre-se de que eles não sabem de nada. E, mais importante: nem eu nem você.

Por um momento, Eliane ficou ansiosa de que fossem à capela em busca de monsieur Le Comte. Mas uma batida à porta da cozinha poucos minutos depois revelou serem suas funcionárias o motivo da visita dos agentes.

Era *Oberleutnant* Farber, parecendo mais tenso do que o normal. Eliane conseguia ver os músculos de sua mandíbula trabalhando enquanto engolia em seco, antes de dizer:

– Por gentileza, madame Boin, *mademoiselle* Martin, vocês poderiam me acompanhar até a sala de estar? Alguns cavalheiros gostariam de lhes fazer algumas perguntas.

As duas mulheres desamarraram seus aventais, dobrando-os sobre as costas de uma cadeira, e Eliane retirou seu lenço, arrumando os cabelos enquanto seguia Farber e madame Boin pelo corredor da cozinha até o hall de entrada. As portas da sala de estar estavam abertas, mas, tão logo as mulheres entraram, Farber as fechou com um clique suave, fazendo Eliane se assustar um pouco, seus nervos à flor da pele.

O general e os dois homens de sobretudo preto estavam sentados nos sofás de frente para a lareira em uma das extremidades da sala. Acima da cornija de pedra da lareira estava o brasão dos Comtes de Bellevue, esculpido em pedra calcária, do mesmo tom creme que a rocha das paredes da caverna oculta abaixo deles. Eliane fixou seu olhar no brasão quando passou em frente, reunindo forças diante de seu lema em latim, entalhado em uma bandeira acima do par de leões que segurava um escudo entre eles: *Amor Vincit Omnia.* Um lembrete de que o amor a ajudaria a vencer qualquer provação que estivesse por vir. Seu amor pelos pais; por Yves, em algum lugar lá fora, nas montanhas; e por Jack Connelly. Estaria ele ainda se escondendo na caverna embaixo de todos ali? Ou alguém foi buscá-lo, levando-o ao encontro dos Maquis? Madame Boin e Eliane pararam uma ao lado da outra em frente aos homens, de costas para a lareira. Já *Oberleutnant* Farber se sentou em uma elegante cadeira Luís XV – em outras circunstâncias, o contraste da cadeira com seu uniforme cinza e expressão sombria teria parecido quase comicamente frívolo.

– Damas – disse em francês o mais baixo dos dois oficiais da Gestapo, um homem com cara de fuinha, sem queixo aparente, embora seu sotaque fosse ríspido e gutural em comparação ao de *Oberleutnant* Farber. – Fomos informados sobre a existência de um agente inimigo vivendo em Coulliac. Infelizmente, o homem está desaparecido no momento. Contudo, estamos certos de que todos os bons cidadãos da comunidade desejarão cumprir com seus deveres patrióticos, ajudando-nos a encontrá-lo, inclusive quaisquer outros traidores entre nós que talvez o tenham ajudado.

Ele então parou, aguardando as mulheres falarem.

Foi então que madame Boin se virou para Eliane com uma convincente expressão de espanto.

– Um agente inimigo! Vivendo em Coulliac? Quem seria essa pessoa? Você tem alguma ideia, Eliane?

Pegando a deixa do ato perfeitamente executado por madame Boin, Eliane balançou lentamente a cabeça, como se estivesse confusa.

– Não tenho. Mas que chocante saber que existe uma pessoa assim morando bem no meio de nossa comunidade.

– Quem é esse agente, se me permitem saber, messieurs? – perguntou madame Boin.

O oficial de estatura baixa comentou, impaciente:

– Espero que não estejam pensando em fazer joguinhos conosco. Ou vocês já sabem quem são ou não deveriam nem se meter nisso. Ouviram dizer ou viram algo na vila? Talvez enquanto estavam lá fazendo compras? Ou... – nesse momento, ele virou seus olhos estreitos para Eliane – enquanto estava na sua barraca? Recebemos informações de um cidadão alarmado que acredita, inclusive, haver uma relação próxima entre você e essa pessoa.

Outra vez, Eliane fez uma pausa, como se tentasse buscar algo no fundo de sua mente, mantendo uma expressão vaga para tentar não demonstrar que as palavras do oficial a desestabilizaram. Subitamente, teve um *flash* de Stéphanie passando por sua barraca após falar com os milicianos no outro dia, um pensamento que descartou de imediato: ela não poderia se deixar distrair pela sugestão velada daquele homem de que alguém a teria denunciado.

Eliane encontrou o olhar dele com seus olhos cinza de maneira firme.

– Não, monsieur. Tenho cada vez menos visitantes em minha barraca, e todos são pessoas que conheço. Fora o tenente Farber, claro – respondeu Eliane, virando-se para fitá-lo e sorrindo brandamente. – Ele é um de meus melhores clientes.

Os oficiais se mexeram em seus assentos para olhar para Farber, que, surpreso por ter se tornado o centro das atenções tão de repente, baixou o olhar, observando os padrões do tapete Aubusson sob suas botas bem polidas.

O oficial mais alto da Gestapo disse algo em alemão para o general e seu colega de casaco preto, em um tom sarcástico e insinuante que os fez gargalhar. Farber corou, puxando o colarinho de sua camisa em sinal de nervoso. Então, olhando para seus superiores, encolheu os ombros, dando um sorriso pesaroso, e levantou as mãos, como se dissesse: *bem, o que se pode fazer, não é mesmo?*

O oficial com cara de fuinha encarou Eliane, lançando-lhe um longo olhar avaliativo, fazendo-a se sentir nauseada, de medo e de ódio.

– Entendo – disse ele, por fim. – Bem, acho que estamos perdendo nosso tempo aqui, concorda, *Oberleutnant* Farber?

Farber deu de ombros mais uma vez.

– Acredito que sim – respondeu, com cautela, evitando encontrar os olhos de Eliane.

– Muito bem. Nesse caso, então, que as damas voltem aos seus trabalhos. Afinal, o jantar do general não pode atrasar.

E, mais uma vez, fixou os olhos em Eliane, como se avaliasse uma presa potencial.

– Mas um aviso, *mademoiselle*. Não importa quem seus amigos sejam ou não, estaremos de olho em você.

Os dois oficiais da Gestapo então se levantaram, colocaram seus chapéus pretos de volta, e deram meia-volta, saudando o general com um enérgico "*Heil Hitler!*".

Enquanto ela e madame Boin voltavam apressadas para a cozinha, Eliane ouviu o carro ser ligado e sair do château. Foi somente então que conseguiu respirar outra vez.

– Mas que rapaz estranho é aquele Farber – comentou madame Boin, mexendo a *blanquette* enquanto ela cozinhava no fogão. – Graças a ele, pegaram leve conosco dessa vez.

Eliane assentiu.

– Ele não é como os outros, isso é fato. Mas seria ele estranho ou meramente humano?

Madame Boin parou, colocando as mãos nos quadris, e lançou um olhar astuto para Eliane, as sobrancelhas arqueadas. Depois franziu os lábios e balançou a cabeça.

O pensamento repentino de que madame Boin poderia suspeitar de que ela tivesse uma ligação amorosa com o oficial alemão fez o estômago de Eliane embrulhar, e uma expressão horrorizada surgiu em seu rosto.

– A senhora certamente não acredita que eu tenha qualquer relação com aquele homem, a não ser a mais superficial das amizades, que é tudo o que seria possível haver entre inimigos, não é mesmo?

Madame Boin sorriu e balançou a cabeça mais uma vez.

– Nem por um segundo, Eliane. Eu lhe conheço. Sei o que é capaz de fazer para proteger as pessoas que ama, assim como sei o que jamais faria. Posso ver sua coragem e integridade diariamente. Apenas fiquei surpresa e me esqueci de como é mesmo sermos civilizados. Provavelmente você está certa. Esta maldita guerra já se estende por tantos anos que acabamos esquecendo o que é ser humano. Se houvesse mais homens como *Oberleutnant* Farber e monsieur Le Comte neste mundo, talvez nem mais guerras teríamos.

Tranquilizada, Eliane voltou a amarrar o avental na cintura e a descascar as batatas para o jantar. Mas então se lembrou da expressão nos olhos do oficial da Gestapo e do tom rancoroso em sua voz ao comentar que a observavam. O que ele quis dizer com aquilo? Que observavam as caminhadas dela pelos muros do horto? Será que a viram ir de um lado a outro repetidamente ontem, avisando aos Maquis que Jacques Lemaître havia sido descoberto e precisaria ser interceptado antes de voltar ao seu apartamento? E quem era o tal "cidadão alarmado" que a denunciou a eles? Seria Stéphanie?

Ao pensar nisso, as mãos de Eliane começaram a tremer, fazendo a faca escorregar e cortar-lhe o dedão. A água na tigela logo se tornou vermelha – a cor do lenço de seda; a cor do perigo – antes de ela estancar o sangramento com a bainha do avental.

Abi: 2017

O brasão dos Comtes de Bellevue ainda está lá, acima da lareira da sala de estar. Enquanto lustro a mesa oval marchetada que fica do lado oposto da sala, ponho-me a imaginar Eliane e madame Boin em frente aos oficiais da Gestapo. Mas que formidável par as duas formavam! A velha cozinheira e a franzina jovem encarando as forças do mal, juntas.

Ao narrar a história, Sara me disse que Eliane pensou na rede de pessoas que trabalhava em segredo para transmitir as mensagens. E algo me ocorre quando termino de retirar o excesso de cera de abelha da superfície da mesa, que brilha com a pátina do passar dos anos. Mireille retornou a Paris e, depois disso, pareceu ter pouquíssima comunicação com seus familiares, além dos ocasionais e padronizados cartões postais de treze linhas, o único tipo de correspondência permitido na ocupada França. Mas Sara havia dito também que, ao deixar o moinho, Mireille mencionou algo sobre talvez poder ajudar outras pessoas, como Esther e Blanche. Por alguma razão, os próprios pensamentos de Eliane sobre a rede secreta me fizeram pensar nisso.

Ponho o espanador em meu balde, com os demais produtos de limpeza, e volto apressada para a cozinha, onde encontro Sara, que acabou de preparar o café da manhã e está dispondo uma cafeteira e algumas canecas na mesa. Karen se junta a nós, pondo seu balde no chão, e Jean-Marc vem caminhando sem pressa do jardim, limpando seus pés no tapete da porta e lavando suas mãos na pia antes de puxar uma cadeira ao lado da minha, tirando o chapéu que usa para trabalhar fora de casa e o colocando na mesa ao lado. Passo-lhe uma xícara de café, e ele sorri em agradecimento.

Enquanto coloco leite em minha xícara, pergunto sobre Mireille. Sara acena com a cabeça e passa um prato de biscoitos pela mesa.

– Mireille desempenhou seu próprio papel em Paris, um papel ativo. O apartamento sobre o ateliê onde ela trabalhava, que ainda produzia peças de alta-costura para quem podia pagar por elas – e ainda havia muitos que podiam, mesmo em tempos de guerra –, era usado como um abrigo. Mireille era o que se chamava de *passeuse* – fazia parte de um grupo que ajudava outras pessoas a escapar. Alguns provavelmente teriam sido enviados de lá para cá, movendo-se de um abrigo a outro através de rotas secretas que levavam aos Pirineus, e depois da Espanha para Portugal. De Lisboa, era possível conseguir atravessar para a América e para a segurança. Ah, então, sim... – Sara sorri para mim –, Mireille fez sua parte. Mas essa é provavelmente outra história por si só.

Karen toma o resto de seu café e se levanta, limpando algumas migalhas de biscoito das mãos, pronta para voltar ao trabalho.

– Então, Sara – ela diz –, quando é que você levará a Abi para se encontrar com elas?

Meu queixo cai, e minha mão e minha xícara de café ficam suspensas no ar enquanto processo o que Karen acabou de dizer. Até muito recentemente, a história de Eliane me parecia um relato antigo, e acabei por presumir que as irmãs da família Martin já não estariam mais entre nós caso tivessem conseguido sobreviver à guerra.

– Eliane está viva? – pergunto. – Mireille também?

Sara confirma.

– Sim. As duas estão bem, já na casa dos noventa anos. Na verdade, acho que Mireille completará cem no próximo ano. E Eliane não está muito longe disso. É apenas uns dois anos mais jovem.

– E Yves? – pergunto, ansiosa.

Sara balança a cabeça.

– Infelizmente, não. Yves sofreu um infarto há alguns anos e viveu apenas alguns meses depois. Mas suas irmãs continuam fortes. Caso queira, posso ver se consigo marcar para irmos tomar um chá com elas qualquer dia desses.

Dou um largo sorriso.

– Eu adoraria!

Sara e Karen saem para terminar suas tarefas, e Jean-Marc se levanta, colocando de volta seu chapéu. Ele então olha para mim e hesita, como se reunisse coragem para me dizer algo. Devolvo o olhar, levantando minhas sobrancelhas interrogativamente.

– Sabe de uma coisa, Abi, você parece tão diferente quando sorri – ele comenta com timidez. – Você devia mesmo fazer isso com mais frequência.

Eliane: 1943

Era véspera do feriado de *Toussaint*, e, durante a noite, a primeira geada do outono incrustou cada galho, cada inflorescência e cada folha em um pó prateado. Mas, agora, o sol do final de outubro começava a executar seu ato mágico de desaparecimento, atraindo a névoa do rio e apagando o frio ofuscante da geada enquanto lançava seu feitiço na terra escura.

Eliane foi abrir o galinheiro, acompanhada de Blanche, que adorava ver o galo se exibir, abrindo as asas com seu ar presunçoso e anunciando que o dia já podia começar. E então, em uma agitação de penas e cacarejos dissonantes, as galinhas se espalharam, imediatamente começando a ciscar à procura de insetos.

Eliane segurava a cesta enquanto Blanche vasculhava os ninhos forrados de palha no galpão em busca de ovos. O estoque já diminuía com a mudança das estações, e as galinhas estavam magras, sobrevivendo com o que conseguiam caçar no gramado ao longo da margem do rio, agora que já não havia mais o suprimento abundante de grãos aos quais estavam acostumadas antes da guerra. Suas penas estavam irregulares e sem brilho, e elas se irritavam umas com as outras por causa das menores formigas e larvas, tentando tomá-las de suas colegas e fugir com elas. Eliane suspirou, pensando: *assim como as pessoas*. Era tão mais fácil ser prestativo quando a comida era abundante e se estava bem nutrido e contente. Agora, era uma questão de sobrevivência, o que parecia trazer à tona o pior de cada um, seja galinha, seja ser humano. De modo geral, os habitantes de Coulliac permaneceram unidos. No entanto, à medida que a Gestapo e a Milícia fechavam o cerco na tentativa de controlar os atos cada vez mais frequentes de sabotagem dos *maquisards*, as acusações e denúncias se tornaram comuns. Sob estresse contínuo, os laços da comunidade começavam a se desfazer.

Quando o sol aqueceu as colmeias o suficiente para fazer suas moradoras saírem, elas continuaram com seu incansável trabalho em busca de néctar nos tomilhos selvagens e no que restava dos trevos. Elas, isoladamente, pareciam permanecer intocadas pelas restrições da guerra.

– Eian, olha. Um, dois, três, quatro – disse Blanche, exibindo sua recém-adquirida habilidade de contar enquanto pegava cada ovo do bolso de seu avental e o colocava na cesta.

– Muito bem, Blanche. Perfeito. Um ovo para o papa, um para a maman, um para a Eliane e um, ah, para quem é o último?

– Para mim! – sorriu Blanche, batendo palmas.

– Claro que é, bobinha – disse Eliane, abraçando a menina e beijando seus cachinhos escuros. – Que tal procurarmos cogumelos selvagens também? Se conseguirmos encontrar um *cèpe* grande, gorducho e suculento, maman pode fazer uma deliciosa omelete para o almoço de hoje da princesa Blanche.

As duas caminhavam de volta às margens do rio, com Eliane segurando na mão da garotinha para se certificar de que ela não chegaria próxima demais ao arame farpado enquanto dançava ao lado dele, quando avistaram um carro preto estacionado em frente ao moinho.

– Ai, Eian! Tá doendo! – reclamou Blanche quando Eliane apertou-lhe a mão com força demais.

– Desculpe, Blanche – respondeu Eliane, relaxando um pouco sua pegada, embora o medo que insistia em permanecer lhe comprimisse o estômago como um torno.

Ao se aproximarem da casa, o par de oficiais da Gestapo saiu da cozinha, claramente esperando pelo retorno dela.

– Mademoiselle Martin – cumprimentou o menor dos dois homens, sorrindo para Eliane, mas com seu olhar traiçoeiro. – Que prazer vê-la novamente.

– Messieurs – Eliane manteve o tom neutro, se esforçando para não estremecer a voz.

– Temos uma tarefa para a mademoiselle. Queira nos acompanhar até o carro, por gentileza?

Aquilo era uma declaração, não uma pergunta.

Eliane assentiu, incapaz de dizer uma só palavra ao ver Lisette e Gustave aparecendo na porta. *Eles estão seguros, pelo menos*, pensou. Ela entregou sua cesta à mãe e gesticulou para Blanche ir até o pai, que esticou os braços, esperando-a.

O maior dos dois oficiais, cujo pescoço transbordava da gola de sua camisa e pendia em uma dobra carnuda sobre o nó de sua gravata, disse algo em alemão para o colega, que sorriu friamente, mais uma vez, e acenou com a cabeça.

– *Non*. Traga a menina, também.

Eliane congelou, horrorizada.

– Mas, monsieur, ela tem apenas quatro anos. Por favor, qualquer que seja a tarefa, eu farei, mas deixe-a ficar aqui com meus pais.

O homem balançou a cabeça.

– Ela também será de utilidade.

Lisette começou a chorar, e, por um momento, Eliane chegou a pensar que Gustave poderia avançar e atacar os oficiais. Ela então esticou a mão para impedi-lo e se virou para encarar os dois homens.

– Nesse caso, por favor, peço que nos diga ao menos que tarefa é. Uma criança pequena como ela necessita de cuidados, ela precisará de um casaco? Pode comer algo antes de ir? Quando voltaremos?

O cara de fuinha sorriu.

– A mademoiselle é corajosa. Gosto disso em você. Muito bem, como provavelmente já está ciente, a chamada Resistência tem executado atos diversos de sabotagem nos últimos tempos, em uma inútil tentativa de impedir as autoridades de empreender deveres essenciais ao esforço de guerra. Esta noite, um trem carregado de suprimentos vitais passará pela região, seguindo para Bordeaux. Estamos reunindo alguns "voluntários" para garantir que ele chegue em segurança ao seu destino. Você e sua irmãzinha, juntas de alguns outros, viajarão em um lugar aberto na frente do trem, bastante visíveis, para o caso de alguém pensar em detê-lo. Então, sim – respondeu sorrindo –, talvez levar um casaco seja uma boa ideia. Afinal, as noites estão ficando um pouco frias agora.

Eliane olhou para ele, estupefata.

– Por favor, monsieur, não faça Blanche passar por essa experiência penosa. Ela é apenas uma garotinha.

Os lábios do homem se apertaram em uma fina linha, e uma expressão de ira atravessou-lhe o rosto.

– E esse é, precisamente, o motivo de ela nos ser útil. Talvez aqueles criminosos pensarão duas vezes antes de matar uma criança. Estamos enojados e cansados da interferência deles e perdemos mais do que o suficiente dos nossos, além de suprimentos, graças àqueles atos de traição. Pegue um casaco para ela. E um para você também – disse, sorrindo cruelmente e acrescentando logo depois: – Ah, e coloque aquele lenço vermelho de que você tanto gosta, mademoiselle Martin. Certamente, eles lhe reconhecerão nele.

Enquanto Eliane caminhava a passos pesados em busca dos casacos, sua mãe rapidamente lhes preparou um embrulho de papel manteiga com pão de castanha e mel dentro, enfiando-o no bolso da filha enquanto a abraçava na porta.

– Seja forte, *ma fille* – sussurrou Lisette. – *Courage.*

* * *

Gustave não se importou de alguém tê-lo visto enquanto subia com sua caminhonete até o minúsculo chalé onde o conde agora dormia. Ele bateu forte na porta, mas sem resposta. Desesperadamente, olhou de relance para a capela. Ele colocaria tudo em risco se fosse visto ali: caso outras pessoas o estivessem observando, Gustave não queria levá-los ao esconderijo do transceptor. Se o aparelho fosse descoberto, isso significaria pena de morte imediata tanto para ele quanto para o conde. Mas Gustave precisava, de alguma forma, entrar em contato com a rede para cancelar a operação de hoje. Eliane e Blanche, ele não conseguia nem pensar nisso.

Gustave bateu na porta do chalé mais uma vez e, finalmente, para seu imenso alívio, ouviu os passos arrastados do conde vindo pelo corredor estreito, acompanhados pelas batidas de sua bengala nas tábuas do assoalho. Gustave quase caiu na soleira quando a porta se abriu, e o conde estendeu a mão para firmá-lo.

– Minha nossa, Gustave. O que é isso? Acalme-se e me conte o que está acontecendo.

De maneira sucinta, Gustave explicou, e o conde o ouviu com expressão preocupada, enquanto balançava a cabeça.

– Não temos nem o que discutir. A operação deve ser interrompida. Não se preocupe. Eliane e Blanche ficarão bem, e quaisquer outras mulheres e crianças que pegarem. Entrarei em contato com Jacques agora mesmo. Ele poderá detê-los.

– Graças a Deus! – Lágrimas de alívio escorreram pelos olhos de Gustave. – Se alguma coisa acontecesse com elas, se Yves fosse responsável por suas mortes, como ele poderia viver com isso? Todos nós?

– Espere aqui. Entregarei a mensagem e voltarei em breve.

Gustave enxugou os olhos e assoou o nariz em seu lenço, manchado enquanto observava da janela do pequeno chalé monsieur Le Comte mancando pelo pátio até a capela. O conde parou na porta, procurando a chave no bolso, como se não estivesse com muita pressa, e então sumiu, fechando a pesada porta de carvalho.

Após o que pareceu ser uma eternidade, mas certamente não passou de meia hora, o conde reapareceu, trancando a porta da capela e voltando ao chalé.

Ele acenou para Gustave, que avançou em sua direção.

– Jacques recebeu a mensagem e compreende o completo horror da situação. Mas ele não tem nenhum meio de transporte disponível agora, e os outros já haviam preparado tudo e saído para o ponto de interceptação antes de escurecer. Ele perguntou se você não poderia ir com a caminhonete até lá para encontrá-lo no lugar de costume? Precisaria ser agora mesmo.

Gustave envolveu a mão do conde com suas duas, beijando-a.

– Não tenho palavras para lhe agradecer, monsieur. O senhor está salvando minha família.

– Vá agora – respondeu o conde com mais urgência. – E que Deus os acompanhe.

Enquanto observava Gustave se afastar, ele enviou uma prece aos céus, rogando para que os espíritos de todos os seus antepassados que estariam por perto naquela noite de *Toussaint* conspirassem para proteger todos os inocentes do mal que estava por vir.

– E, por favor, que não haja nenhuma barreira no caminho, também – acrescentou. – Cada segundo contará.

* * *

O carro preto estacionou em frente à *mairie* de Coulliac, atrás de um caminhão do exército. O lugar estava assustadoramente deserto, exceto por um grupo de pessoas aglomerado nos degraus da *mairie* entre dois guardas alemães. Nos dias anteriores à guerra, a esta hora na véspera de *la Toussaint*, as lojas estariam abarrotadas de clientes comprando suas provisões para o grande almoço em família do dia seguinte – cortes de carne bem selecionados, ostras frescas de Arcachon e *pâtisseries* primorosamente elaboradas da padaria. Contudo, naquele dia, essas iguarias existiam apenas como memórias distantes, e as lojas estavam vazias, de produtos e de clientes. Ainda assim, costumaria haver algumas pessoas por perto, fazendo fila na esperança de conseguir um pedaço de qualquer coisa que fosse para quebrar a monotonia de suas dietas, que beiravam à inanição: uma porção de coelho, talvez, ou quem sabe uma pequena fatia de barriga de porco para saborizar a sopa de amanhã? Entretanto, diante do aparecimento do caminhão do exército e da visão de mais pessoas sendo reunidas em frente à *mairie*, os habitantes de Coulliac evaporaram, refugiando-se atrás de suas venezianas e cortinas de renda, barricados pelo medo de serem selecionados para se juntar ao pequeno grupo das escadarias.

O vento ficava mais intenso, quebrando o silêncio enquanto rodopiava ao redor da praça, espalhando gotas de água do chafariz nas pedras do calçamento e soprando a poeira contra as portas fechadas dos moradores.

Os oficiais da Gestapo sinalizaram para que Eliane e Blanche saíssem e se juntassem ao grupo da *mairie*. Entre as roupas surradas que todos vestiam, o chamativo lenço na cabeça de Eliane se destacava como um farol.

Os soldados montando guarda moveram o grupo na direção do caminhão. Abriram a porta traseira e levantaram as crianças primeiro, deixando os adultos subirem por conta própria, como podiam. Eliane reconheceu os garotinhos que uma vez a ofereceram um peixe em troca de um pote de mel para presentear a mãe. Uma mulher magra e de aparência cansada, que parecia ser a mãe dos meninos, também estava lá, assim como o padeiro e a esposa, monsieur e madame Fournier. Monsieur Fournier estava tão debilitado pela artrite que foi preciso dois soldados o erguerem.

Ninguém disse uma palavra sequer enquanto se sentavam nos bancos de madeira que corriam ao longo de cada lado do caminhão, mas Eliane estendeu a mão para Blanche e segurou-a com força no colo antes de lançar um sorriso tranquilizador para os dois meninos.

Os guardas então amarraram a lona na traseira do caminhão, fechando-os lá dentro, depois ligaram o veículo e partiram.

Protegida pelo barulho do caminhão, Eliane falou com as crianças, mantendo a voz o mais calma e animada que pôde.

– Alguém aqui sabe me dizer o que vamos fazer? Não? Ninguém? Bem, então vou lhes contar: fomos escolhidos para ir em uma grande aventura. Viajaremos em um trem, mas em um lugar especial, bem na frente.

– Na frente até da locomotiva? – perguntou o mais velho dos garotos.

Eliane confirmou.

– Isso mesmo, na frente até da locomotiva. Será frio e barulhento, estou certa disso, mas também muito legal. E sabem o porquê? Porque a maioria das pessoas não tem a oportunidade de viajar naquele vagão especial. E não será assustador, porque nós, os adultos aqui, estaremos lá com vocês.

Eliane olhou para o restante do grupo, cujos rostos estavam pálidos de medo em meio à escuridão, e sorriu para eles, encorajando-os a acompanhá-la em seu ato.

Madame Fournier, que estava sentada ao lado do marido, segurando-lhe a mão, pegou a deixa de Eliane.

– Isso, ficaremos todos juntos. Será um pouco como passear em um parque de diversões, ou como a montanha-russa de Paris. Vocês já viram fotos dela?

Monsieur Fournier deu uma risadinha.

– *Oh là-là.* Todos em Coulliac ficarão com tanta inveja que fomos escolhidos para esta aventura, e eles não!

Os outros assentiram, evocando seus sorrisos, ainda que fracos, para o bem das crianças.

O mais jovem dos dois irmãos pegou a mão de sua mãe.

– Não fique com medo, maman. Mesmo se o barulho do trem for bem alto, a gente vai cuidar de você, está bem?

A mulher disfarçou para secar uma lágrima com o punho desgastado de seu casaco e se curvou para beijar o topo da cabeça do filho.

– Com esses meus dois filhos tão corajosos ao meu lado, como eu poderia ficar com medo?

O caminhão sacudia e balançava. Monsieur Fournier conseguiu abrir um pouco a cobertura de lona.

– Parece que estamos a caminho de Bergerac – disse ele.

* * *

Por fim, após desacelerar e chacoalhar enquanto navegava pelas estreitas ruas da cidade, o caminhão parou. Os soldados retiraram a lona e abaixaram a porta traseira para o grupo descer. Um deles permaneceu ao lado com sua arma em riste para o caso de alguém tentar fugir, enquanto os outros desapareceram no prédio da estação. Alguns locais passavam apressados, lançando olhares furtivos para aquelas mulheres e crianças e para aquele homem curvado, perguntando-se qual crime – real, imaginado ou fabricado – resultou em tê-los ali reunidos em frente à estação de Bergerac a esta hora, bem na véspera do *Toussaint*. Medo e culpa, em igual medida, acompanhavam os habitantes de Bergerac de volta para suas casas, onde, assim como os moradores de Coulliac, trancaram suas portas e fecharam suas janelas. Aqui, onde já testemunharam tantas deportações, tantas pessoas levadas como animais para vagões de gado, tanto medo e desespero.

Os guardas conduziram o grupo na direção da plataforma. Enquanto aguardavam, a gélida lâmina do vento perfurava como uma faca suas jaquetas e seus casacos inadequados, e eles estremeciam com uma mistura de frio e medo. Eliane pegou os sanduíches embrulhados em papel manteiga de seu bolso, compartilhando-os e assegurando-se de que todos comeriam ao menos um pedaço ou dois.

– Dê minha parte às crianças – recusou madame Fournier.

Eliane balançou a cabeça, insistindo.

– *Non,* madame. Por favor, coma. É pouco, mas todos nós precisaremos de energia para essa viagem.

Ela se virou para as crianças, tentando distraí-las do frio e do crescente nervosismo enquanto esperavam o trem.

– Alguém aqui sabe como minhas abelhas fizeram este mel que está nos sanduíches?

O mais jovem dos garotos levantou a mão, como se respondesse a uma pergunta feita em sala de aula.

– Elas comeram das flores e depois fizeram cocô no favo de mel.

– Eca! Isso não parece muito apetitoso – respondeu a mãe, olhando desconfiadamente para seu pedaço de pão.

Eliane sorriu.

– Quase isso, mas não exatamente. As abelhas coletam mesmo o néctar das flores sugando-o com suas línguas, mas o que fazem depois é guardá-lo em um estômago especial chamado de estômago de mel, que é separado do que usamos para digerir a comida. Quando os estômagos de mel delas estão cheios, as abelhas voltam para as colmeias. Depois, passam o néctar, mais uma vez usando a língua, de uma abelha para a outra, e todas o mastigam até transformá-lo no mel pegajoso que conhecemos. Na verdade, esse é o alimento das abelhas em suas colmeias, mas, felizmente, elas são muito generosas e fabricam mel extra, que podemos coletar e passar em nossos pães.

– Parece que elas são ótimas em trabalhar juntas – comentou madame Fournier.

– E são, mesmo. Assim como todos seremos aqui no trem. Uma abelha sozinha não é muito forte, mas, quando se juntam e se tornam uma comunidade, elas se fortalecem o bastante para sobreviver ao inverno mais rigoroso e afugentar os predadores mais determinados.

E, nesse momento, eles ouviram o ressoar do trem que se aproximava. Eliane pegou Blanche, abraçando-a com firmeza.

– Pronta para nossa grande aventura, *ma princesse*?

Blanche sorriu e acenou com a cabeça, mas Eliane podia sentir o corpo da garotinha tremendo, de frio e de medo.

Uma imagem repentina do rosto de Mathieu surgiu na mente de Eliane. Estaria ele lá fora, em algum lugar, protegendo a ferrovia? Teria ele visto este trem passar, satisfeito por fazer bem seu trabalho ao ver outra carga sendo transportada em segurança, sem saber que a enviava, na verdade, para onde ela e Blanche esperavam? Ele se importaria se soubesse quem eram os trêmulos e indefesos passageiros prestes a embarcar nessa viagem aterrorizante?

A bile subiu-lhe pela garganta ao pensar nisso. Ainda assim, Eliane se pegou desejando que Mathieu estivesse lá; ansiando por seu toque reconfortante, e sua presença forte e silenciosa, que os manteria todos seguros. Ela logo balançou a cabeça, tentando se livrar desses sentimentos confusos.

Foco, Eliane disse a si mesma. *Mathieu não pode ajudá-la agora. Você precisa ser forte e superar isso.*

Assim que o trem parou ao lado da plataforma, soldados armados saíram dos prédios da estação, apagando cigarros e vestindo sobretudos. Instintivamente, o grupo de civis se juntou um pouco mais. O grupo observou em silêncio o trem chegando à plataforma e então, de uma linha de manobra, um vagão-plataforma sendo inserido em frente à locomotiva. Havia apenas um corrimão à frente daquele carro, fora isso, suas laterais eram abertas.

– *Allez-y!* – gesticulou um dos soldados com seu rifle, indicando que eles deveriam subir uma rampa posicionada ao lado do vagão. – E nem pensem em pular. Estarei junto do maquinista e recebi ordens de atirar em qualquer um que tentar fugir.

– Vamos nos organizar um pouco – disse madame Fournier. – Se alguns dos adultos maiores ficarem de costas para o corrimão e colocarmos as crianças no meio, então a protegeremos dos piores ventos.

Ela se virou, de modo que seus amplos quadris ficassem pressionados contra o trilho. O marido veio ficar ao lado dela, pegando as mãos dos dois meninos para firmá-los durante a viagem.

Eliane ficou no centro, na parte da frente, de costas para os trilhos que se estendiam pelas colinas, bosques e largas pontes que cruzavam os rios entre eles e Bordeaux, a cerca de duas horas dali. Segurando Blanche com força, Eliane envolveu a menina com as laterais de seu casaco para protegê-la do vento frio e tentar fazê-la se sentir um pouco mais segura. Sob o crepúsculo que se aproximava, seu lenço escarlate destacava-se como uma lanterna na proa de um navio.

Com o bater das portas dos demais vagões, os soldados embarcaram no trem. O som do motor em ponto morto tornou-se então mais alto e mais significativo. Com um chiado, os freios foram liberados e, como uma lenta ameaça, o trem começou a se mover.

– Aguentem firme – disse madame Fournier para as crianças. – *Courage, mes enfants*! Nossa aventura começa agora!

* * *

Gustave tamborilava os dedos impacientemente no volante enquanto aguardava na fila de uma barreira, na ponte de Port Sainte-Foy. Não parecia ser nada além de um atraso de rotina – os soldados estavam simplesmente verificando as identidades e gesticulando para os carros passarem –, mas alguns motoristas pareciam levar tempo demais para localizar seus documentos. Gustave sussurrou entre dentes cerrados.

– Poxa vida. Vocês tiveram dez minutos parados aqui para fazer isso!

Seus próprios documentos já estavam em cima do banco do passageiro, prontos para serem apresentados.

Quando sua vez finalmente chegou, o soldado os examinou e encarou Gustave longamente.

– Motivo para viajar a esta hora? – ladrou.

– Entrega final de farinha para os padeiros da região. A farinha deles acabou, e agora eles precisam de mais com urgência por causa do feriado de amanhã.

O soldado verificou a carroceria da caminhonete e, tendo encontrado apenas duas sacas de farinha, acenou abruptamente e sinalizou para que Gustave seguisse.

Gustave passou lentamente pela ponte, sendo cuidadoso para não revelar sua pressa. No entanto, assim que atravessou, acelerou e desviou pelas ruas escuras de Sainte-Foy. Do outro lado da cidade, pegou uma estrada entre os vinhedos que serpenteava e subia pelas colinas. A caminhonete sacudia enquanto Gustave acelerava o máximo que podia na estreita estrada. Finalmente, ele parou ao lado de uma cruz de madeira áspera, entalhada com uma concha de vieira, que marcava um cruzamento em uma rota de peregrinação. De um bosque de árvores próximo, uma figura indistinta emergiu e correu em direção ao veículo.

– Desculpe por tanta demora. Fiquei preso no bloqueio da ponte – justificou-se Gustave.

– Você até que chegou rápido, levando isso em consideração – respondeu Jacques, enquanto sentava-se no banco do passageiro. – Estava preocupado de que talvez não fosse conseguir. Podemos chegar a tempo, mas precisamos ir o mais rápido possível.

– Para onde? – perguntou Gustave.

– Para a ponte sobre o rio, pouco antes de Le Pont de la Beauze.

Gustave acenou com a cabeça e engatou a marcha, acelerando mais uma vez.

– Corte o caminho aqui pelo vinhedo – Jacques apontou.

Gustave virou o volante, desviando para uma trilha irregular. Eles sacolejaram ao longo da terra sulcada por trator, passando entre as vinhas recentemente colhidas, e voltaram para a estrada do outro lado. O rio brilhava à frente deles quando a lua cheia surgiu, gigante e dourada como o mel. Nuvens irregulares, esfarrapadas e rasgadas pelo vento forte atravessavam a face da lua. Era fácil imaginar que as almas dos mortos poderiam estar por ali esta noite.

– Estacione aqui. – Jacques apontou para uma trilha parcialmente escondida que desaparecia na floresta ao lado da estrada.

Gustave desligou a caminhonete, e os dois saíram. Jacques foi na frente, passando por entre as árvores para onde a linha férrea corria em um aterro enquanto seguia na direção dos arcos de tijolos da ponte que cruzava o rio Dordogne. No início, os trilhos estavam silenciosos, mas logo começaram a ressoar com um zumbido fraco. Um trem se aproximava.

Mais à frente, Gustave pensou ter visto o breve lampejo de uma tocha, que se apagou imediatamente. Eles correram, passando pela vegetação rasteira, tarde demais para se ter cautela.

Gustave ofegava atrás de Jacques, sentindo uma pontada no peito, mas o pensamento em Eliane e Blanche no trem e em Yves embaixo da ponte levou seus pés adiante em uma corrida impetuosa.

Um tiro foi disparado. Quase simultaneamente, Jacques gritou alguma coisa. E então tropeçou, caindo para frente, com seu impulso levando--o para os braços de Yves, que, naquele momento, emergia do grupo de homens escondidos sob o arco e começava a correr em direção a eles por entre as árvores.

Os trilhos zumbiam mais alto agora, e o barulho nítido do trem era levado até eles por uma rajada de vento.

– Parem agora! – gritou Gustave, com seu último suspiro. – Eliane e Blanche... elas estão naquele trem. Parem!

Pareceu haver um alvoroço embaixo da ponte, e então ele se viu ao lado de Yves e Jacques na folhagem úmida do chão da floresta.

Gustave parou ao lado dos dois, ofegante, enquanto o ribombar dos trilhos se transformava em um rugido. E então as nuvens se dispersaram e a face da lua brilhou, iluminando o trem.

O grupo de homens agachado ao lado da ponte teve um vislumbre de um lenço vermelho tremulando ao vento, e o rosto pálido de uma criança, contraído de medo e frio. E então, acompanhado de uma rajada furiosa de vento e ruídos, o trem passou retumbando sobre o rio na direção de Bordeaux.

– *Mon Dieu*, essa foi por pouco! – exclamou Gustave com alívio, virando-se para Yves e Jacques.

Mas Yves não olhou para cima. Ele segurava Jacques, inclinando-se sobre ele, abrindo os botões de seu casaco, e, ao puxar a áspera sarja para os lados, uma mancha escura se espalhou pela camisa de Jacques.

E, onde o luar brilhava, Gustave pôde ver que a mancha tinha o mesmo tom vívido e escarlate do lenço de seda de Eliane.

* * *

Por fim, o trem começou a desacelerar enquanto serpenteava pela vasta extensão do Estuário da Gironda. Bordeaux estava no breu do blecaute, mas a lua brilhava e dançava na vastidão das águas, iluminando a pálida fachada dos prédios à beira-mar, bem como os rostos desbotados do grupo no vagão-plataforma.

– Quase chegando – Eliane avisou aos demais. O vento forte e o barulho ensurdecedor encobriram suas palavras, mas todos viram seu sorriso, o que lhes deu a força de que precisavam para aguentar aqueles últimos minutos com os dedos congelados e os braços doloridos.

Quando o trem parou na estação em Bordeaux, as portas dos vagões se abriram, e soldados alemães saíram para a plataforma, descarregando caixotes de madeira com munições e armas e empilhando-os, deixando-os prontos para serem recarregados nos caminhões do exército que os aguardavam.

Os integrantes do pequeno grupo de Coulliac ficaram hesitantes no vagão-plataforma, congelados pela combinação de medo, frio e nervos entorpecidos pelo barulho, incertos do que fazer em seguida.

Em meio aos gritos e tinidos que ecoavam pela estação, o mais velho dos dois irmãos perguntou:

– Vamos precisar fazer a viagem de volta também?

Lágrimas silenciosas começaram a rolar pelas faces ásperas e geladas de madame Fournier só de pensar em ter de repetir aquela penosa jornada.

Eliane olhou em volta, esfregando os braços de Blanche. Era tanto uma tentativa de confortá-la como de tentar fazer a circulação dela voltar enquanto procurava por alguém a quem pudesse fazer a pergunta. E foi então que, entre o caos e o barulho, Eliane avistou um rosto familiar.

– *Oberleutnant* Farber! – ela chamou.

O oficial veio na direção dela, os olhos fixos no farol escarlate do lenço de Eliane enquanto se desviava dos soldados e das pilhas de caixotes de madeira.

Estendendo os braços para pegar Blanche de Eliane, chamou:

– Venha. Hora de levar vocês para casa.

Oberleutnant Farber os ajudou a descer do vagão-plataforma e os levou por uma saída lateral, onde um caminhão do exército, similar ao que os transportou para Bergerac, os esperava. O motorista desceu da cabine, apagando o cigarro na calçada com a sola da bota, e então ajudou as crianças a subir. Mais uma vez, foi necessária a assistência de dois homens para ajudar monsieur Fournier a subir, de tão rígidos e doloridos que estavam seus membros artríticos após o suplício daquela viagem. Sentando-se ao lado dele, a esposa tentou aquecer suas mãos retorcidas, esfregando-as entre as dela para aliviar o sofrimento do marido.

Ele sorriu para ela e beijou-lhe a face, dizendo:

– Conseguimos, graças a Deus.

Exaustos, e embalados pelo balançar do caminhão enquanto passavam pelos vinhedos de Bordeaux em direção a Coulliac, alguns membros do grupo acabaram por adormecer. Eliane, no entanto, permaneceu acordada os observando, com os nervos ainda tensos demais para conseguir baixar a guarda até estarem de volta a suas casas, em segurança.

Por fim, o caminhão parou, e *Oberleutnant* Farber abriu a aba da lona na parte traseira do caminhão.

– Eliane, você está em casa. Chegamos ao *moulin* – disse, sorrindo para os outros, seus dentes brilhando fracamente sob a escuridão iluminada apenas pela lua. – E não demorará para o restante de vocês. Chegaremos a Coulliac em poucos minutos.

Pegando a mão de Eliane, ele a ajudou a descer. Ela tirou seu lenço, colocando-o no bolso do casaco, e sacudiu os cabelos, que pousaram como uma lâmina de ouro pálido sobre seus ombros, com o reflexo do luar. Em seguida, Farber pegou Blanche, colocando a garotinha adormecida nos braços de Eliane.

Os dois não trocaram palavras, mas Farber deu um leve aperto no braço de Eliane antes de se virar e voltar para a cabine do caminhão, ao lado do motorista.

Eliane carregou Blanche pela trilha que levava ao moinho, mancando um pouco, as pernas doloridas e enrijecidas. Blanche choramingava durante o sono, e Eliane a acalmou, dizendo baixinho:

– Está tudo bem, *ma princesse*. Estamos em casa, agora.

Ao chegarem, Eliane notou que um feixe de luz escapava das cortinas fechadas da cozinha. Ela havia perdido a noção do tempo, mas sabia que já deveria ter passado da meia-noite, e o medo que havia esmagado seu coração durante as últimas horas afrouxou brandamente ao pensar em seus pais acordados, esperando pelo seu retorno.

Eliane tentou abrir a porta, porém, estranhamente, ela estava trancada por dentro.

– Maman! Papa! – ela chamava enquanto batia. – Sou eu, Eliane.

Houve uma agitação vinda da cozinha, e Gustave se atirou para abrir a porta.

– Eliane! Blanche! Minha nossa, graças a Deus que as duas estão bem.

Gustave as envolveu em seus braços, ainda fortes, apesar de definhados pela fome, e Eliane se permitiu relaxar contra a solidez acalentadora do pai, fechando os olhos por um momento enquanto agradecia.

Foi então que sentiu algo diferente no ar. Em vez dos aromas reconfortantes de comida caseira e ervas desidratadas, identificou um cheiro estranho: o ar abafado de suor seco, junto dos aromas de tomilho selvagem e caruma. Eliane tirou os olhos do pai e se viu em uma cozinha apinhada de gente.

E levou um tempo para conseguir decifrar a cena diante dela: três homens barbados parados perto do fogão, com roupas esfarrapadas e sujas. Três rifles empilhados de qualquer jeito na mesa da cozinha. Ao vê-la, um dos homens se aproximou com uma expressão de angústia amarrotando suas feições já castigadas pelo tempo. Esticando a mão na direção dela, disse:

– Sinto muito – e sua voz falhou. – Achei que fossem os nazis… – O homem abaixou a mão e permaneceu em silêncio ao lado de seus companheiros, os três formando um quadro vivo de tristeza. Nesse momento, Eliane percebeu que olhavam para outro quadro vivo diante deles, no piso da cozinha.

Lisette e Yves estavam ajoelhados nas duras lajotas de pedra e voltaram seus rostos para ela. No entanto, em vez de estampados com sorrisos de alívio, seus semblantes eram máscaras pálidas de uma impotência horrorizada.

E então ela viu: os dois ajoelhados ao lado de um corpo, panos ensanguentados nas mãos, enquanto tentavam desesperadamente estancar o fluxo de fluido vital do abdômen de Jacques Lemaître.

Eliane entregou Blanche para Gustave e ficou de joelhos ao lado da mãe e do irmão. Os dois a tocaram no braço, tentando reconfortá-la.

– Jack – ela sussurrou, alcançando os dedos sem vida da mão dele, cuja pele já se tornava cerosa à luz da lamparina.

Os olhos fechados se agitaram por um momento e depois se abriram, nublados a princípio, mas lentamente clareando para o azul de um céu de verão quando focalizaram o rosto de Eliane. Ele sorriu. E tentou dizer-lhe algo, mas sua garganta se contraiu e ele tossiu, com o rosto contorcido de dor.

– Sssh – ela o acalmou –, não tente falar. Está tudo bem – disse, pressionando sua mão contra o coração dele, desejando que sua vida parasse de se esvair tão impiedosamente, rezando para que aquele sangue vermelho-escuro parasse de escorrer, mas, no fundo, sabendo que era tarde demais.

Eliane pousou a outra mão suavemente na face dele, e os olhos de Jack se fecharam novamente. Seus lábios tentavam formar palavras, e Eliane se aproximou para ouvi-lo. Com bastante esforço, ele conseguiu dizer:

– Você cheira a mel e a raios de sol. Mesmo depois de tudo isso. A escuridão deste mundo não pode tirar o brilho que emana de você, Eliane.

Ela se curvou ainda mais e o beijou na testa.

Assim foi o último suspiro de Jacques: inalando o perfume de cera de abelha e a brisa que soprava do rio. E, mesmo quando seu coração desacelerou, esmoreceu e então parou, ele estava repleto de amor.

* * *

O corpo de Jack foi enterrado sob um jovem carvalho à beira de um pequeno bosque. Em seu túmulo não havia placas, mas um dos companheiros *maquisards* esculpiu uma longa linha vertical no tronco da árvore, cruzada por duas horizontais mais curtas, formando a *Croix de Lorraine* – símbolo do Exército Francês Livre. Quanto mais o tronco crescesse, mais as marcas expandiriam. Eliane continuou ao lado do túmulo muito tempo depois de todos terem partido, perdida nas memórias de Jack. Ela se lembrou da expressão de seu olhar ao vê-la, e do modo como sorria para ela quando estavam sozinhos, o que contrastava com sua habitual confiança perto de outras pessoas. Eliane então recordou cada instante da noite que havia passado com ele na caverna sob o Château Bellevue, o vinho que tomaram e as confidências que trocaram, o quão aquecida e segura se sentira ao se deitar nos braços dele naquele mundo subterrâneo, onde, por aquelas poucas e preciosas horas, a guerra parecera tão distante.

Finalmente, ela se levantou e juntou um punhado de inflorescências e frutas vermelhas, depositando-as na grama acidentada colocada para cobrir a terra recém-cavada para o túmulo de Jack. À primeira vista, a margem do campo parecia intacta, exceto pelo solitário ramalhete colocado sobre a grama. Eliane lançou um último e demorado olhar, gravando aquele local em sua memória para que pudesse encontrar o jovem carvalho com sua cruz entalhada quando visitasse Jack no futuro.

Do vale abaixo, ouviu o sino da igreja. Era *la Toussaint*, e famílias inteiras entravam no cemitério da igreja de Coulliac para deixar flores nos túmulos de seus antepassados. Eliane se perguntou: *e a família de Jack? Será que seus pais ainda estão vivos? Teria ele irmãos e irmãs? Quem contará para eles sobre sua morte em terras estrangeiras e seu enterro em uma cova não marcada?* Eliane queria que soubessem que Jack estava entre amigos no momento de sua partida. Que foi um homem admirado e respeitado, como merecia, por sua coragem e abnegação. Que morreu salvando a vida dela, salvando Blanche, salvando Yves de um inferno na terra. Queria que soubessem que ele foi amado. Mas não havia como contar-lhes nada disso.

Ela se assustou ao avistar uma figura imóvel entre as árvores, mas era seu irmão, que deve ter escolhido ficar quando seus companheiros foram embora. Yves deu um passo à frente, envolvendo-a com seu braço. Enterrando o rosto no ombro do irmão, Eliane chorou.

Yves permaneceu ali, em silêncio, deixando-a chorar. E então, quando os soluços de Eliane abrandaram, afastou uma mecha de cabelo do rosto encharcado de lágrimas da irmã.

– Eliane, me ouça. Você pensa que perdeu os dois amores da sua vida, mas isso não aconteceu. Mathieu ainda está aqui. Quando esta guerra acabar, você saberá que, na verdade, nunca o perdeu. Que esteve sempre aqui.

Eliane se afastou, olhando para Yves.

– O que quer dizer com isso? Como eu poderia voltar a amar Mathieu? Ele está do outro lado agora. Estava trabalhando contra o Jacques. Estava trabalhando contra você, meu irmão.

Yves balançou a cabeça.

– Não está, Eliane. Isso é tudo o que posso lhe dizer agora, mas você precisa acreditar em mim: ele não está.

O irmão a abraçou pela última vez e então embrenhou-se na floresta sem olhar para trás.

Enquanto se afastava do túmulo e descia lentamente a colina, as lágrimas de Eliane caíam como gotas de chuva sobre os gramados secos da campina, que se abaixavam e suspiravam no vento frio de novembro.

Abi: 2017

Na minha folga seguinte, pego orientações com Sara e subo as colinas de Coulliac, na direção de onde começa a fileira de árvores. Demoro um pouco a me localizar, mas acabo o encontrando: um carvalho com a Cruz de Lorena esculpida no tronco.

Sei que o corpo de Jack já não descansa mais aqui. Ao final da guerra, sua morte foi notificada aos pais, assim como a localização de seu túmulo improvisado, o que tornou possível a eles levar o filho de volta para casa, enterrando-o no cemitério próximo à casa da família. Mas sinto que uma parte dele permanecerá aqui para sempre, nas colinas de Coulliac, observando a terra que ajudou a libertar.

Enquanto olho para o vale abaixo de mim, não consigo deixar de comparar o funeral de Jack Connelly com a cerimônia realizada em uma grande igreja de Londres para Zac. Sentei-me no banco da frente ao lado da mãe de Zac, mesmo sentindo as ondas de ódio que emanavam enquanto ela inclinava seu corpo, afastando-se de mim e mantendo os olhos no caixão. Foi ela quem cuidou de tudo: do local e da lista de convidados ao buquê de lírios sobre a tampa do caixão de madeira de faia. Eu só podia imaginar o quão desesperador aquele momento deveria ser para ela, ter perdido seu único e amado filho. E, pior, a jovem e tola esposa que ela tanto odiava, havia sobrevivido. Era como se eu conseguisse ouvir os pensamentos dela enquanto o vigário iniciava a cerimônia: *por que ela ainda está aqui, e ele se foi? Por que não foi Abi quem morreu no acidente, não o meu Zac?*

Eu mesma podia sentir minha culpa irradiando como ondas através do tecido do meu casaco preto. Já haviam se passado algumas semanas desde o acidente – tempo o bastante para que meu joelho inchado e repleto de hematomas começasse a cicatrizar e os ossos do meu braço começassem a se unir. Foi o tempo que a polícia demorou para concluir o inquérito sobre as circunstâncias envolvidas no acidente, conduzir as entrevistas comigo e outras testemunhas, e para que o relatório da autópsia fosse emitido. Perda de controle ao dirigir sob influência de álcool excessivo na corrente sanguínea: esse foi o veredicto oficial.

Mesmo eu tendo contado à polícia como agarrei o volante. Mesmo eu sabendo que o matei quando ele tentou me matar.

A cerimônia foi bem ruim, embora, pelo menos na igreja, a mãe de Zac tenha tido certa civilidade comigo, mesmo que apenas para manter as aparências. Depois, contudo, na privacidade do crematório, ela não fez o menor esforço. Após o caixão deslizar para longe e as cortinas voltarem a seus lugares, ela se virou para mim, enquanto ainda nos sentávamos nas cadeiras estofadas. Instintivamente, estiquei minha mão na direção dela, esperando, acho, pelo menor gesto que fosse de reconciliação ou apoio mútuo naquele momento final. Mas o que ela fez foi apenas me olhar com absoluto ódio, os olhos frios e duros, e recuar ao meu toque. Deixei minha mão cair ao lado do corpo, e ela saiu, restando apenas um dos homens que cuidava do funeral para me levantar e me entregar a muleta que ajudava a tirar o peso do meu joelho enquanto eu caminhava. O homem, de aparência paternal, foi gentil, levando-me de volta ao apartamento. Enquanto me ajudava a sair do banco de trás do sedã preto, ele me deu um tapinha na mão.

– Não se preocupe com ela, minha querida. O luto provoca reações estranhas. Já vi funerais demais para saber que eles revelam tanto o melhor quanto o pior das pessoas. Cada um precisa de seu tempo e espaço para lidar com o luto do seu jeito.

Aquele foi o único momento, no funeral de Zac, que lágrimas escorreram dos meus olhos. Algumas palavras de gentileza oferecidas por um estranho foram o único conforto que recebi naquele dia.

O acidente. Não pensei nele por um longo tempo. "Acidente" pode até ser uma palavra abrangente e útil, mas ainda me pergunto o quão adequada é para descrever o que aconteceu. Porque, de certa forma, foi algo inevitável. Não um acaso do destino, mas, sim, a conclusão fatal do caminho que havíamos determinado desde aquele dia em que Zac me viu pela primeira vez, e me escolheu como sua presa.

Estávamos no carro dele, voltando do almoço de domingo na casa de sua mãe. Ele havia tomado algumas taças de vinho, como de costume, apesar dos meus olhares ansiosos e da minha sugestão hesitante de que talvez aquela taça de vinho do Porto no final da refeição fosse demais.

– Mas que bobagem, Abigail. Zac conhece os limites dele. Sempre achei esposas chatas uma das coisas menos atraentes que existem na face da terra – a mãe dele me repreendeu, pegando o decânter de cristal que estava no aparador polido da sala de jantar e servindo ao filho mais uma taça.

– Tem certeza de que não quer que eu dirija? – perguntei, enquanto íamos na direção do carro.

Ele então me provocou, olhando para mim com certa malícia, balançando as chaves na minha frente e fingindo cambalear bêbado pelo caminho.

– Por favor, Zac. Deixe-me dirigir – eu disse com mais veemência.

Erro meu.

O semblante de Zac imediatamente se fechou, e seus olhos congelaram de raiva. A maioria das pessoas descreve a raiva como inflamada, ardente, mas não a de Zac. A ira dele sempre foi fria como gelo.

– Anda, entra – disse ele, em tom ríspido. – Ou vai querer ir embora a pé?

Eu deveria ter me recusado a entrar. Eu deveria ter ido embora a pé. Eu não deveria ter voltado para casa. Eu deveria tê-lo deixado, naquele exato momento, naquele exato lugar.

No carro, Zac ficou em silêncio. Tentei melhorar o clima com comentários casuais: como o almoço estava bom (não, não estava – o mesmo corte de carne de sempre, sem cor e sem gosto, servido com vegetais que passaram do ponto); o quão bem a mãe dele estava depois do resfriado feio que tinha pego; como o tempo parecia estar se abrindo para a semana que viria. Zac havia acabado de sair com o carro e dirigia, rápido demais, com as placas de limite de velocidade reluzindo em advertência quando o carro se aproximava e passava zunindo por elas. Peguei meu celular para ver se a previsão do tempo seria mesmo de sol. Eu o havia desligado durante o almoço – apenas uma formalidade, já que não esperava receber ligações ou mensagens de outra pessoa que não fosse ele. Quando o liguei novamente, o celular vibrou. Olhei para a tela e arrastei a notificação para o lado.

– Não vai me dizer quem é? – perguntou Zac, destilando acidez em seu tom.

– Só uma mensagem de uma das pessoas do meu grupo da faculdade. Ela estava me dizendo que não me via há um tempo e perguntando se estou bem.

– Me dá aqui – disse ele, tirando uma das mãos do volante. O carro, que andava a toda velocidade na estrada sinuosa, saiu um pouco da faixa, e um motociclista que vinha na direção contrária piscou o farol e gesticulou com raiva.

– Zac, não, tenha cuidado.

– Me dá o telefone, Abi – ele pediu novamente, mas com o tom agora artificialmente calmo. Naquele momento, ele soava quase sensato.

– Ei, olha! – Virei o telefone para que ele pudesse ver a mensagem.

– Sam? Mas quem diabos é Sam? – perguntou Zac, com a mandíbula tremendo.

– Sam é uma garota. Do meu grupo da faculdade. Eu já te falei dela.

– Me dá o telefone, Abi.

– Quando chegarmos em casa, eu te dou. Você pode olhar tudo e vai ver que não tem outras mensagens. É só que não fui aos dois últimos encontros e compensei on-line.

E foi aí que ele perdeu a cabeça.

– Eu já te falei, me dá essa merda desse telefone! – ele gritou, e recuei como se aquelas palavras fossem golpes desferidos na minha cabeça e nos meus braços.

Percebi, então, que Zac estava indo ao encontro de uma das árvores na beira da estrada. Apavorada, estiquei meu braço para agarrar o volante e tentar voltá-lo para a pista, mas Zac golpeou meu antebraço com a lateral de sua mão, com tanta força que senti meus ossos se partirem. Berrei de dor e de medo, com minha mão pendendo em um ângulo agonizante, impotente. Nos desviamos da árvore, mas o carro deu uma guinada para o lado. O motor rugia enquanto ele pisava forte no acelerador, indo atrás da próxima árvore pelo caminho.

Foi naquele instante que percebi: Zac estava tentando me matar. Talvez se matar ao mesmo tempo, mas o fato é que estava prestes a bater o lado do passageiro contra uma árvore em velocidade máxima, obliterando-me.

De onde veio aquela onda de força que tomou conta do meu corpo? Entendo, agora, que o terror e a dor que senti devem ter bombeado adrenalina para minhas veias, e que meu movimento seguinte foi provavelmente um reflexo. Mas penso ter sido mais do que isso, também. Foi a raiva por todo o dano que ele me causou. Foi a centelha do meu Eu, de repente despertando. Foi a resiliência do espírito humano. Foi resistência.

Por ele estar pisando fundo no acelerador, meu cinto de segurança não me travou quando me virei e estendi meu braço que não estava machucado. Agarrei o volante e o fiz girar, resistindo à força de Zac, finalmente encontrando meu poder. Senti o carro dar uma guinada ao atingir o canteiro central da estrada, desviando, por apenas alguns milímetros, do tronco da árvore. E ele então capotou, formando um arco quase gracioso de metal girando no ar, na direção do caminhão que vinha na outra pista.

Preparando-me para o impacto, senti meu joelho torcer com uma dor lancinante, formando uma bruma vermelha sobre meus olhos e fazendo meu estômago revirar.

E então não senti mais nada. Apenas uma calma, estranha e sobrenatural, enquanto o carro implodia em volta de nós dois. Zac e eu.

Quando tudo parou, olhei para ele. Os olhos de Zac estavam arregalados, surpresos, azuis e frios como o gelo. Ele abriu a boca, como se fosse dizer algo, mas seus olhos rolaram para trás, e o tom ceroso da morte cobriu-lhe o rosto. Lembro-me muito bem do que senti naquele momento. Alívio. E nada mais. Antes de a dor me fazer desmaiar.

Mais tarde, mesmo quando recobrei a consciência e vi o rosto de Zac enquanto retiravam seu corpo do carro, senti tão pouco. Estava profundamente em choque, claro; ainda assim, lembro-me de como foi ver seus traços familiares naquele rosto pálido e ter a sensação de que não era ele.

Por fora, o corpo de Zac estava muito menos machucado do que o meu. No entanto, ele sofreu ferimentos internos graves na região onde o volante esmagou sua caixa torácica, estilhaçando seus ossos e levando-os para o coração e os pulmões.

Já meus ferimentos eram visíveis, mas não fatais: lacerações nos braços, com a parte inferior de um deles pendurada onde os ossos se quebraram; um joelho deslocado e mais lacerações em minhas coxas. Tudo reparável por fora, em seu devido tempo. Foi o trauma profundo que me atingiu muito mais, que me paralisou mais do que meus membros debilitados.

Contudo, mesmo em meio ao choque e ao caos, e apesar de os paramédicos tentarem bloquear minha visão, ainda tenho clara a lembrança. Suas feições congeladas, pálidas; e minha sensação de um alívio atônito.

"Pequena Abi, como você é perfeita." Ainda posso ouvir as palavras de Zac, ditas no fim do nosso primeiro encontro, como se sopradas pelo vento que agita a grama do prado aos meus pés. E sei exatamente o que significavam. Para Zac, eu era uma folha em branco, na qual ele poderia escrever o que bem quisesse. Eu já estava isolada do mundo – seria fácil me controlar. Estava desesperada por afeto, mas não sabia o que amor de verdade significava. O amor da minha mãe por mim há muito havia se dissolvido em um oceano de vodca barata, e, desde então, eu me apegava ao amor das crianças que cuidava, sabendo, no entanto, que elas cresceriam e eu seria esquecida, e então iria para a próxima família. Mas que tonta eu fui, deixando-me ser levada pela lisonja, confundindo a atenção que ele me deu com amor. Queria tanto que fosse, a ponto de me fazer acreditar em algo que não existia.

Com a ponta de meus dedos, mais uma vez traço as linhas da cruz entalhada. Quase setenta e cinco anos depois, o corte longo e vertical e suas duas barras transversais se alargaram com o crescimento da árvore. Mas, ao mesmo tempo, o carvalho conseguiu curar a cicatriz, selando a ferida.

Passo as mãos por cima das mangas de minha camisa, sentindo as leves saliências sob o fino algodão, e fico maravilhada com a forma como meu corpo se curou, assim como esta árvore.

A cruz é mais uma parte da árvore, como seus galhos e suas raízes, assim como minhas cicatrizes agora são partes de mim, para todo o sempre. Resiliência. O corpo encontra um meio de fechar as feridas, de viver com as cicatrizes. De curar.

E, sim, até mesmo de crescer.

Eliane: 1944

O inverno parecia interminável. O coração de Eliane estava congelado pelo luto, e nem mesmo o primeiro dia quente de primavera poderia derretê-lo. Apesar do que Yves lhe dissera, Eliane sentia ter perdido os dois homens que amara. E a guerra se arrastava, minando a França, sangrando o país. Contudo, a maré havia virado contra o exército alemão – evidente pelo clima de preocupação e desânimo entre os soldados ocupantes do château, à medida que passavam mais e mais meses longe de suas casas e famílias em uma terra estranha e faminta onde eram odiados e temidos. As notícias oficiais veiculadas nos jornais eram fortemente censuradas, encobrindo os reveses para o lado do exército de ocupação. Mas monsieur Le Comte vinha à cozinha à noitinha, durante o inverno, sentando-se ao calor do fogão para saborear sua tisana noturna. Nessas ocasiões, sussurrava as notícias para Eliane e madame Boin, sobre as crescentes ondas de ação, os ataques aéreos aliados, as vitórias soviéticas e as derrotas alemãs. Quando a primavera chegou e os relatos do conde anunciavam uma mudança precisa, constante, nos direcionamentos da guerra contra a *Wehrmacht* de Hitler, alguns frágeis brotos de esperança começaram a germinar em seus corações.

Certa manhã, aproximando-se do fim de maio, Eliane e madame Boin estavam na cozinha preparando as primeiras cerejas da estação, que Eliane colhera de uma árvore escondida em um canto atrás do celeiro, onde tanto pegava sol quanto se protegia da geada e do vento e, por isso, sempre dava seus frutos antes de qualquer outra. A ponta dos dedos de Eliane estavam rosadas pelo acentuado suco das frutas enquanto extraía seus caroços.

Quando *Oberleutnant* Farber e o general entraram na cozinha, as mulheres colocaram suas facas na mesa e limparam suas mãos em panos úmidos, virando-se de frente para os dois, em sinal de respeito. Visitas do general à cozinha eram raras – mais frequentemente, era Farber, sozinho, que ia até lá transmitir ordens oficiais, ou então monsieur Le Comte, que ocasionalmente repassava os pedidos dos alemães para que um determinado prato fosse servido no jantar naquela noite.

Farber traduziu simultaneamente as palavras do general:

– Damas, fomos ordenados a levar nossas unidades para o norte. Agradecemos pelos seus préstimos para fazer de nossa estadia no Château Bellevue a mais agradável possível para todos os interessados. Entretanto, o château não ficará vazio por muito tempo. Partiremos amanhã, e vocês terão cerca de dois dias para se preparar para os próximos visitantes. O château será usado por eles como base por alguns dias, talvez muitos, até que novas ordens sejam recebidas. A situação é um pouco incerta no momento. *Oberleutnant* Farber permanecerá aqui como oficial de ligação para auxiliar a nova unidade, já que sabe o que precisará ser feito. Portanto, para o resto de nós, é um *auf wiedersehen*, um adeus, por enquanto. Mas, quem sabe, não voltemos em breve, caso os rumores de uma tentativa de invasão se revelem como mais um dos falsos alarmes que recebemos.

Com uma batida de botas, ele se virou e saiu, com Farber o seguindo.

As próximas vinte e quatro horas foram de muito alvoroço, enquanto os soldados se preparavam para a mobilização das tropas. Poucas horas depois de todos terem ido, Eliane parou suas tarefas nas colmeias, levantando a cabeça para ouvir a batida rítmica e distante de um trem. Este, ela presumia, transportaria soldados em vez de civis deportados.

Mas talvez os estivesse levando para outro lugar de horror e morte. Eliane sentia as trajetórias da guerra convergindo conforme ela alcançava um ponto crítico. Estaria a guerra se encaminhando para um fim? Ou seria apenas o começo de algo ainda pior para a França?

Enquanto o som do trem desaparecia ao longe, Eliane fechava a colmeia com a qual trabalhava e pegava suas cestas com quadros de mel, levando--os de volta para o château.

* * *

Os novos "hóspedes" do Château Bellevue eram um tanto diferentes dos que ali viveram pelos últimos quatro anos. Os soldados do regimento Panzer, que chegaram quando Eliane e madame Boin estavam fazendo as últimas camas, eram experientes, dadas suas incursões anteriores lutando na Frente Oriental; seus olhares, insensibilizados pelo que viram; as almas, entorpecidas pelo que fizeram. Seus tanques subiram ruidosamente a trilha que levava ao Château Bellevue, esmagando pedras e pulverizando cascalhos em uma nuvem de poeira espessa que continuou pairando no ar mesmo muito após o rugido latejante de os motores terem cessado.

Eliane se apressava em suas tarefas, de cabeça e olhos baixos. Em seus uniformes pretos e prateados, esses soldados também traziam consigo uma nova escuridão, e Eliane precisava engolir o gosto amargo do medo que subia em sua garganta sempre que os encontrava.

Nos momentos em que não estava ajudando madame Boin, ela passava quanto mais tempo podia no horto, regando os cultivos da nova estação, podando galhos mortos tocados pelos dedos congelantes do inverno passado e arrancando ervas daninhas dos canteiros da *potager*. Eliane mergulhou no trabalho, agradecida por aqueles momentos a distraírem do peso que seu coração carregava. Ela ainda se enlutava por Jack, subindo as colinas até o jovem carvalho às margens da floresta para visitar seu túmulo com certa frequência. A grama já se assentara bem ali, e as flores silvestres criaram uma manta para o corpo de Jack.

Durante o inverno, os delgados galhos do carvalho eram sem vida, com algumas folhas secas e amarrotadas se agarrando aqui e ali, apesar das tempestades de inverno; mas então, em uma manhã de primavera, Eliane notou o primeiro dos novos ramos começando a se abrir na ponta de cada galho, desabrochando em tenros floreios verdes. Naquele dia, Eliane virou o rosto para o sol nascente e olhou para o leste, na direção de Tulle, perguntando-se o que Mathieu estaria fazendo. *Será que ele ainda pensa em mim? Como ele está conseguindo sobreviver ao desespero e à privação que a guerra impôs sobre nós?* De certa forma, ela pensava, era mais fácil chorar pela perda de Jack do que pela de Mathieu – as palavras de Yves enquanto estavam ao lado do túmulo ficaram gravadas em sua memória, um lampejo de esperança como a chama de uma vela na escuridão –, mesmo com ela tentando dizer com firmeza a si mesma que deveria aceitar o fato de Mathieu ter feito sua escolha e partido. E, mesmo que Yves estivesse certo e Mathieu merecesse perdão, tanto tempo já havia se passado – e tanta coisa acontecido – que nenhum dos dois poderia mais ser o mesmo jovem despreocupado de antes do início da guerra.

* * *

– Onde está monsieur Le Comte? – resmungou madame Boin. – O jantar dele ficará completamente arruinado.

Eliane, que lavava panelas, olhou para fora da janela. Era um belo entardecer de junho, e as andorinhas voavam ao redor da cruz de pedra acima da capela, cortando, sem esforço, a quietude do ar de verão.

– Ele ainda deve estar orando, acho. Está se demorando mais do que de costume.

Enquanto observava as andorinhas, Eliane viu o conde saindo da capela, atrapalhando-se com as chaves ao fechar a porta. Ele atravessou o pátio, coxeando de um jeito que mais parecia uma corrida, movendo-se com mais rapidez do que Eliane jamais havia visto. Com pressa, ela enxugou suas mãos no avental enquanto ia na direção dele.

Ao passar pela porta, Eliane viu os olhos do conde ardendo com algo ainda maior do que a esperança: era a luz do triunfo.

– Eliane! Madame Boin! Aconteceu. O dia chegou. Os Aliados desembarcaram nas praias da Normandia! Acabei de ouvir o general de Gaulle transmitindo a notícia de Londres. Ele enviou um chamado a todos nós: "O dever dos filhos da França é lutar com todos os meios que tiverem à disposição". Você caminharia para mim, Eliane? Uma última dança para contar aos nossos amigos nas colinas que a hora de nos erguermos e tomarmos nosso país de volta finalmente chegou?

Mais do que depressa, Eliane tirou o lenço do bolso de seu avental.

– Mas é claro, monsieur!

Seus dedos tremiam enquanto ela ajeitava o lenço na cabeça e dava um nó atrás da nuca.

– O que gostaria que eu fizesse?

Para sua surpresa, o conde se aproximou e gentilmente tirou o lenço de sua cabeça, pressionando-o contra a mão de Eliane. Ele então a abraçou forte por um instante antes de se afastar e dizer:

– Ande de um lado para o outro na parte externa do muro, assim como tem feito. Mas agora, Eliane, segure este lenço no alto, de modo que todos possam vê-lo e, assim, saberem que a hora da França chegou.

Madame Boin fez um som estalado com a língua e balançou a cabeça, preocupada.

– Apenas tenha certeza de que nenhum dos nossos "convidados" a veja, minha garota...

Monsieur le Comte se virou, abraçando-a também, um gesto tão surpreendente que a deixou instantaneamente sem palavras.

– Não se preocupe, madame Boin, eles estarão ocupados demais com suas próprias coisas, não terão tempo para se preocupar com o que um punhado de civis indefesos está fazendo.

Como se fosse uma confirmação, o trio ouviu a batida pesada de botas descendo a escadaria principal do château, e os sons de comandos sendo vociferados.

– Vá, Eliane – disse o conde, sorrindo. – É hora de bailar.

– Mas, monsieur, o seu jantar... – protestou madame Boin, tentando recobrar sua compostura.

– Jantarei mais tarde. Agora, preciso voltar à capela. Assim que nossos amigos na Maquis virem o sinal de Eliane, eles entrarão em contato pelo rádio para que eu possa lhes transmitir as notícias.

Ele saiu mais uma vez, com sua bengala batendo rápido no piso do pátio empoeirado.

* * *

Eliane se sentia mais exposta do que nunca enquanto andava pelo caminho estreito fora dos muros. Hesitante a princípio, ela segurou o gasto quadrado de seda vermelha no ar. E saltou de medo quando um esquadrão de andorinhões passou por ela, com suas asas cortando o ar antes de mergulharem próximos às rochas íngremes do vale abaixo. Eliane logo retomou a postura, e aquela injeção de adrenalina em suas veias a deixou mais corajosa, fazendo com que segurasse o lenço no alto e o tremulasse enquanto caminhava. De um lado a outro ela foi enviando, finalmente, uma mensagem de esperança aos *maquisards* que a observavam das colinas, agora pouco se preocupando se a Milícia ou a Gestapo também a viam.

Mas foi então que, ao ouvir um alvoroço do outro lado do muro – barulhos de botas correndo pelo pátio, gritos, portas de caminhões batendo –, Eliane instintivamente se encolheu contra ele. Em pouco tempo, o ar noturno começou a zumbir com o barulho dos motores quando os tanques estacionados no campo abaixo do castelo deram partida. Ela se pôs a caminhar novamente, sentindo-se um pouco mais segura ao perceber que as palavras do conde pareciam reais: se os soldados estavam tão ocupados se preparando para seguir para o norte na tentativa de repelir a invasão na Normandia, talvez não tivessem tempo de notar uma criada da cozinha fazendo uma caminhada nas áreas externas do château.

Justamente quando pensava nisso, o som dos motores dos tanques se amplificou em um crescendo pulsante, e uma sequência de tiros vinda do pátio irrompeu no ar. O estalido do disparo do rifle foi seguido pela ruidosa explosão de uma metralhadora, fazendo o coração de Eliane soar ainda mais forte em seus ouvidos do que a rotação dos tanques.

Eliane olhava de um lado para o outro, agitada. O que deveria fazer? Continuar sua caminhada até o conde aparecer e lhe dizer que poderia parar? Ou voltar para ver o que havia acontecido? Ela se forçou a continuar andando: *mais três voltas pela extensão do muro*, disse a si mesma, *e então vou atrás de monsieur Le Comte para lhe perguntar se devo continuar*, *certamente eles já me viram*.

Seu coração pulou de alívio quando, ao se virar para dar a última volta, avistou uma figura na outra extremidade do muro. Deteve-se, porém, ao perceber que não era o conde de Bellevue vindo para libertá-la de seu dever, mas, sim, *Oberleutnant* Farber.

Eliane enfiou rapidamente o lenço no bolso, na esperança de Farber achar que ela apenas havia parado para tomar um ar, com suas desculpas já na ponta da língua. Mas ele não pediu qualquer explicação. O que fez foi correr na direção dela, sem se importar com a estreiteza do caminho e a inclinação do terreno.

Com um nó na garganta, Eliane congelou, apenas esperando-o sacar sua arma e atirar. Ela sabia que, mesmo se tentasse virar e sair correndo, continuaria sendo um alvo fácil, encurralada com o muro do horto de um lado e o declive acentuado, do outro.

Ele gritava por ela enquanto se aproximava, mas Eliane não conseguia distinguir as palavras com o rugido dos tanques as engolindo. Farber finalmente chegou, ofegante, e a agarrou pelo braço.

– Depressa, *mademoiselle*, não temos tempo a perder. Você e madame Boin precisam se esconder. Não poderei proteger as duas.

– Ouvi tiros – disse Eliane. – Vindos do pátio.

– Não há tempo para explicações – Farber insistiu. – Você precisa voltar agora e se esconder com madame Boin.

– E monsieur Le Comte também. Precisamos ir atrás dele.

O semblante do oficial se transformou em uma máscara de ira e tristeza, e ele balançou a cabeça, puxando-a na direção da cozinha.

– Eliane, é tarde demais. O conde foi descoberto. Aqueles tiros... eles vieram da capela.

Eliane se assustou, e o choque a fez parar.

– Não! – ela gritou. – Precisamos buscar o conde.

– Eliane – ele repetiu, embora em um tom mais gentil dessa vez –, é tarde demais.

Farber a puxou pelo braço novamente, agora com mais firmeza.

– Não há nada que possamos fazer por ele agora. O conde gostaria que você se salvasse, Eliane.

Apática, ela apenas se deixou ser levada até a cozinha, abrigando-se o máximo que podia nos muros do horto. O pátio era um cenário de completo caos. Atrás dos veículos que manobravam freneticamente e dos soldados que corriam, podia-se ver algumas das janelas do château quebradas. Os canteiros de flores próximos à porta da frente, esmagados. Eliane esticou o pescoço para tentar ver a capela e avistou de relance a pesada porta arrancada de suas dobradiças, tombada. Dois soldados em seus uniformes pretos emergiram da escuridão do interior da capela, carregando o que pareciam ser partes de um equipamento e um rolo de fios emaranhados, jogando-os na parte de trás de um jipe antes de partirem em alta velocidade.

Eliane ansiava, em completo desespero, por correr pelo quintal para descobrir o que havia acontecido com monsieur Le Comte, mas Farber a puxou para a cozinha. Madame Boin estava lá dentro, de costas para a porta da adega, segurando sua maior faca trinchante. Seu semblante aflito logo se transformou em um de alívio ao ver Eliane.

– Ai, graças a Deus que não pegaram você.

– Vão se esconder, rápido – disse Farber, apontando para a adega.

Com uma velocidade tomada pelo pânico, madame Boin conseguiu descer os degraus íngremes. Eliane parou por um instante, estendendo a mão para o soldado. Seus cálidos olhos cinzentos encontraram os dele por um segundo, e ela então disse:

– Obrigada, monsieur.

Ele sorriu para ela e acenou.

– Tranque a porta e fiquem lá embaixo. Não voltem até amanhã de manhã. Depois disso, será seguro. Todos já teremos ido.

Eliane o encarou por mais uns instantes, e, durante aqueles segundos, foi como se todo o barulho e toda a confusão do lado de fora desaparecessem enquanto estavam ali, dois seres humanos, entendendo um ao outro no meio de toda aquela desumanidade.

– *Adieu*, *Oberleutnant* Farber.

– *Adieu*, Eliane.

Eliane fechou a porta, colocando os pesados ferrolhos em cima e embaixo, e logo depois seguiu madame Boin para a adega. A cozinheira havia encontrado um pedaço de vela e o acendido, lançando uma luz bruxuleante e fraca nas paredes curvas de pedra.

– Podemos escapar! – disse Eliane, indo na direção dos barris no canto da adega. – Descendo pelo túnel, até o moinho. E aí, quando chegarmos lá, podemos contar o que está acontecendo e depois voltar para encontrar monsieur Le Comte.

Madame Boin se encolheu contra a parede áspera, parecendo vulnerável e assustada, de um jeito incomum.

– Não consigo, Eliane. Mesmo se eu desse um jeito de descer até a caverna, acabaria ficando presa no túnel. Vá, se precisa ir, mas terei de ficar aqui.

Eliane se deu conta de que madame Boin tinha razão. Havia trechos do túnel, especialmente próximos à parte final dele, mais baixos e íngremes, pelos quais ela e Jack mal conseguiram passar da outra vez.

– Não se preocupe, madame Boin. Não deixarei a senhora aqui sozinha.

Eliane sabia, também, que envolver seu pai nisso apenas o colocaria em risco.

– Faremos como Farber nos disse e esperaremos até amanhã de manhã.

Madame Boin assentiu, deixando-se cair, as lágrimas rolando pelas faces rosadas à luz das velas.

– Você acha que eles o mataram?

Eliane não precisou perguntar a quem ela se referia.

– Não sei – respondeu lentamente. – Mas eles encontraram o rádio. E o conde o devia estar usando quando isso aconteceu.

Juntas, as duas começaram a chorar, lágrimas de desespero e impotência, lágrimas de frustração e raiva, com todas as emoções reprimidas dos últimos quatro anos sendo liberadas enquanto se abraçavam no chão da adega.

A vela derreteu e, por fim, se apagou; e elas foram deixadas na escuridão.

* * *

Era impossível dormir. O silêncio pairava acima de suas cabeças, mas Eliane não podia ter certeza se os soldados partiram ou não. A sólida rocha acima e abaixo delas bloqueava todos os sons do mundo exterior. As duas se sentaram uma ao lado da outra na escuridão, contentes por terem o conforto mútuo de suas presenças enquanto as horas passavam.

Eliane e madame Boin haviam perdido a noção do tempo.

– Será que já é de manhã? – sussurrou madame Boin, tentando, inutilmente, apertar os olhos para ver o mostrador de seu relógio de pulso, ilegível na escuridão total.

– Não, acho que não. Provavelmente por volta da meia-noite. Devíamos esperar um pouco mais.

– Sssh! O que foi isso?

As duas ficaram tensas com o som fraco de passos atravessando a cozinha. Alguém tentou abrir a porta da adega. Houve então uma batida na porta, e logo depois uma voz gritou:

– Eliane? Você está aí?

– Yves! – ela exclamou, subindo os degraus para destrancar a porta, e então caindo nos braços do irmão e chorando em seu ombro. – Ah, Yves, eles já foram? Os soldados? Monsieur Le Comte… – disse, sem conseguir formular as frases coerentemente.

Colocando a irmã de lado, Yves gritou:

– Ela está aqui, papa. Madame Boin também. Elas estão bem. Venha e me dê uma mão.

Gustave veio correndo da área externa, abraçando forte a filha, enquanto Yves estendia a mão para ajudar madame Boin, que se jogou em uma cadeira logo depois, abanando-se com sua mão carnuda, enquanto tentava recuperar o fôlego.

Pela porta aberta, Eliane pôde ver os pontinhos de estrelas no céu noturno ao longe, mas uma estranha luz laranja iluminava o pátio, lançando sombras bruxuleantes sobre a poeira. Ela se moveu em direção à luz, mas Gustave estendeu a mão para impedi-la, agarrando-a pelo braço.

– Espere, Eliane! Antes de você ir lá, tem algo que preciso lhe contar...

Eliane se virou para olhar para o pai, observando a expressão de dor em seu rosto sob a fraca luz.

– O que foi, papa?

– Encontramos monsieur Le Comte na capela – disse Gustave, balançando lentamente a cabeça.

– Eles o mataram. – Eliane disse em voz alta o que já sabia.

Gustave assentiu, com tristeza.

– Ele está ao lado do altar. O corpo dele já deve estar lá há algumas horas.

A sinistra luz laranja tremeluzia e dançava, e Eliane cheirou o ar. Sentiu um cheiro acre de fumaça, mas havia algo mais. Que a lembrava de outra coisa... algo doce... Caramelo? Ou os *pralinés* que Lisette costumava fazer na época do Natal.

E foi então que Eliane se deu conta do que pegava fogo, desvencilhando-se do pai e correndo na direção do horto.

As chamas estalavam, iluminando os canteiros e galhos da pereira que havia no canto do horto, lançando faíscas como estrelas cadentes no céu noturno.

Desesperadamente, Eliane tentou apagar as chamas com um regador com água até a metade, mas o fogo já havia se alastrado para as colmeias.

– *Non! Non! Non!* – ela gritou, batendo na madeira em chamas, primeiro com o avental e depois com as mãos nuas. A cera ardente queimava sua pele, o mel fervente, sua carne, enquanto fagulhas das carcaças das colmeias tremulavam ao redor, ameaçando arrastá-la para a dança assassina das chamas.

E então seu pai a alcançou, segurando-a com firmeza em seus braços e puxando-a para um lugar seguro. Eliane assistiu, em meio a lágrimas descontroladas, às suas colmeias desmoronando em um monte de brasas e sentia o cheiro acre de mel queimado enchendo-lhe os pulmões.

– Mas por quê? – ela indagou, em um sussurro. – Por que fariam isso?

– Para nos matar ainda mais de fome – respondeu Gustave, sombriamente. – Ou para punir você, talvez, já que não puderam fazer isso pessoalmente. Ou pode ter sido apenas um último ato de destruição insensato antes de irem embora. Existe algum ponto em procurar razões nesta guerra?

Gustave continuava segurando a filha, que parecia à beira de um colapso.

– Fique firme, Eliane. – Sua voz vacilou, mas então ele disse com mais segurança: – Não os deixe destruí-la também. Prometa isso para você. Nós sobreviveremos. Não vamos deixar que eles nos derrotem. *Courage, ma fille, courage.*

* * *

Madame Boin e Eliane fizeram seu melhor para organizar o château, deixado em um estado deplorável pelos que partiram. As duas varreram vidros quebrados, esfregaram pichações feitas nas paredes do *salon* e juntaram pertences abandonados e itens dos uniformes alemães deixados para trás pelos soldados, em meio à pressa de ir embora.

– O que devemos fazer com isso? – perguntou Eliane, segurando uma jaqueta de sarja preta pertencente a um dos soldados do regimento Panzer. A insígnia prateada brilhava fracamente à luz que entrava por uma janela quebrada do quarto, que Gustave media para tapá-la. Madame Boin bufou:

– Queimar ainda seria pouco para o que isso merece.

Gustave olhou por cima do ombro:

– Melhor colocar tudo isso no sótão, só para o caso de eles voltarem procurando. Façam uma pilha com essas coisas que pegarei a escada e colocarei lá para vocês.

Limpar a capela foi a mais penosa de suas tarefas. Gustave e Yves levaram o corpo do conde de volta ao château, para que fosse preparado para o funeral. Enquanto madame Boin o lavava e o vestia em um conjunto de roupas outrora refinado, Eliane esfregava o piso ao lado do altar. Para retirar o sangue, foram precisos vários baldes de água e uma barra inteira de sabão, fraco e ineficaz - tudo o que tinham disponível para limpeza nos últimos tempos. Eliane fez seu melhor, ainda assim, uma mancha escura permaneceu onde o fluido vital de monsieur Le Comte fora drenado através de suas feridas, infiltrando-se nas pedras da capela enquanto o conde operava seu rádio pela última vez, convocando seus compatriotas a se erguer e a se juntar à luta para libertar a França de seu inimigo.

Mesmo com tudo isso, parecia estranha a partida dos alemães, tão repentina e definitiva. A primeira ação do prefeito, uma vez que os soldados deixaram Coulliac, foi anunciar que o corpo de monsieur Le Comte seria velado durante dois dias, de modo que todos que quisessem ir à prefeitura prestar suas condolências poderiam fazê-lo. As pessoas que passavam em fila pelo simples caixão de pinho estavam surradas e esfarrapadas, com seus pulsos ossudos projetando-se dos punhos das mangas enquanto retiravam os chapéus deformados e as boinas puídas. Mas mantinham a cabeça erguida, cada pessoa esperando por sua vez, em uma dignidade discreta, pronta para assumir de volta a responsabilidade por seu *patrimoine*, pelo qual o conde fizera o último sacrifício. E, finalmente, a bandeira tricolor francesa voltou a tremular no mastro em frente à *mairie*.

Um *blackout* informativo fora declarado, mas rumores sobre ações da Resistência circulavam por todos os cantos, nos cafés e nas filas do lado de fora das lojas; linhas telefônicas haviam sido sabotadas, ferrovias e pontes, destruídas, frustrando de todos os modos o avanço dos alemães em sua corrida rumo ao norte. Madame Fournier ouvira da secretária do prefeito, que parecia saber de tais coisas via sabe-se lá como ou por quem, que as divisões Panzer de Montauban moviam-se lentamente pelas estradas na direção de Limoges, mas eram atrasadas por ações desordeiras e até mesmo lutas pelas ruas de algumas das cidades ao longo do caminho. Eliane se perguntava sobre o paradeiro de Mathieu e o que ele estaria fazendo em meio a todo aquele caos e confusão. Será mesmo que ele não estava trabalhando contra a Resistência, ainda tentando proteger as ferrovias? Onde quer que ele estivesse e o que quer que estivesse fazendo, Eliane enviou uma oração silenciosa pela segurança de Mathieu e de sua família. A rota pela qual os regimentos Panzer com base no sul agora passava devia estar muito próxima a Tulle, Eliane pensou.

Quando as últimas pessoas passaram pelo caixão do conde, a secretária do prefeito fechou a *mairie*. O funeral de amanhã aconteceria na igreja de Coulliac – grande o bastante para acomodar todos que ali quisessem estar. Outrora Charles Montfort, o corpo do Conde de Bellevue seria então enterrado sob as pedras da pequena capela do château. Eliane e madame Boin, que se sentavam em cadeiras próximas à parede, acompanhando o conde em seus momentos finais, ficaram de pé.

– Soube que tem havido alguns confrontos sérios para os lados do seu jovem rapaz – disse a madame *la Secrétaire* para Eliane.

– Ele não é mais meu jovem rapaz – respondeu Eliane, mas com o coração ainda palpitando pelo temor.

A secretária do prefeito então a lançou um olhar astuto:

– Se você está dizendo, Eliane. De um modo ou de outro, tive notícias de que eles estão fazendo um bom trabalho atrasando *les Boches*. Onde está seu irmão por esses tempos?

Eliane deu de ombros.

– Sua dúvida é a mesma que a minha. Não vejo Yves desde que ele veio nos ver no château após os alemães terem partido.

– Está ocupado, tenho certeza – disse a secretária, dando tapinhas carinhosos na mão de Eliane, ao notar a cor se esvaindo do rosto da garota diante do pensamento no perigo que seus amados poderiam estar correndo. – Não se preocupe. Tudo isso em breve acabará e aqueles que amamos voltarão para casa em segurança, se Deus quiser. Vá para casa agora e descanse. Você precisará ser forte amanhã.

* * *

Na primeira hora do dia, Yves acordou Eliane de um sono agitado. Por alguns instantes, ela se sentiu atordoada. Sonhava que estava novamente na caverna sob o Château Bellevue e que Mathieu estava lá com ela. No sonho, Eliane tentava confortá-lo, pois via que Mathieu estava em grande sofrimento. Ao fazer isso, porém, ouviu grandes rochas rolando sobre o alçapão acima de suas cabeças, fazendo a entrada do túnel desabar. Não havia saída. Freneticamente, Eliane tentou escalar as rochas que bloqueavam o túnel, suas mãos estavam feridas e ensanguentadas. Mathieu a assistia, impotente, e então, em seu sonho, a terra começou a tremer. Apavorada pelo fato de a caverna estar prestes a desabar sobre os dois, com esforço Eliane voltou para perto de Mathieu, abraçando-o, enquanto ele se dissolvia na luz pálida que penetrava as janelas de seu quarto no sótão. Nesse instante, ela abriu os olhos, com seu irmão sacudindo-a.

– Acorde, Eliane, acorde!

– Yves! O que foi? Você está bem?

Ele assentiu.

– Aconteceu uma coisa. Em Tulle. Vou até lá procurar pelo Mathieu. Você viria comigo? Pode ter pessoas precisando de ajuda. Traga a cesta de maman.

– Papa? E maman?

– Deixemos os dois aqui. Não sei o que encontraremos. Talvez não seja nada, apenas rumores. É melhor ficarem aqui cuidando de Blanche. Escrevemos um bilhete avisando aonde fomos.

Os dois subiram na caminhonete, e Yves acelerou, chacoalhando o veículo estrada afora e virando na direção leste quando o sol começou a nascer.

– O que você ouviu? – Eliane perguntou, apertando os olhos contra a luz enquanto a caminhonete balançava ao fazer uma curva, seus pneus derrapando na poeira.

Com os olhos sombriamente fixos na estrada à frente, Yves respondeu:

– Houve confrontos nas ruas de Tulle. Os *maquisards* por pouco não conseguiram tomar a cidade dos alemães. Mas eles enviaram reforço de Brive, um destacamento blindado. Os caras não foram páreo para eles e, no final, fugiram.

Eliane balançou, digerindo as informações.

– Eles conseguiram escapar?

Yves cerrou os lábios em uma fina linha, engolindo em seco antes de conseguir responder:

– A maioria, acredito. Mas os alemães prenderam todos que encontraram pela frente, quer estivessem envolvidos nos confrontos ou não. E então houve represálias.

Ele parou, aparentemente concentrado em atravessar a estreita ponte sobre o rio de Coulliac, uma das poucas a permanecer intacta após a carnificina dos últimos dias. O sangue de Eliane parecia congelar em suas veias.

– Que tipo de represálias?

Yves encolheu os ombros.

– Não tenho certeza. São apenas rumores ainda não tivemos nenhum comunicado oficial.

Eliane virou-se e olhou para o perfil do irmão. De repente, ele parecia tão mais velho, um estranho, seus traços nem de longe lembravam os do garoto descontraído de outrora. Todas as coisas que ele vira e fizera acabaram por gravar linhas em seu rosto, que pareciam tão pálidas quanto mármore sob a luz da manhã, esculpidas em algo mais duro do que jamais houvera. Ainda assim, Yves tinha dificuldades para falar sobre o que ouvira dizer sobre Tulle. Sua mandíbula estava contraída, e Eliane notou os músculos da garganta dele se apertando enquanto engolia em seco mais uma vez. E então ele falou:

– Houve enforcamentos.

O silêncio parecia alto por um momento, zumbindo nos ouvidos de Eliane, deixando-a tonta.

– Mathieu...? – ela perguntou, quase engasgando ao dizer o nome dele.

– Eu não sei, Eliane – respondeu o irmão, balançando a cabeça, como se tentasse se livrar das imagens que ali se alojaram. – Eu realmente não sei.

* * *

O fato mais notável, assim que adentraram Tulle, foi o silêncio. Era uma manhã de sábado, e, normalmente, a cidade estaria um alvoroço, com seus habitantes reunidos nos cafés e nas partes externas das lojas. Em vez disso, uma estranha atmosfera de quietude os envolvia enquanto a caminhonete avançava pelas ruas. E então, ao virarem a última esquina e chegarem ao centro da cidade, Yves pisou forte no freio.

Quando chegaram à rua principal, a cena que avistaram era tão surreal que foi preciso um tempo para registrá-la. De cada um dos postes da avenida, por toda a extensão que conseguiam alcançar com os olhos, havia um corpo suspenso, pendurado imóvel e pesadamente. Ao longe, as figuras pareciam quase em paz: as mãos, como se estivessem cruzadas atrás de suas costas; as cabeças, baixadas, como em oração.

Com o barulho do carro, uma cortina e outra dos apartamentos acima das lojas se mexeram. Quando Yves o desligou, o silêncio parecia muito mais alto do que o barulho do veículo, martelando em seus ouvidos e fazendo Eliane sentir ainda mais vertigem. A bile subiu-lhe pela garganta, e Eliane precisou engoli-la quando a náusea ameaçou ser mais forte do que ela. Respirando fundo, pegou a cesta de medicamentos de Lisette. Segurar a alça de vime lhe trouxe um pouco de conforto, mesmo sabendo que o que ali continha em nada ajudaria os corpos pendurados nos postes.

Os irmãos saíram do carro com cautela, e Yves fechou a porta do motorista. Aquele som pareceu desencadear algo, como uma ordem, liberando as pessoas presas em suas casas a sair, petrificadas de terror e traumatizadas pelo que haviam testemunhado. Uma por uma, as portas foram se abrindo, e os habitantes de Tulle saíram trôpegos rua afora.

Yves abriu os braços para pegar uma mulher que parecia vir caindo na direção dos irmãos, o corpo tremendo incontrolavelmente.

– Está tudo bem. Você está bem agora – ele disse para ela, tentando acalmá-la com palavras que, no entanto, pareciam vazias de sentido. Ele então se virou para a irmã:

– Fique com ela. Cuide dela.

Yves parou um garoto, de não mais do que doze anos, que vinha correndo.

– Espere! Ajude-me com essas escadas. Precisamos descê-los.

Um par de escadas estava tombado contra algumas grades no final da rua, jogadas ali displicentemente após terem sido usadas para seu propósito assassino.

– Meu irmão... – o garoto arquejou, sua face uma máscara em choque.

– Qual deles é seu irmão? – perguntou Yves, com tristeza no olhar.

– Ali – o garoto apontou para o terceiro poste, onde o corpo de um adolescente franzino estava suspenso.

Yves assentiu.

– Nós vamos descê-lo. Você espere aqui com minha irmã.

Várias mulheres – e um e outro homem de idade – já haviam aparecido, e Yves os instruiu a ajudá-lo a encostar o par de escadas contra o primeiro poste.

– Precisamos trabalhar juntos para os tirarmos. Quem puder ajudar, venha e fique embaixo de mim. Duas pessoas devem firmar as escadas, e os outros precisam estar prontos para suportar o peso quando desatarmos as cordas.

Uma mulher robusta subiu em uma das escadas, e Yves na outra.

– Vou tirar o peso da corda se você puder desatar os nós, pode ser? – perguntou Yves. Ela assentiu, concentrada em sua tarefa.

Um por um, eles desceram os corpos. Mais de noventa no total, homens e meninos.

Eliane fez o melhor que pôde para confortar aqueles que permaneciam, observando, esperando o pai, o marido ou o irmão ser solto da corda que o prendia pelo pescoço. Braços estendidos recebiam os corpos conforme eram passados e gentilmente colocados nas calçadas. Pessoas traziam lençóis e cobertores para cobri-los, envolvendo-os com ternura em suas mortalhas improvisadas. Enquanto Yves seguia, e outros chegavam para ajudá-lo, trazendo mais escadas e oferecendo ombros amigos para aqueles destruídos pela tristeza. Era um trabalho angustiante, mas eles não descansaram nem por um segundo, movendo-se metodicamente de um poste a outro. Eliane estava na metade da rua, agachada ao lado de uma gestante que se debruçava sobre o corpo do marido, quando avistou uma figura alta abrindo caminho entre a multidão em torno dos corpos estendidos no chão.

Ela não o reconheceu de imediato. Suas madeixas eram selvagens e seu rosto estava oculto por uma espessa barba, um típico *maquisard*. Mas havia algo naquele jeito de andar – um homem do tamanho de um urso, mas com uma graça natural em seu caminhar – que fez Eliane observá-lo com mais atenção.

– Mathieu! – A princípio, sua voz saiu quase como um sussurro, a garganta se apertando tanto que as palavras não encontravam espaço para sair. Mas logo Eliane achou sua força e gritou mais alto.

Ele virou a cabeça na direção da mulher que chamava seu nome, e, ao fazê-lo, Eliane viu os olhos selvagens de Mathieu, tomados por um terror que ela jamais vira nele antes. Levantando-se, foi na direção dele, mas, mesmo ao alcançá-lo, Mathieu continuava a olhar para além dela, horrorizado, na direção dos corpos ainda pendurados. Ela se virou para acompanhar seu olhar, justo no momento em que Yves gentilmente entregava o corpo de um jovem nos braços daqueles que esperavam abaixo para ajudar. Lágrimas rolavam no rosto de seu irmão. E foi então que Eliane percebeu: era o corpo de Luc que colocavam no canto da rua.

Não houve palavras. Apenas uma lamentação profunda e aguda, como um animal em sofrimento, quando Mathieu se ajoelhou ao lado do corpo do irmão. Eliane permaneceu perto dele, assistindo, impotente, seu coração se despedaçando por completo ao ver Yves mover a escada para o próximo poste e ajudar a descer mais um corpo, o do pai de Mathieu, colocando-o ao lado do de Luc.

Em um momento como aquele, em que nada poderia ser dito, tudo o que Eliane conseguiu pensar foi nas palavras do pai enquanto assistiam às colmeias em chamas: "Fique firme, Eliane. Não os deixe destruí-la também. Prometa isso para você. Nós sobreviveremos. Não deixaremos que eles nos derrotem. *Courage, ma fille, courage*". Ela então se agachou, estendeu a mão e pegou Mathieu nos braços, segurando-o o mais firme que conseguia, com o resto de suas forças.

* * *

Os corpos foram enterrados no cemitério: noventa e sete covas cavadas; noventa e sete homens e meninos de Tulle jazendo ali em seus descansos eternos. Ouviu-se mais rumores das terríveis retaliações e devastações causadas pelas tropas alemãs enquanto se moviam para o norte para lutar o que seriam suas batalhas finais em solo francês. Mas os habitantes da pequena Tulle estavam tão sobrecarregados com suas próprias lutas, lidando com suas próprias dores, que as histórias vindas de fora não os impressionaram à época. Era simplesmente impossível aceitar o que havia acontecido – uma impossibilidade com a qual a comunidade precisaria aprender a conviver, de alguma forma.

Com o término dos funerais, Eliane e Yves acompanharam Mathieu até a caminhonete e o levaram de volta à casa do moinho em Coulliac. Mathieu não tinha mais familiares em Tulle, então os Martins abriram seus braços, recebendo-o na família. Contudo, o enforcamento do pai e do irmão era demais para Mathieu suportar: ele perdeu a habilidade de falar, emudecido pela dor e pelo trauma do que viu. Perdido profundamente em seu choque, não derramou uma lágrima sequer. Parecia congelado, desnorteado, distante, trancado na prisão silenciosa de sua mente, e Eliane começou a se desesperar com o pensamento de jamais conseguir alcançá-lo de novo. Dia após dia, ela se sentou com ele às margens do rio, proferindo palavras suaves de esperança e amor que achava serem capazes de destrancar a prisão de silêncio na qual Mathieu estava encarcerado.

Notícias começaram a pingar aqui e acolá – dessa vez, não apenas rumores, mas relatos confiáveis vindos dos jornais e das vozes através das ondas do rádio: uma batalha implacável estava sendo travada no norte, com os alemães lutando pela sobrevivência em todas as frentes. Contudo, graças às Forças Aliadas, apoiadas pelos esforços determinados dos combatentes da Resistência em toda a França, a maré da guerra havia virado, irreversivelmente.

Em uma manhã nublada, quando nuvens de tempestade feriam o céu de verão, Mathieu se sentava sob os chorosos galhos do salgueiro, mãos cruzadas em frente aos joelhos, cabeça inclinada para frente, olhar fixo no fluir do rio. Eliane o observou por alguns instantes, com o coração despedaçado de tristeza pelo homem que amou, que certamente ainda vivia em algum lugar ali, embaixo daquela casca sem vida. Se ela pudesse encontrar a chave para destravar a dor de Mathieu, se ao menos pudesse alcançá-lo onde quer que ele estivesse.

De repente, um único raio de sol perfurou as nuvens, e a luz cintilou nas bobinas de aço que ainda cercavam a margem do rio. Conforme as nuvens se dispersavam, o sol incidia no açude, fazendo a água cintilar como um milhão de luzes dançantes.

E, subitamente, Eliane soube o que precisava fazer.

Ela correu até o celeiro e pegou uma tesoura enferrujada por baixo de uma pilha de ferramentas fora de uso. Sem olhar para Mathieu, desceu a margem do rio até onde o emaranhado de arames bloqueava o açude. Era difícil, mas Eliane conseguiu separar as lâminas. Agora, com a tesoura aberta em volta de um fio de arame, reuniu todas as forças em seus franzinos braços e as fechou. Foram precisos alguns golpes frenéticos, mas finalmente o fio se dobrou e partiu. Eliane seguiu para o próximo. E foi quando um par de mãos fortes lhe tirou a tesoura das mãos, e ela se afastou, deixando Mathieu continuar o trabalho. Ele foi rápido, afastando as bobinas rompidas, e ignorando os cortes onde as farpas se enganchavam em suas mãos, respirando pesadamente enquanto forçava as lâminas enferrujadas da tesoura a se fecharem de novo e de novo. Quando o último fio se separou, Mathieu jogou a tesoura no chão. Eliane foi correndo para o açude, sem se importar em tirar os sapatos, e lhe estendeu a mão.

Finalmente, Mathieu a olhou nos olhos. O olhar firme de Eliane pareceu cortar o último fio que ainda lhe prendia a mente. E o sorriso dela finalmente derreteu o gelo que havia lhe agarrado o coração. Os dois caminharam até o meio do açude, e Eliane se virou para fitá-lo. As nuvens de tempestade se afastavam, revelando a claridade e o azul do céu de verão que havia atrás delas. Nesse instante, Eliane viu a mesma clareza revelar-se nos olhos escuros de Mathieu, lavados pelas lágrimas que deles agora saíam.

Ela tomou as duas mãos dele nas dela, e os dois permaneceram ali, no meio do açude, com as águas na altura de seus tornozelos, e o som que delas vinham levando os soluços viscerais arrancados de Mathieu enquanto suas lágrimas caíam no véu de espuma que cobria as águas.

Quando Mathieu finalmente se acalmou, Eliane se aproximou dele, beijando-lhe a face, sentindo o gosto salgado de suas lágrimas.

– Eu te amo, Mathieu.

Ele recuou para olhar para o rosto dela novamente, o rosto do qual tanto sentiu falta, por tanto tempo. E sua voz, falha e rouca, mas sua própria voz, finalmente voltou.

– Eu te amo, Eliane.

Abi: 2017

A casa de Eliane está localizada a uns dois vales depois do Château Bellevue, a meio caminho de uma encosta cujos declives, ressequidos pelo sol e voltados para o sul, são cobertos por ainda mais vinhas, que se estendem por trás de seu pequeno chalé de pedra até os altos bosques ao longe. Assim como Eliane previra, parece que Mathieu por fim conseguira um trabalho como vinicultor em um château local para que pudessem se casar e terem sua casa própria.

Sinto-me nervosa quando Sara estaciona o carro próximo à entrada do chalé. Fomos convidadas para tomar café da manhã com Eliane e Mireille. Já criei uma imagem tão nítida das irmãs Martins em minha cabeça, depois de ouvir as histórias de suas vidas durante os anos de guerra, que agora me pergunto se ficarei desapontada caso elas forem diferentes do que imaginei. Claro, não estou esperando as jovens moças do passado: Mireille com seus cachos escuros e dançantes, e Eliane com suas madeixas lisas e loiro mel – de fato, é provável que eu não as reconheça em nada com base nas imagens que criei, agora que as duas não estão tão longe assim de seus centenários.

Sara me conduz até a porta da frente, onde rosas de um tom rosa pálido se embaralham em uma profusão exuberante, e depois contornamos a casa até a parte de trás, seguindo um caminho que leva até a colina que dá para uma casa muito maior – que presumo ser o château do vinhedo –, apenas visível entre as árvores acima de nós.

A porta dos fundos da casa está entreaberta, e, quando Sara bate, viro-me para olhar o jardim de Eliane.

Mantidas dentro do abraço da encosta, vejo três canteiros bem organizados abertos na rica terra marrom: consigo identificar as flores escarlates dos feijões-da-espanha, que sobem por pedaços de pau em forma de cabana, e, ao fim do canteiro, girassóis amarelos brilhantes, mais altos do que eu, giram suas faces para seguir o sol em sua procissão diária pelos céus. No canteiro mais próximo, suculentos tomates penduram-se em tentadores cachos, enquanto abobrinhas aninham-se embaixo deles, entre as folhas grossas de suas próprias videiras. Nos vasos de terracota, noto uma variedade de ervas que exalam seu perfume potente e de aroma medicinal. Um pouco mais acima na colina, onde o jardim se encontra com as vinhas, várias árvores formam uma linha de proteção. E, sob elas, três colmeias brancas. Vê-las me faz sorrir.

Ainda mais ao alto, onde as vinhas se encontram com a floresta, avisto uma parede pintada a cal que circunda um terreno quadrado. Sara percebe que estou olhando para lá.

– É o cemitério particular da família proprietária deste château. Mathieu está enterrado ali – ela me explica.

A porta dos fundos se abre, e dela surge uma mulher jovem demais para ser Eliane ou Mireille. Abraçando Sara calorosamente, ela a beija nas duas faces antes de se virar para mim.

– Olá, Abi. Ouvi falar muito de você.

Radiante, Sara coloca um braço em volta dos ombros da mulher.

– Esta é sua surpresinha extra!

Olho para a mulher com um sorriso confuso estampado em minha cara, mas (assim espero) educado. Ela tem faces rosadas e olhos castanhos cintilantes e usa o cabelo grisalho preso para trás em um coque ligeiramente indisciplinado.

– Muito prazer em conhecê-la, Abi. Sou Blanche. Blanche Dabrowski--Martin.

Fico sem palavras e, quando finalmente consigo pronunciar alguma coisa, simplesmente solto:

– Blanche! Você ainda está aqui!

Ela sorri.

– Sim, estou. Ou, para ser mais precisa, estou de volta. Quando perdemos Mathieu ano passado, decidi me mudar de Paris para cá e ficar com Eliane. E é tão bom estar de volta em casa.

– Paris? Mas como...? Quando...?

As perguntas que desejo fazer se amontoam com tanta pressa em minha mente que não consigo formulá-las com clareza.

Blanche pega minha mão e me leva até uma mesinha com cadeiras brancas de ferro, dispostas ao lado da porta dos fundos e sob um pergolado sombreado. Flores em forma de trombeta e de um vermelho vivo pendem em cachos à nossa volta, com sua espessa copa de folhas formando um telhado. As abelhas enterram a cabeça nas flores, extraindo vivamente seu néctar para carregá-lo até as colmeias.

– Eu lhe entendo, há tanto o que se perguntar e tanto o que se contar. Sara me contou como você ficou interessada em ouvir a história de Eliane – disse Blanche, sorrindo. – Quando a guerra terminou, meu pai, que até então estava lutando na guerra com as Forças Aliadas, voltou para Paris para tentar encontrar minha mãe e eu. Não havia jeito de contar a ele sobre o falecimento de Esther, nem que os Martins me pegaram para criar. Mas ele conseguiu encontrar Mireille, por meio do ateliê onde Esther trabalhou. Mireille então o trouxe até aqui, até o moinho. Você pode fazer ideia de quantas lágrimas ele derramou quando me viu. Assim como quando Lisette retirou minha certidão de nascimento entre as páginas do seu livro de receitas medicinais, onde meu documento permaneceu escondido por tantos anos. E foi assim que nos reencontramos. Ele e eu voltamos para Paris, mas sempre fui uma visitante assídua da minha outra família aqui no *Sud-Ouest*.

Ela continuou:

– Agora, vocês duas fiquem sentadinhas aqui enquanto faço o café. Eliane virá em um instante. Mireille ainda não está aqui, mas acho que um dos netos dela a trará logo.

Assim que Blanche entra, ouvimos o som de um carro, e logo depois uma picape azul surrada aparece, parando ao lado do chalé. Um jovem de aparência alegre pula do banco do motorista, acena para nós e dá a volta para ajudar alguém a sair do banco do passageiro. Apoiada em seu braço, uma senhorinha corcovada e minúscula caminha lentamente em nossa direção, e nos levantamos. Os cachos de seus cabelos são brancos como a neve, e, quando se aproxima de mim, me observa, com olhos tão brilhantes e penetrantes quanto os de um pássaro.

– *Bonjour*, Abi. Sou Mireille Thibaud.

Nós nos damos as mãos, e percebo que seus dedos são curvados e nodosos devido à artrite.

– E este aqui é um dos meus netos, Luc. Ele acabou de passar no exame de direção, então seu pai lhe deixou pegar a velha caminhonete dele emprestada. Uma aventura e tanto nos deixarem sair por conta própria pelo menos uma vez na vida, não é mesmo, Luc?

Ele sorri e assente:

– *Oui,* mamie.

Virando-se para nós, Luc também aperta nossas mãos e diz:

– E o preço que tenho que pagar por esse privilégio é fazer as compras também. Voltarei daqui mais ou menos uma hora, está bem?

– Não se esqueça de dirigir em segurança como lhe disseram para fazer, Luc! – Mireille diz, em um tom de carinhosa provocação. Apesar da idade avançada, reconheço o jeito vívido de se expressar e o senso de humor pelas descrições de Sara sobre ela.

Blanche reaparece carregando uma bandeja, que coloca na pequena mesa. Belas xícaras e belos pires, decorados com borboletas, estão dispostos ao lado de um prato com biscoitinhos amanteigados.

E então ela chega: Eliane. Eu a reconheceria onde quer que fosse. Ela é mais alta e mais ereta do que sua irmã mais velha. Os cabelos lisos e brancos estão presos em um coque, e o rosto tem uma forma oval perfeita, a estrutura óssea ainda visível sob a pele envelhecida. Mas são os olhos de Eliane que mais me impressionam. Ela me foca com seu olhar, e ele é cinza-claro e calmo como a aurora do verão.

Espero um aperto de mão formal, mas sou pega de surpresa quando Eliane dá um passo à frente e me envolve em um abraço caloroso antes de beijar minhas faces.

– Então você é a famosa Abi.

Ela me segura com o braço estendido para ter uma visão melhor de mim e, em seguida, balança a cabeça como se também me reconhecesse, como se estivesse esperando por mim. Como se soubesse que nos encontraríamos um dia. E então diz:

– Estou feliz por finalmente conhecer você.

– E eu fico feliz por ver que a senhora ainda tenha as abelhas – digo, enrubescendo no mesmo instante ao me dar conta de que, dificilmente, essa é uma forma apropriada de começar um diálogo com essas duas senhoras com as quais converso pela primeira vez.

Ela sorri. Depois, como se também continuasse uma conversa que já tivéssemos iniciado, diz:

– E sabe de uma coisa, Abi? Elas são descendentes das abelhas que eu criava no Château Bellevue.

– Mas como? Achei que tivessem sido destruídas pelos alemães.

Os olhos dela ficam ligeiramente nublados, como uma névoa sobre o rio, conforme ela se lembra.

– Você tem razão, as colmeias foram queimadas. Mas quando Mathieu e eu voltamos ao horto para começar a limpar a devastação que os soldados deixaram, notamos algo. No silêncio, lá em cima, uma abelha começou a zumbir entre as camomilas e as hortelãs. E então outra, e mais outra. E, enquanto as assistíamos, elas voltaram na direção de um buraco no muro.

Algumas delas conseguiram escapar do incêndio e iniciar outra colônia. No ano seguinte, quando enxamearam, consegui encher uma nova colmeia. E assim elas continuaram, ano após ano.

Ela olha para o alto da colina, em direção às colmeias que estão sob as árvores de folhas rendadas.

– Acácia – diz, balançando a cabeça. – O champanhe do mel.

Nós nos sentamos e conversamos por quase duas horas. E, enquanto fazemos isso, tenho a impressão de que as irmãs se tornam mais jovens, voltando a ser as garotas de muitos e muitos anos atrás.

Eliane me mostra uma fotografia de uma família sorridente – uma mulher entre seu marido e três lindas filhas de cabelos escuros.

– Consegue adivinhar quem é?

Levo pouco tempo para perceber.

– É a Francine? – pergunto, admirada.

Ela confirma.

– Sempre soube que a veria novamente. Ela mora em Montreal, e suas filhas se chamam Eliane, Lisette e Mireille.

Quando Luc volta com a caminhonete azul para levar Mireille para casa, percebo que as duas irmãs estão começando a ficar cansadas.

Ao sairmos de sua casa, Eliane nos acompanha de braços dados com Sara e eu. Viro-me para ela.

– Obrigada por nos receber aqui hoje, Eliane. E obrigada por tanto mais, também. Sua história me ajudou a entender o meu próprio poder, a força da resistência humana diante do medo e do abuso.

Eliane balança a cabeça, observando-me com seu olhar firme, e sinto que ela está lendo minha própria história, compreendendo as cicatrizes em meus braços, vendo o que há sob a superfície.

– Você é mais forte do que pensa, Abi. – As palavras saem como um eco daquelas já ditas por ela em meus sonhos. – Sabe, Abi, a França escolheu esquecer o que aconteceu na guerra. Era pesado demais, devastador demais. Tivemos de fazer a escolha de enterrar aqueles tempos com os mortos e seguirmos com nossas vidas. Mesmo assim, a verdade ainda está conosco.

E ela então estica a mão na direção do bolso de sua saia e de lá tira um tecido dobrado de seda escarlate.

– Seu lenço! Você o tem até hoje!

– Sim. – Ela sorri. – Um pouco apagado e desgastado pelo tempo, como o resto de nós, mas sempre o mantive comigo. Pensei que gostaria de vê-lo. Sempre me senti corajosa ao usá-lo. E, claro, este lenço me ajudou a comunicar coisas que não poderiam ser ditas naquela época.

Fico sem palavras quando Eliane coloca aquela seda macia em minhas mãos. Eu a balanço, e vejo como a estampa se mantém vívida e bela. Mesmo que o material seja tão frágil agora, este fragmento remanescente ainda mantém sua promessa de poder e força, um lembrete tangível do voto de Eliane de permanecer fiel a si mesma. E sei que é apenas fruto da minha imaginação, mas um pouco daquela força parece verter do gasto lenço de seda para minhas mãos, fluindo por meus braços repletos de cicatrizes, fazendo-me sentir corajosa também.

Eliane: 1944

Os últimos meses de guerra foram brutais e caóticos por toda a França, com notícias de batalhas esporádicas surgindo conforme o final do jogo se desenrolava. E, no vácuo deixado pela partida dos alemães, as pessoas começaram a fazer justiça com as próprias mãos, em um esforço para restaurar algum tipo de ordem àquele condado traumatizado e dividido, ainda em choque com o legado dos anos de ocupação.

Foi preciso um tempo para a vida voltar ao normal após os alemães terem deixado Coulliac, mas Eliane sabia que a melhor forma de seguir em frente seria com cada um tentando manter suas rotinas e seus ritmos de vida como podiam. Então o que ela fez foi carregar os potes remanescentes de mel e cera de abelha na caminhonete e levá-los para sua barraca no mercado.

A *place* estava mais movimentada à medida que as pessoas se aventuravam a sair de suas casas e a ir para o mercado. A princípio, um pouco hesitantes, como cervos saindo do abrigo da floresta, tensos e cautelosos. Depois, um pouco mais relaxados e, por fim, misturando-se e cumprimentando amigos e vizinhos sem sentir os olhos vigilantes dos guardas alemães sobre eles. Havia pouquíssimo o que se comprar – apenas alguns feirantes, e os que ali estavam tinham menos mercadorias ainda para exibir –, mas era uma sensação boa a de poder caminhar livremente pela praça, sentar-se no café e discutir os eventos importantes da semana que passou, falar e sorrir mais uma vez, esperando, *acreditando*, que, enfim, estavam livres. Eliane acenou para Mathieu e Yves, que se sentaram nas cadeiras do lado de fora do café, de onde cumprimentavam um fluxo constante de amigos que por ali passava.

De repente, iniciou-se um tumulto do outro lado da *place* quando um grupo de homens dobrou a esquina, empurrando um estranho que vinha na frente deles. Eliane rearranjava a pequena pirâmide de potes, tentando fazê-la parecer maior, como se houvesse realmente algo a vender. Ela então levantou os olhos, distraída pelos sons de zombarias e assobios. Os grupos de pessoas se dispersaram, dando um passo para o lado para deixar os homens passarem, enquanto o estranho tropeçava no vácuo criado no centro da praça.

E então Eliane olhou mais de perto e o ar lhe faltou, de horror, percebendo subitamente que aquela pessoa não era uma estranha, no fim das contas.

Era Stéphanie quem os homens incitavam. A aparência dela, no entanto, era quase irreconhecível. Sua cabeça havia sido raspada; sua blusa, rasgada, expondo a pele por baixo. E, pintada grosseiramente na base de sua garganta, uma suástica preta. Enquanto Stéphanie tentava se endireitar, estendendo a mão na direção do chafariz para se apoiar, Eliane notou que a pele ao redor do emblema estava avermelhada e tinha aparência machucada e foi então que percebeu que a pintura, na verdade, havia sido feita com piche quente.

Era difícil discernir o que os homens gritavam, a princípio, mas Eliane conseguiu ouvir as palavras "colaboradora" e "informante". Stéphanie recuou contra a mureta do chafariz enquanto os homens se aproximavam, ameaçando e cuspindo. Ainda assim, ela tentava se endireitar e parecer desafiadora.

Eliane saiu em disparada, colocando-se entre os homens e Stéphanie.

– Parem! – ela gritou, abrindo os braços como se para fisicamente mantê-los separados. Seu coração batia forte diante do terror da cena, mas uma ousada força lhe entranhou as veias. – Já chega! Vocês não acham que todos já tivemos o bastante de tudo isso?

– Ora, ora! Outra colaboradora, talvez? – zombou um dos homens. – Tentando proteger essa sua colega vadia? Achou que poderia se safar, não é? Sua *collaboration horizontale*! Dormindo com a milícia, e provavelmente com a Gestapo também. Denunciando seus vizinhos em troca de alguns enfeites.

Ele então se aproximou, balançando a ponta do lenço de seda escarlate amarrado no pescoço de Eliane.

– Para depois exibi-los bem embaixo dos nossos narizes.

– Vamos pegá-la também! – gritou outro homem.

Um dos homens se aproximou, pegando no braço de Eliane, que gritou, como um animal acuado, dando vazão a todo medo, raiva e dor que a guerra lhe infligiu, carregados por ela, silenciosamente, durante tanto tempo. Como se sua voz fosse uma força física, o homem tombou para trás e caiu no chão.

E ela então percebeu que Mathieu estava lá.

– Fiquem longe dela! Eliane não fez nada além de proteger vocês e suas famílias – gritou Mathieu, com sua voz ecoando pela praça enquanto se colocava entre ela e o bando.

Yves apareceu ao lado dele, o par agora formando uma barreira intransponível, protegendo as duas garotas.

O bando ficou em silêncio. Era bem sabido entre a população que Yves Martin e Mathieu Dubosq eram *maquisards* experientes que lutaram contra os alemães. Ninguém em sã consciência se atreveria a desafiar nenhum dos dois isoladamente, muito menos o par ali reunido.

Com algumas movimentações de pés e alguns comentários murmurados, os homens mantiveram sua posição por mais alguns segundos, mas então começaram a se afastar, deixando os quatro no centro da praça.

– Você está bem? – perguntou Mathieu a Eliane.

– Estou, sim.

Eliane estava parada com os punhos cerrados, e seu corpo todo tremia incontrolavelmente. Fora isso, contudo, havia saído ilesa.

– Mas e a Stéphanie? – perguntou, virando-se para a figura de cabeça raspada que agora estava caída ao lado do chafariz.

Eliane se ajoelhou ao lado dela, gentilmente tocando-lhe o braço.

– Eles não vão te machucar mais – murmurou. Com cuidado, tentou ajustar a blusa rasgada para cobrir a pele repleta de bolhas e manchada de piche de Stéphanie. Depois, desamarrando seu lenço, Eliane o estendeu. – Você quer? Para cobrir a cabeça?

Stéphanie se sentou e passou a mão pela pele cortada por navalha de seu couro cabeludo. Fugazmente, seus olhos se encheram de uma mistura de choque e vergonha. Mas então empurrou a mão estendida de Eliane, rejeitando o lenço, e se levantou com dificuldade.

– Nunca precisei da sua caridade, Eliane, e não será agora que começarei a aceitá-la.

Ela parecia cuspir as palavras, desesperada em sua dor e fúria. Cruzando os braços sobre o peito e segurando o tecido com uma das mãos na base do pescoço, ela ergueu a cabeça e caminhou um pouco vacilante para fora do mercado.

Stéphanie nunca olhou para trás, mesmo sabendo que ia embora para sempre. Quando a multidão se dispersou, Mathieu e Yves acompanharam Eliane de volta à barraca e, em silêncio, os três começaram a guardar os poucos potes restantes, os últimos, lembretes lamentáveis de tudo o que havia restado das abelhas de Eliane.

Abi: 2017

Estamos em meados de outubro e nos preparamos para o último casamento da temporada no Château Bellevue. Sara me explica que este será de um casal de amigos dela, Christiane e Philippe, e um evento especialmente comemorativo. A noiva acabou de passar por um tratamento de câncer e, felizmente, está agora oficialmente em remissão. Portanto, o casamento será em especial uma celebração de sua recuperação. Acho que, em todo o histórico de casamentos realizados no Château Bellevue, jamais a previsão do tempo foi consultada com tamanha frequência. Estamos em uma época do ano em que se pode ter um lindo verão indiano, com dias quentes e dourados banhando os vinhedos com sua luz suave. Fazendo os vinicultores sorrirem largamente, por saberem como esses últimos e prolongados dias de bom tempo incutirão redondeza e riqueza preciosas aos vinhos que logo produzirão. Isso, ou as nuvens podem vir abrindo caminho pelo norte, cobrindo tudo com sua umidade cinzenta, sinônimo de uma colheita difícil e arriscada – sem mencionar o fato de poder prejudicar um pouco o casamento de Christiane e Philippe. A previsão é incerta, mas todos em Coulliac desejam que o tempo continue bom. Se a força de vontade humana, isoladamente, pudesse garantir um dia perfeito para o casal, seríamos bem-sucedidos. No entanto, como Karen sempre observa sabiamente quando estamos em meio aos preparativos do próximo casamento, podemos organizar a maioria das coisas – se choverá ou não no dia não é uma delas.

Felizmente, porém, enquanto me apresso para subir a colina da casa do moinho até o château, na manhã do casamento de Christiane, o céu está claríssimo e o suave véu de névoa já se ergue da superfície do rio. Se eu tivesse tempo, passaria alguns momentos sob a copa do salgueiro observando a água se acumular na piscina escura acima do açude, sobre a qual as últimas andorinhas do verão deslizam antes de o rio se lançar alegremente sobre a borda do açude e se deixar levar na sua jornada adiante. Mas eu não tenho tempo esta manhã. Preciso chegar logo ao château para ajudar Sara e Karen com os preparativos finais. Estamos tão envolvidas neste dia de casamento, como jamais estivemos nesta temporada. Normalmente, no dia do casamento, um exército de fornecedores, floristas, cabeleireiros, esteticistas e músicos chega para conduzir os procedimentos, mas desta vez será um evento local, familiar, e todos trabalharemos bastante. A cozinha está silenciosa quando chego, e Sara me passa uma xícara de café.

– Melhor beber agora. Talvez a gente não tenha chance de outro mais tarde – ela me diz com um sorriso.

E ela tem razão. O château logo está um burburinho só, e Sara, Karen e eu estamos no comando de um pequeno exército de ajudantes.

Na cozinha, Karen lidera um batalhão de moradoras de Coulliac que preparam rosas com rabanetes e pequenas coroas com pepinos para enfeitar as travessas de charcutaria que a esposa e as filhas do açougueiro prepararam, a serem servidas com taças de champanhe enquanto as fotos são tiradas após a cerimônia religiosa.

A pâtisserie entrega uma dúzia de tortas de pera com frangipane, brilhando com suas coberturas ricas e douradas, dispostas em uma mesa de cavalete na biblioteca e guardadas até a hora de serem servidas.

Em um dos cantos do gramado, depois da tenda e no lado a favor do vento, um buraco foi cavado por Thomas e Jean-Marc e uma enorme fogueira está sendo acesa para a *méchoui*. O monte alto formado por lenhas de macieira brilha intensamente no início, mas continuará a queimar por todo o dia, até se tornar uma cama incandescente de brasas que cozinhará um cordeiro inteiro suspenso em um espeto, com uma perfeição suculenta. Thomas vem até nós em busca de uma lona para que possam cobri-lo assim que o fogo tiver assentado, apenas para o caso de o tempo mudar.

Fui designada para cuidar da arrumação das mesas na tenda, liderando uma tropa por conta própria. Abrimos toalhas com aroma de lavanda sobre elas para combinar com as capas brancas das cadeiras, amarradas por laços elegantes – e de um modo que a tenda pareça estar repleta de borboletas. Dobramos guardanapos de linho lavado em elegantes formatos de flor-de-lis e os colocamos nas taças de vinho em frente a cada cadeira; os copos cintilam como diamantes onde a luz do sol incide, competindo por atenção com o brilho dos talheres bem polidos dispostos sobre a mesa.

Uma das tias de Christiane consulta um plano de mesa cuidadosamente analisado. Em seguida, ela e a filha colocam todos os cartões com os nomes dos convidados, escritos a mão com uma caligrafia fluida por uma das madrinhas. Saquinhos com amêndoas confeitadas nas cores prata e ouro, amarrados com fitas douradas, são colocados ao lado do nome de cada convidado como lembrancinhas.

E, em uma mesa lateral, colocamos em lugar de destaque o bolo, entregue por outra tia, que ficou até duas da manhã aplicando glacê para que endurecesse a tempo. Quando o bolo é colocado em segurança em seu lugar, ela aplica o glacê restante, dando os toques finais nas camadas triplas empilhadas. Sara traz cachos de madressilvas, de perfume leve e adocicado, para serem dispostas ao redor.

Guirlandas de folhagens e flores, amarradas com mais madressilvas são presas na mesa principal, e agora Sara e seu grupo de ajudantes fazem arranjos de rosas, lavandas e delicadas flores de gaura brancas, que flutuam como se houvesse ainda mais borboletas, minúsculas, no centro de cada uma das mesas. E eu sei – pois não resisti a espiar quando passava apressada em frente com uma pilha de toalhas de mesa – que a capela está enfeitada com ainda mais grinaldas e que grandes vasos de vidro, emprestados pela florista, foram colocados na entrada e no altar, espetaculares, uma verdadeira explosão de perfumes proporcionadas por cada lírio branco possível de ser colhido entre Coulliac e Bordeaux.

Por volta do horário do almoço, tudo já havia sido organizado, e o exército de ajudantes desapareceu para se aprontar para a cerimônia e a recepção. Sara, Karen e eu nos sentamos à mesa da cozinha e comemos um queijo quente. Sara passa por suas listas, marcando as tarefas já concluídas por nós.

– Estamos quase lá, acho. – Ela, então, consulta a previsão do tempo no celular mais uma vez, fazendo uma careta:

– Nada certo ainda para mais tarde – diz, inclinando-se para trás para olhar pela janela. Algumas nuvens altas começam a se juntar, pintando o céu como as marcas dos peixes prateados que nadam na piscina abaixo do açude. – Tudo dando certo, já estaremos preparados para quando o pessoal chegar, e aí, se chover, será apenas quando todos já estiverem protegidos pela tenda. De qualquer jeito, será uma situação delicada. Abi, você pode pedir ao Jean-Marc para tirar os guarda-chuvas do celeiro, no caso de precisarmos deles no fim da noite? – Sara me pede. Os anos de experiência ensinaram ela e Thomas a estar preparados, não importa o tempo. Eles têm uma coleção de enormes guarda-chuvas de plástico transparente à disposição dos convidados, grandes o bastante para proteger os mais sofisticados penteados e os maiores chapéus.

Thomas entra, alegre, assobiando e acompanhado do leve cheiro de fumaça da fogueira. Ele para ao passar, dando um beijo na cabeça de Sara, e ela se vira e sorri para ele.

– Tem um lanchinho aqui, caso você e Jean-Marc queiram comer – ela oferece.

Ele pega duas garrafas de cerveja na geladeira e segura o que restou da baguete na dobra do braço, depois apanha um pedaço de *saucisson* defumado.

– Obrigada, isso aqui nos servirá bem. Já vamos colocar a carne. O fogo está perfeito.

– Olha, é melhor você ter certeza de que deixará um tempinho de sobra para tomar banho antes de se trocar. Não podemos ter o DJ cheirando a um assado!

A noiva e suas acompanhantes se reúnem aqui às duas da tarde para se trocar. Sara e Thomas deixaram o Château Bellevue à disposição hoje, então os banheiros já estão preparados, e, na suíte master, como boas-vindas, Sara colocou ramalhetes de flores silvestres e uma garrafa de champanhe no gelo para animá-las.

Christiane parece radiante – embora haja uma fragilidade sob a superfície, revelada pelas olheiras e clavículas acentuadas. Familiares e madrinhas se alvoroçam em volta dela, ansiosas, mas Christiane as afasta, sorrindo.

– Estou bem, maman, não se preocupe. Dormi tão bem na noite passada. Ah, e Sara, tudo está tão perfeito. Muito obrigada por nos ajudar a tornar isso possível. Sei o quanto de trabalho extra isso deve ter tomado de todo mundo.

Sara me conta que o vestido de noiva de Christiane foi comprado em uma loja de noivas de Bordeaux há algumas semanas. Foram precisos alguns ajustes, já que a noiva ganhou um pouco de peso após o tratamento – um bom sinal –, e a própria Mireille, nossa *couturier extraordinaire*, insistiu em supervisionar as alterações necessárias para que ficasse perfeito no corpo de Christiane. Mesmo com as mãos nodosas e a visão fraca, que já não lhe permitem mais costurar, Mireille acompanhou de perto as marcações e costuras feitas por uma de suas noras. O vestido foi entregue ontem, e Sara o pendurou no guarda-roupa alto da suíte master, envolto em um lençol branco para protegê-lo.

Durante o evento, vejo como é perfeito: o decote alto e elegante, assim como as mangas compridas, são feitos em uma renda de tom marfim que flui em camadas suaves sobre um corpete bem ajustado e uma anágua, destacando a figura de Christiane. Seus cabelos escuros são curtos – estão voltando a crescer agora –, e o estilo *gamine* combina muito bem com seu vestido.

* * *

Vinda da capela, a música passeia pelo pátio enquanto os convidados chegam. Quatro dos amigos de Philippe e Christiane se juntaram na semana passada para formar um quarteto de cordas improvisado. Eles estão agora na capela e tocarão também quando os drinques forem servidos após a cerimônia. Depois que todos se sentam, exceto pela música suave, há um silencioso ar de expectativa. Sempre há nesta etapa de qualquer casamento, mas hoje parece estar carregado de um significado tão maior: não é apenas um casamento, é uma afirmação de vida e esperança, de coragem e força silenciosa, de uma alegria desafiadora que caminha lado a lado da tristeza e do medo.

Eu me voluntariei para ficar de olho nas coisas enquanto a cerimônia é celebrada, de modo que tudo esteja pronto para a festa logo depois de ela terminar. Observo da porta da cozinha enquanto Sara e Thomas – elegantes como os outros convidados, agora que puderam tomar um banho e se arrumar – param em frente à capela, e Thomas a pega pelo braço, beijando-a. Ela lhe devolve o beijo e depois olha para trás, acenando para mim. Dou um joinha e então abano a mão, sinalizando que ela deveria entrar para a capela e não se preocupar com mais nada. Tenho a situação sob controle. E, de repente, dou-me conta do quanto me sinto confiante e forte, mais certa de mim mesma como jamais fui em toda a minha vida. Tenho certeza de que conquistei meu lugar, com uma respeitável integrante da equipe de Sara e Thomas, vendo-me, agora, através dos olhos dos dois. E percebo o quão capaz e resiliente posso ser.

Assisto, sorrindo, às madrinhas descerem as escadas em frente ao château e atravessar o pátio até a porta da capela. E então ela aparece: a noiva.

Sua beleza, naquele momento, é simplesmente de tirar o fôlego.

E o sol da tarde afugenta as nuvens espessas para iluminar o caminho, enquanto o pai de Christiane a pega pelo braço, levando a filha para o altar.

* * *

Tudo correu bem no jantar na tenda. O sol permaneceu após a cerimônia na capela, então pudemos circular livremente entre os convidados com bandejas de charcutaria e *hors-d'oeuvres*, enquanto eles bebiam taças de champanhe no gramado. As fotos devem ficar incríveis tendo como pano de fundo as pedras em tons quentes do château e o paisagismo delicado de Sara.

Certamente, também haverá boas fotos dos noivos cortando o bolo, o que fizeram mais cedo, com Christiane insistindo para que sua tia também estivesse presente, uma forma de agradecimento por ter feito uma criação tão magnífica.

Depois disso, os convidados encontraram seus assentos nas mesas sob a tenda e então trouxemos o cordeiro, assado até atingir perfeita suculência, e tigelas de saladas. O vinho tinto do Château de la Chapelle – produzido pelo irmão de Thomas – é o acompanhamento perfeito. Os sons logo aumentam para um animado crescendo que ricocheteia no teto de lona. É uma noite cálida e, por sorte, ainda seca. Com isso, podemos abrir as laterais da tenda, deixando o ar percorrer o ambiente, refrescando os corpos dos convidados.

Enquanto limpamos as mesas e começamos a servir fatias das tortas de frangipane, mais garrafas de champanhe são trazidas e as taças, reabastecidas. Então é chegado o momento dos discursos. O silêncio reina quando o padrinho bate o garfo na borda de uma taça e se levanta para apresentar o primeiro orador. Para surpresa de todos, é a noiva quem ele chama.

Christiane estende a mão, pegando a de Philippe, e então começa:

– Não tenho nem palavras suficientes para dizer o quão feliz estou por poder estar aqui hoje, o quanto significa para mim ver todos vocês juntos de nós. Este evento foi organizado com tanta perfeição, graças aos esforços sobre-humanos da minha mãe, do resto da minha família, da Sara e do Thomas, e, de tantos de vocês. Sei o quão trabalhoso foi para conseguirem fazer esse dia perfeito acontecer, para mim e para o meu Philipe. Gostaria que cada um soubesse o quanto isso significa para nós. Portanto, este primeiro brinde é para todos vocês.

Ela para e sorri para o marido, apertando-lhe a mão, e então continua:

– Quando eu estava no hospital fazendo meu tratamento, Phillipe me deu um cartão, que eu sempre levava comigo. Ele dizia: "A vida não é esperar a tempestade passar. É aprender a dançar na chuva". É uma lição que tivemos de aprender. E uma da qual sempre nos lembraremos em nosso futuro, juntos. Então, aqui está meu brinde para todos vocês: a dançar na chuva!

Ela levanta sua taça e acrescenta, com um sorriso:

– Mas vocês estão liberados para tomar um drinque também, pois só Deus sabe o tempo que esses discursos vão durar. Um brinde, pessoal!

Em meio a uma mistura de sorrisos e lágrimas, todos se levantam e erguem suas taças na direção dela.

Sorrio para mim também. Porque penso ter sido uma lição que aprendi neste verão. Com o relato de Sara sobre a história de Eliane, aprendi a importância de se manter fiel ao que realmente importa: ao amor, à lealdade e ao viver a sua vida como deve ser vivida. E é então que noto Jean-Marc me observando do outro lado da tenda. Já não é mais para mim que sorrio: é para ele.

Enquanto os convidados terminam suas sobremesas e tomam os últimos goles de champanhe, começo a limpar as mesas. Sara vem e tira a pilha de pratos das minhas mãos.

– Pode parar, Abi. Vamos deixar tudo isso para amanhã. Você virá com todo mundo para a festa no celeiro.

Ela pega minha mão e, como um par de colegiais risonhas, acompanhamos a massa que segue para lá, onde Thomas já está com a música pronta para Christiane e Philippe fazerem a primeira dança.

O celeiro está lotado. Por um momento, cercada por tantas pessoas, chego a pensar que sentirei algumas daquelas velhas e familiares palpitações de pânico começando a crescer e me pergunto se consigo fazer isso. Mas, para minha surpresa, percebo que não dou a mínima de estar neste lugar abarrotado de gente. Tudo o que sinto é a empolgação da multidão que tagarela, o desprendimento dos que foram para a pista de dança e a felicidade absoluta que preenche o celeiro até as vigas acima de todos nós. Vejo Jean-Marc no bar e vou até lá lhe dar uma mãozinha.

Está tão quente dentro do celeiro que deixamos as portas escancaradas. Durante um breve momento de calmaria entre as músicas, uma rajada de vento sopra entre os convidados, e uma mulher que está perto da porta grita:

– Está chovendo!

E é verdade, as nuvens começam fazer um tamborilar suave de gotas.

– Todo mundo para fora! – grita mais alguém. – Afinal, "a vida não é esperar a tempestade passar. É aprender a dançar na chuva"!

Os guarda-chuvas posicionados ao lado da porta são completamente ignorados enquanto os convidados saem em peso. Penteados, maquiagens, vestidos finos e ternos: tudo é esquecido quando Christiane e Philippe lideram a dança. Sapatos de salto alto são jogados de lado e paletós, descartados. Thomas coloca o volume no máximo, e o pátio agora está tomado por música, risos e gritos de alegria.

Fico parada, assistindo à cena da porta. E então, de repente, alguém me pega pela mão e me puxa para o meio daquela multidão animada, girando-me enquanto a correnteza da dança nos atrai. Olho para Jean-Marc, e os pingos de chuva caem delicadamente sobre nós enquanto dançamos juntos.

Nesse momento, sinto meu coração começando a se abrir e a se mostrar para o mundo novamente, como as delicadas gavinhas de uma planta ao final de um longo, longo, período de estiagem.

Abi: 2017

Agora, a temporada de casamentos está oficialmente encerrada no Château Bellevue. Estivemos bem ocupadas dando uma bela faxina em tudo, empacotando as roupas de cama e espalhando flores de lavanda desidratadas entre elas para que, na próxima primavera, cheirem a frescor quando desempacotadas já prontas para a nova temporada. Thomas e os empreiteiros ainda trabalham na casa do moinho, mas os cômodos já estão tomando forma e estarão todos prontos no próximo ano, para acomodar mais convidados. A porta da capela é trancada, e a tenda, palco de tantos momentos felizes neste verão, desmontada e colocada no celeiro, onde as luzes foram apagadas e o globo espelhado, guardado.

Tomei uma decisão. Vou até Sara, que está no horto murado cuidando dos canteiros que plantou, retirando as últimas hortaliças da estação, cujos crescimentos dispararam nos últimos dias quentes do verão que estamos desfrutando. Elas irão para a pilha de compostagem e serão devolvidas ao solo na próxima primavera. Da terra para a terra.

Ela se endireita quando me vê e tira com as costas da mão alguns fios de cabelo que caíram na frente de seus olhos.

– Adoro esta época do ano. Dá para sentir a terra se preparando para descansar no inverno, depois de tanto trabalhar no verão.

Sorrio.

– Como você e Thomas. Devem estar loucos para ter a casa de vocês de volta para o inverno.

Ela gargalha.

– Amamos nosso trabalho, mas você tem razão, Abi. Será bom termos um tempo para pôr em dia as outras partes de nossas vidas.

Olho para as matas e colinas além dos muros do horto, onde a terra desce até alcançar o rio no vale lá embaixo.

– Vou voltar para Londres – conto para ela. – Decidi que é hora de amarrar as pontas soltas que ainda tenho lá: vender o apartamento, terminar minha faculdade. E aí então verei para onde a vida me levará.

Hoje, já consigo me ver voltando para a cidade, e sei que terei confiança o bastante para ir atrás dos meus velhos amigos e, quem sabe, fazer novos também.

– Isso é bom.

Sara me observa atentamente por um instante, com seus olhos da cor da piscina escura acima do açude.

– Bom, tanto eu quanto o Thomas esperamos que a vida lhe traga de volta para cá um dia. Você caiu do céu, Abi. E é parte do nosso time agora. Haverá uma vaga aqui para você se quiser curtir outro verão de trabalho incessante e vida social zero!

– Obrigada, Sara. Eu vou voltar.

E sei mesmo que vou. Sei que as rotas de peregrinação, as linhas de ley e os rios que fazem todos virem para este canto do país me farão voltar. E sei que Jean-Marc estará aqui, esperando por mim, e que dançaremos juntos em breve.

Sara olha para o relógio.

– Hora de irmos! Eliane e Blanche esperam por nós.

Seguimos então para o chalé, como fizemos tantas vezes desde aquele nosso primeiro encontro. Com a ajuda de Blanche, conseguimos detalhar a história de Eliane.

Uma história de coragem, habitual, cotidiana. Uma história sobre a determinação de se manter fiel a si, mesmo em meio aos tempos mais obscuros. E então, ao finalmente voltar para a segurança, poder reencontrar sua voz e viver sem medo.

Eliane me ensinou sobre a resiliência do espírito humano. Ensinou-me sobre mim mesma.

Quando chegamos ao chalé, vejo que ela está sentada no jardim, cochilando ao sol, com um livro aberto no colo.

Lá dentro, Blanche cantarola enquanto nos prepara um lanche. Ao nosso redor, as abelhas fazem o mesmo, coletando o doce néctar das flores que Eliane plantou para elas. No vale abaixo, o rio perto do qual ela viveu durante toda sua vida, por quase uma centena de verões, cintila com sua luz dourada e serena.

E lá no alto da colina, além das acácias e das colmeias, além das fileiras de vinhas cujas folhagens bebem dos últimos raios de sol, adocicando as uvas para a colheita deste ano, que começará a qualquer dia, Mathieu espera por Eliane, olhando por ela daquele pequeno cemitério de paredes brancas.

Sara entra para conversar com Blanche.

Silenciosamente, para não acordá-la, sento-me ao lado de Eliane. Com gentileza, tiro o livro de seu colo para que eu possa marcar o lugar onde ela parou. Enquanto coloco o marcador entre as páginas, uma frase me chama atenção. Leio as palavras atentamente, absorvendo seu significado.

E então, após alguns instantes, levanto minha cabeça e olho em volta.

Penso no dia que me trouxe até aqui. E percebo que, na verdade, eu nunca estive perdida.

Au milieu de l'hiver, j'apprenais enfin qu'il y avait en moi un été invincible.[1]

Retour à Tipasa, Albert Camus (1952)

---

[1] E, no meio de um inverno, finalmente aprendi que havia dentro de mim um verão invencível. (N.T.)

Nota da autora

O cheiro do mel queimado surgiu como resultado de outro dos meus livros, *The French for Always*[2], que conta os primeiros dias de Sara no Château Bellevue. Fragmentos da história de Eliane durante o período de guerra são indiretamente apresentados em *The French for Always*, o que levou muitos leitores a pedir por mais.

Exceto por algumas cidades que você poderá encontrar no mapa e alguns eventos históricos importantes que ocorreram durante a Segunda Guerra Mundial, as pessoas e os lugares citados em ambas as histórias são ficcionais. Contudo, os terríveis eventos ocorridos em Tulle de fato aconteceram. Tentei o melhor que pude ser fiel aos relatos dos acontecimentos na cidade, embora alguns detalhes variem entre diferentes narrativas. Inevitavelmente, tomei algumas liberdades literárias para o bom desenvolvimento da história. No entanto, onde o fiz, foi com o mais absoluto respeito à memória dos que se foram. Eles jamais serão esquecidos: atualmente, em todos os verões, cestas repletas de flores são penduradas nos postes da cidade em homenagem a cada um dos homens e meninos cujas vidas foram ceifadas naquele dia, no mês de junho de 1944.

[2] Ainda sem tradução em português. (N.T.)

Assim como as memórias e narrativas inspiradoras que me foram tão generosamente compartilhadas por amigos na França cujas famílias viveram durante os anos de ocupação, as fontes a seguir foram muito úteis para a escrita deste romance:

- *Voices from the Dark Years: The Truth About Occupied France 1940–1945, por Douglas Boyd (2007);*
- *SAS Operation Bulbasket: Behind the Lines in Occupied France 1944, por McCue (2009);*
- *Das Reich: The March of the 2nd SS Panzer Division Through France, June 1944, por Max Hastings (2010);*
- *In a Ruined State, Capítulo 6: 'Background to the 10th of June', www.oradour.info/ruined/chapter6.htm, by Michael Williams.*

Agradecimentos

Agradeço grandemente à minha agente, Madeleine Milburn, por sua amizade, seu entusiasmo e sua fé inabalável em minha escrita, bem como aos demais profissionais da Agência Literária Madeleine Milburn por todo o trabalho e apoio na promoção de meus livros.

Muito obrigada ao brilhante time da Lake Union, da Amazon Publishing, minha primeira editora, especialmente a Sammia Hamer, Victoria Pepe e Bekah Graham, além de Mike Jones, por sua paciência e percepção editorial.

Agradeço, ainda, aos muitos amigos que torceram por mim e sempre checavam como andava minha produção em intervalos regulares: aos jardineiros voluntários do *Pitlochry Festival Theatre*; aos meus parceiros do Clube do Livro; ao grupo de bridge; a todos os meus amigos da ioga; e a John, Amelia, Wyomia e Nairne por me proporcionarem um refúgio tão incrível em Taymount para minha imersão na escrita. Agradecimentos especiais a Annie Fraser, Karen Macgregor, Sally Swann, Marie-Claire Norman-Butler, Mala Saye, Michèle Jobling, Frank Doelger e Bruce Harmon: amigos para todas as horas.

Amor, gratidão e fortes abraços para meus filhos, James e Alastair, como sempre.

E para Rob também, claro.